金手铐

周昊 ———————— 著

GOLDEN
HANDCUFFS

河南文艺出版社
·郑州·

图书在版编目（CIP）数据

金手铐／周昊著. -- 郑州:河南文艺出版社,2025.1.
-- ISBN 978-7-5559-1681-9

Ⅰ.I247.5

中国国家版本馆 CIP 数据核字第 2024T0F342 号

选题策划　　王战省
责任编辑　　王战省
责任校对　　梁　晓
责任印制　　陈少强
装帧设计　　吴　月

出版发行　　河南文艺出版社
社　　址　　郑州市郑东新区祥盛街 27 号 C 座 5 楼
承印单位　　郑州市毛庄印刷有限公司
经销单位　　新华书店
开　　本　　700 毫米 × 1000 毫米　1/16
印　　张　　16.5
字　　数　　283 000
版　　次　　2025 年 1 月第 1 版
印　　次　　2025 年 1 月第 1 次印刷
定　　价　　68.00 元

印厂地址　郑州市惠济区清华园路
邮政编码　450044　　电话　0371-63784396

目录
contents

楔子

在那件事情发生之前,海博从来也没有想到过自己会陷入这样的境遇。

他就像在无人的泥沼里,天上阴云密布,正下着绵延不绝的细雨,打着轰隆隆的春雷,不时有闪电劈下。雨虽不大,落在身上却像无数凉凉的小蚂蟥一样,将他身上的温度一点一滴地吸走,让他的肉体从内核深处变冷变硬。而他的身体已经半截在这沼泽里,并且随着挣扎摆动——不管是多小幅度的挣扎——都将使他越陷越深。

说是无人,也不准确。只要用手轻轻扒开身旁的杂草,就能听见不远处隐约的呻吟此起彼伏。在这片沼泽地看不见的地方,应该还有为数不少的人跟他一样,被沼泽吸住,也已经尝试过各种办法,但只是陷得更深。他们嗓音嘶哑,大概是因为曾经高声呼救,但却没有人应声前来,直至最后发不出声,逐渐沉沦到沼泽底部。

他们是如此相像,以至于当其中某一位陷入沼泽无法自拔,被或然性的闪电毁灭时,就算另一个人继承了他的身份继续生活,也许都不会有人发现自己已经被沼泽人取代的情况,即便沼泽人所能发出的只是近乎呻吟的嘶哑声音。

而伴随着沼泽地里沼泽人这呻吟的齐鸣,是隐约的仿佛风铃般的金属碰撞声。

即便他们想要自救,但会发现自己的双手已经被手铐所铐住。关键是,这手铐竟然是金色的,看上去高端大气上档次,摇起来就叮当作响,发出清脆的响声,好像被这金子所铸就的手铐铐住本身也是值得炫耀的事。但不管怎么说,都只不过是让人失去自由、失去自我的手铐罢了。

其实事情从表面看，他想，远没有那么糟。他正坐在一间通体透明、充满了秋日午后阳光的明亮的办公室里，只有他一个人，在一个大概是这个城市最高级的、由世界知名设计师设计的、边缘绽放着优雅光线的写字楼的高层。如果站起来，踮脚抬头，就能透过一整面墙的玻璃，从隔壁的房间窗户看见附近的海。何况他手上戴的机械手表，脚上穿的鳄鱼皮鞋，需要安装袖扣的纯棉衬衣，还有脖子上的丝绸领带，全身的定做西装，甚至头上找日本理发师做的发型，都不是什么便宜货色，因为他每个月都能拿到相当可观的薪水。但即便如此，他的心情还是好像在泥沼里，动弹不得。

他试图冷静下来，首先平衡一下自己的思绪。他首先感觉到的，是一种挥之不去却无法具象化的困意，这是喝了过量的咖啡，却又没有充足睡眠的缘故。昨天他大概夜里 3 点才干完活。离开办公室的时候，他看了一眼自己放满了文件的书桌，点缀着打开包装吃了一半的零食、饮料罐和喝过咖啡的马克杯，但他不准备收拾了，早上会有办公室雇的阿姨来清洁的。

他走出自己的办公室，办公区走道的大灯已经关了，但沿着脚部的夜灯往前走一截，就能看见基本都已经住在所里的实习生。

"还没走？"他趴在实习生坐位的浅灰色隔板上，看着四个戴眼镜、穿着皱巴巴衬衫的男生对着漆黑空间里闪烁着亮光的电脑屏幕出神，黑框或金丝的眼镜镜片里反射着屏幕上开着的 Word 窗口，上面密密麻麻的都是英文。

"没有呢，"坐得离他最近的脸圆圆的、头发却已经开始稀疏的男生抬头用惺忪的睡眼看他，"罗律师说这个东西早上就要，我正在赶。"

罗律师是所里的一名合伙人律师，一般简称合伙人。他们是合伙制律所的老板，而律所聘用的普通律师一般就叫律师。

"太没人性了，不能中午再给吗？"

"没办法，她说要。"

有时候确实是因为客户突然要某个文件，所以合伙人才会层层加码要律师加班提前弄出来，以便给他们留出时间看。但其实很多时候即便律师准时交差，合伙人也只是把文件晾在一边，有空了才看，因此律师的很多熬夜加班都是不必要的。但是合伙人是不会关心普通律师睡眠的，更何况他们这些实习生。在律所里，所有其他人都要围绕着某个或数个合伙人转,只有合伙人才是律所的顶梁柱、奠基石、定海神针。合伙人可以直接拿所里的收入分红,其他人就只能拿固定工资。当然除了合伙人,实习生上面还有顾问律师、普通律师、律师助理,有的律所可能还有授薪合伙人。他们并非真的合伙人,还是拿工资的,但对外名义上像合伙人。

"那不打扰你们了,我先撤了。"

他挥挥手,离开了他们。

他们这些实习生一部分是刚从法学院毕业还没拿到正式律师执照的实习律师,另一部分是还没毕业,利用假期或者平时课余时间来所里实习的在校学生。不管哪种,所里的律师对待他们都像美国人对待电脑一样——只要没停电就从来不关机。他们倒是非常年轻,一般而言身体素质极佳,连续熬几个通宵也吃得消,非常适合把最无聊最机械的工作交给他们处理,甚至有时候有经验的实习生比没有经验的律师还好用。而且像他们这种所谓的"外所",即总部在英美某个地方的大型律所,也只从本地最好的法学院招实习生,所以他们的智商往往都是在线的,不用太担心会经常碰到那种混淆中英文标点符号和搞错英文大小写的傻瓜。只是这些来自精英法学院的学生有些没想到自己还会遭遇这种程度的压榨,既不敢直接撂担子走人,也鲜有会通过各种拖延以及制造匪夷所思的错误来反抗的。如果有这种,律所就直接在实习结束后 HR(人事部)发给其他律师的评价征集表里打个差评永不录用即可。而那些想留下来的,会因为没有固定的工作 offer(聘用邀约,如果应聘者接受则聘用合同成立)而尽量好好表现,往往会通过争取更大工作量并且疯狂加班来让老板们留意。

不过这里有个小小的问题,就是如果他们只是从本地法学院毕业,没有拿到所谓的普通法法域(即英美法系)的律师执照,则还是没有来外所正式当律师的机会。即便有些律所会开创性地给不符合这个条件的其他地方的律师(比如中国律师)创设一些类似中国法顾问的职位,但在实际的薪资和晋升渠道上都不甚明朗,最保险的方法当然是去考一个普通法律师执照。

如果是香港法学院毕业的法律本科或者法律博士,倒是可以通过再读一年的职业课程和两年的实习取得香港法律执照,其他人只能要么在拿到中国执照后去英国考转换课程再通过两年实习,要么去美国读个法学院的硕士,然后考纽约州的律师执照——考其他州也行,但回来认可度较低。相比而言,取得纽约律师执照的时间最短,只要读一年的 LLM(法律硕士)学位,也没有实习期的要求。所以这边很多人最后还是会去美国,读个 LLM 再考纽约州执照。

他在下楼的电梯里,麻木地想着这些问题。刚才看见的那四个人里,有两个已经准备下半年去美国读书了,包括刚才那个跟他搭话的圆脸男生。不知道他还能不能回到这里。他想,大概率不行的,现在经济不景气,最近没听说过要招人。不过他使劲回想,也想不起圆脸男生叫什么名字,也许是工作的时间太久,大脑已经停止了正常的运作。

他来到楼下,发现等的士的地方居然有一截不短的队,大概都是深夜下班的投行和律所的人。也只有他们会为了多赚点钱如此作践自己的生命,也难怪英语里所谓的"金色手铐"一般指的也就是他们这种职业。明明工作压力大,工作时间长,会吞噬掉几乎所有的时间和精力,使人完全变成工作的奴隶,但是因为薪资相对丰厚,又算所谓光鲜亮丽有社会地位的职位,所以会有这么多人自愿地戴着这手铐继续奴隶般卖命。凌晨时分的写字楼下等出租车的队伍里大概都是这样的货色。

他自己也想变成这样的人吗?他不确定。以前可能是想的,在真的来这种地方工作之前。他觉得自己还年轻,确实有很多想买的东西,有很多需要花钱的地方,同时也觉得在这种地方工作,说出去感觉很有面子。但经历了这大半年的时间,他开始产生怀疑了。自己是比同龄人多挣了一点,但也只是多了一点辛苦钱。为了维持自己的生活质量,同时因为工作过于不顺心所产生的报复性消费,其实已经基本上抹平了自己工资上的优势。他觉得自己的日子过得还不如在某个清闲、收入低一点的地方工作的人,每天随便看看自己想看的东西,一杯茶一包烟一张报纸看半天,至少没有这么大压力。当然如果他有这么多时间,他会把时间都放在自己感兴趣的事情上,比如钻研惊险小说,不是那种侦探悬疑推理小说,而是他在读大学的时候,以自己的母校为基础想象出的灵异学院的故事,融合进很多有关学校的野史。因为工作,他已经好久没有去上那个自己经常发布惊险小说的论坛了,希望论坛里的读者没有完全忘记他。

自己多挣的这么一点钱跟家里"有矿"有资源的所谓富二代没法比,他们从起跑线上就已经超出了很多,自己要辛苦工作很多年才有可能龟兔赛跑般碰到一点人家的脚后跟。但同样的时间里人家过的是真正的生活,自己却是在分配给自己的玻璃罩里老鼠一般卖命似的原地奔跑,而自己是否有必要如此搏命? 凌晨 3 点是正常人睡觉的时候,而他还在考虑怎么回家,这怎么看都不是长久之计。

他想起之前在上海的时候,如果碰到这种情况,他一般都会去附近找辆还能骑的共享单车,然后直接骑回自己住的地方。不过这边没有这种玩意儿,他也不想从这里穿皮鞋走回家,所以他往山上兰桂坊的方向走了一段,在前往那边拉客的的士里拦住一辆,用自己会说的几句粤语报出位置,然后任司机在午夜无人的高架道路上、在从建筑物外墙伸出来的无数赤橙黄绿的霓虹灯下狂飙。

到家以后,他上床睡了四个小时,早上 7 点多又爬起来,补洗个澡,刷牙刮须,换上衣服,在老板 9 点上班前赶到所里,把昨天晚上在睡意蒙眬中赶出来的合同再仔细看一遍,确保没有任何愚蠢的笔误,再发出去。

刚发完邮件,就到了正常的工作时间。对于他们律所的律师来说,虽然从来就没有人按照朝九晚五的节奏上下班,但却对于每天的工作事务有直接影响,因为这是他们的客户上班的时间。这个时间段里客户会直接一个电话过来问一串问题,或者提前五分钟告诉你有个长达两小时的电话会议需要你参加,或者突然让你准备一个书面备忘录,因为他们的领导现在突然要看。其他的需要小心起草的复杂合同和法律意见书之类的只能等到客户下班了、耳根清净了才能开始准备。这时所里帮律师处理杂务的秘书也都走了,有些调格式的无聊活计也只能自己做了。

接下来就是忙到半夜把手头处理完的合同发给老板,一天才算完事。

每天到这个时候——客户刚刚下班,而自己正要开始一夜加班的夹缝时间——他都会暂停手上的工作,坐在自己的办公室里,看着阳光在玻璃上渐渐消失,天花板上反射过来的光线从亮澄澄的金色变成淡橘色、深橘色,最后变成浅浅的黛蓝色,最后失去所有的色彩。如果他正好去办公室的茶水间拿饮料,站在窗边,能看见脚下的所有公路都挤满了车,一列列黄色一列列红色——一列车头一列车尾。它们可能正载着刚下班的员工,驶往远处亮起了橙黄色灯光的居民楼。家里可能已经有人做好了热腾腾的饭菜等着他们回家,可能还有淘气的孩童或者耄耋的老人等着听他们诉说一整天的辛劳。

他拿起手机,看着一连串自己没有仔细看的与工作无关的信息。大部分都是各种推送的广告,或者暂时不归自己负责的项目,但他发现父亲曾经在午饭时间发信息问他有没有时间,要他打电话问候一个亲戚。父亲肯定不知道他忙到天黑现在连午饭都还没有吃。另外还在上海的女友通过语音通话问他一个电脑问题,等他看到的时候,问题已经由她的同事解决了,不知道是男同事还是女同事。他发信息问她的雅思这次到底考了多少分,但她一直都没回复。

而当他回到家,面对他的是一整屋子扑面而来的黑暗。这是港岛西部一个老旧的 20 世纪 80 年代的摩天大楼里一个小小的房间,一打开就闻到沾染了潮湿气息的木头家具散发的檀香般的浓厚气味,开灯后一眼就能看见床,门口一张兼作书桌和饭桌的小桌子,书桌和床中间放着一个不知道怎么正好能塞进去的设计明显有问题的沙发,坐在上面就会止不住地往下滑。另外附带着只能侧身进去的微缩厕所和同时担任洗衣房的厨房。他有时候想不开灯,就这样坐在床上,看着楼下热闹的霓虹灯反射到墙上,感受某种类似一个人蜗居在赛博朋克繁华都市里仿佛能抽离灵魂的孤独与疲劳。

不过回家时他往往已经累得六神出窍,没有任何精力坐下来沉思细想一整天的辛劳和一屋子的孤独,只能赶紧进入梦乡,抓紧时间恢复体力与精力,再赶紧醒来重新投入工作。周而复始。

如果他能幸运地在睡觉时间之前回到家,他会在楼下便利店买一小瓶便宜的威士忌,再买两袋碎冰、两袋柿种花生,回家一边喝酒一边看 Netflix(网飞)。他也不知道自己看了什么,有时候只是需要有点声响有点人影,可以用来就着花生下酒而已。用不了多久,酒就喝完了,而他也可以入睡了。

但如果他因为什么情况突然想起往事,想要看一下过去的照片,那可能一瓶酒就不够了。这种时候他就会想起每天在黄昏时刻的那份恍惚,那种手脚被困在泥沼里不由自主不断下降的困境。是什么导致他陷入这样的困境?自己基本上无忧无虑按部就班、不需要反复鞭打自己思考自己为什么过得如此不幸福的时光,到底从什么时候戛然而止?如果海博真的有一点下班的时间,而又还没有拧开威士忌的瓶盖,没有打开电视,没有为日常琐事所操劳的话,他大概是会反复考虑这个问题的。

当然是从那件事情发生后开始的。

所以说起来,海博还是觉得那件事情对于他来说是颇为有害的,不管是从当时还是从它导致的后果来看。

第一章

在一切崩坏之前

那件事发生之前,海博基本上每天都睡到中午以后才起来,至少那件事发生前一天还是如此。

如果不是下午 3 点有课,他是不会将闹钟的时间定在一点半的,因为起来的时候,头还非常混沌,脑壳内缘也隐隐作痛,好像有人趁他睡觉拿不锈钢汤勺打开他的脑壳狠狠地搅拌了三五下。起床的时候他甚至不知道自己是谁,要干什么,就好像刚刚从沼泽地里再生出来的新人,只是为了替代别人的角色才擅自活动一样。过了几分钟,记忆和意识才逐渐回到他麻痹的脑壳中,他才感觉是他本人起来了。

他拉开百叶窗,发现与后院一墙之隔的隔壁小区里,一排修剪得平齐的柳树开始往外冒绿色的嫩芽,在正午的光线中轻轻地摇曳。春天真的来了。不过等柳树的叶子长齐,他也就看不见对面院子的情形了。从柳树树冠上冒出的是一截略高的淡蓝色水塔,柳枝的缝隙间透出院子里孩子玩耍嬉戏的笑声,以及他们偶尔躲在两边小区中间的一条背街小路上偷偷抽烟的景象。

实际情况是他昨天睡觉之前想喝点啤酒助眠,因为一直在通宵玩"模拟城市",没有什么睡意,但不得不"按时"睡觉。如果没课,他可以一口气玩到天际微亮,被仿佛暴君一般的睡意一拳打倒在床上,一闭上眼睛黑暗就铁幕一样压下来,然后再一睁眼,百叶窗已经挡不住下午热烈的光线,在屋里漏进一道道灼热的亮光。当然也有到最后都没有睡意的时候,那他就一直玩下去,等到天亮的时候不知道为何一种切实需要休息一晚上的感觉会浮上来,但一整天都会感觉虚虚的,好像脚下的一切如蛋壳一样很快会碎开,而自己会掉进混沌虚空里。

他的房间在这个房子的二楼,跟其他室友各自的房间一起,一楼是连着餐厅的厨房和客厅,客厅的玻璃门通向后院。三人的房间大小大致相同,地上铺了灰扑扑软蓬蓬的散发着杏仁香味的地毯。他的房间里放着一张对他而言实在太小的床,从路边别人闲置任取的家具里捡回来的小桌,一把怎么坐都不觉得舒服的椅子,都是他来之前拜托素未谋面的室友帮他拾掇的。只有现在他用的书桌看起来比较气派,在结实的木头桌子上方还有方便取物的柜子,是在留学生论坛里有人白送的。三人房间不同的地方在于,窗户各自朝向不同的方向,能看见不同的风景——一人面向正门的停车场,两人面向后院。

昨天晚上夜色尚浓,他踩着窄窄的铺了地毯的楼梯轻手轻脚下到一楼,走进一进门就能看见的铺了砖墙的厨房里,摸黑打开硕大的冰箱,顺着里面漏出的极为明亮的光线和嗡嗡的白色噪声拿出一提六瓶的银子弹啤酒,又轻手轻脚地返回楼上。他怕吵醒他的两个室友,一个大概也跟他一样还没睡,但是可能正在看日本的动漫电影,另外一个有着严重失眠,去看过七八次医生也没有好转。他不知道自己要喝几瓶,可能一瓶,可能两三瓶,但索性一起拿上来好了。

没注意的时候,六瓶都喝完了。

喝到微醺就想抽烟,正如抽到舌燥就想喝冰凉的啤酒一样。他打开窗户,点燃一根从日本超市买回来的烟。他深吸一口,试图将烟气吐出窗外,却又被清冽的风吹回到脸上。初春的夜风还冷冷的,夹着不知挂在哪里的风铃声,但至少没有什么雪味了。刚来的时候他每次都下楼到后院里抽,后来发现在房间里抽也没人管他,倒是下楼开门经常会吵醒睡不着觉的那位室友。而且从十一月到来年四月,外面都经常下雪,厚的时候超过膝盖,零下十几度的天气站在外面五分钟就好像全身被石化了一样。

他来这里已经快两年了,这个美国中西部中等城市的大学。中国大学快毕业时,他申请了一串觉得有希望去读研究生的学校,其中不乏某些名校,但最后他只落得这么个高不成低不就的地方。他也是来了之后才知道美国的大学研究生学位更看重的是研究的方向,跟 GRE(研究生入学资格考试)或者托福这种应试分数没有什么直接联系。当年为了刷高自己的分数,他也像高考前夕一样用醒着的每分每秒背单词和刷题,最后都成了苦涩的回忆。早知道还不如好好享受一下大学的时光,多参加点社团活动和女生出去玩,或者和同学一起去别的什么地方当志愿者,或者至少花点时间看看书好好想想自己到底要研究什么方向,都比他在老旧的图书馆里一边猛灌红牛一边翻着 GRE 红宝书好。

来了以后,他经历了相当强烈的文化冲击。不仅仅是从来没有在只说英文的环境里居住过,或者学校教学和讨论的方法跟中国的填鸭式教育完全不一样,他发现自己的日常生活也经历了非常大的改变。首先,这里虽然是个城市,但除了市中心以外基本上找不到超过四层的房子,大部分人都居住在低矮的平房里。这里的出行也主要靠自己开车。

他来了没几个月也从别人手里买了一辆二手车,红色的本田,开起来总有种随时会散架的错觉,时而伴随着剧烈的抖动会发出"嘎啦嘎啦"的巨响,毕竟已经远超十万英里这个报废的门槛,但在他手上却从来没真正坏过。他总觉得自己很快会离开这里,去什么名头更好的地方,到时候会买辆更像样的车。这辆车也只是暂时开开,不然平常上学买菜都成了问题。

刚来的时候他也搭这里的公交车,号称十分钟一班,但毕竟不是铁路,巴士要看路况,下雨下雪刮大风的时候,等半天车也来不了。独自坐在只能容纳两个人的透风篷子里等车,看着路上的轿车飞驰而过,终于有一次在暴雪里等了半个小时冻成重感冒后,他咬咬牙去买了辆二手车。

他起床后走进卫生间,刷牙洗脸剃须,然后准备下楼看一眼厨房的冰箱,看看有没有能快速弄好的东西。

"起来了?"室友正在厨房里站着切肉。

站在厨房里只穿了短裤和衬衫的,是留着平头、长着横肉、眼神有点凶狠的室友老王,其实他性情很和善。老王是学计算机的,他大部分时间都花在看日本动漫上,可以算是标准的二次元宅男,很少见到他除了去超市和上学外参加任何别的活动,不管是大家组织喝酒、吃火锅、校友聚会、野外烧烤、爬山、划船、滑雪、打彩弹枪,他一概不参加。当然他是没有奖学金的,所以可能不想花钱太大手大脚,不过他买电脑买游戏机买其他能自己玩的东西的时候，并没有感觉他有什么财务上的负担。另外他因为没车，经常懒得去上课。

"嗯，"他打开冰箱前，闻了下香气，"又在做红烧肉？"

"是啊，他做的最好吃了。不一起吃？"坐在餐桌旁的小王说。

正拿着 iPad 坐在旁边餐桌上玩着手游的就是另外一个室友，小王。虽然同姓，但两人没有什么关系。而且小王其实比老王更老，只是因为皮肤白皙细腻而看起来小一点而已。他有严重的失眠，还多少有点洁癖强迫症，但除此之外没有太奇怪的地方。反而因为他的洁癖，三人共用的厕所和厨房总是保持得非常干净整洁，所以跟他住在一起是很幸运的。

但能跟老王住一起无疑是更幸运的。老王非常喜欢烧菜，虽然大多数都是他喜欢吃的山东口味，但确实有比肩餐厅的实力。在老王搬进来之前，海博曾经有过尝试下厨的打算，但是美国杀猪的时候不放血，一切肉就双手血淋淋的，做熟之前总需要先煮一下撇除所有的血沫才行。美国买的蔬菜也很不一样，茄子又大又圆非常吃油，白菜也跟美国的鸡一样，壮硕而难以煮熟，不用提还有很多不知道该怎么吃的蔬菜。为了省事他开始买很多罐头、午餐肉、意面等容易处理的食物，直到几个月后老王搬了进来。

以前海博听别人说喜欢做菜，一般都是女生，而实际上能吃到对方做菜的机会不多，也可能只是说说。但老王是真的喜欢做菜，只要不是他正追的动漫出了新番，他可以在厨房里待上三四个小时，只为了再现小王或者海博提出来的某样想吃的菜，而且最后往往非常像那么回事。小王说老王来了后他都不怎么下馆子了，因为可能还没有老王做的菜好吃。

他们也经常说不如三人一起合伙开个餐厅算了，可能比毕业出来找工作还要靠谱得多。事实就是如此，作为一个英语非母语的外国人，除了比较底层谁都能干的工作之外，还能找到什么像样的职业？当个码农或者有什么一技之长的话另说，不然反而是开餐馆比较靠谱。但老王虽然不怎么重视学业，好歹也还是有当码农的希望，毕竟人家也是学计算机的。

海博在冰箱里没找到什么马上能吃的，只好闻闻厨房里飘着的肉香。但他没时间等红烧肉烧好了。

"没口福了,赶不及上课了。"海博对二王说后,背起斜挎书包出门,去学校的路上有一家炸鸡柳快餐店,他开车奔往前去。

"先生请问要点些什么?"

沙哑快速而模糊的一串英文从一个黑色的麦克风里传出。麦克风装在一根已经有点掉漆的粗柱子顶端,高度和车窗摇下来的时候差不多。

"三号套餐,零度可乐加大,谢谢。"

"好的。"

他从点餐的麦克风那里再往前挪了下车,绕过一个转角,从钱包里掏出信用卡,递给一个窗口。窗口里戴着耳麦的胖胖的黑人服务员接过信用卡,在里面刷了一下,然后把卡、收据和褐色的牛皮食品袋分别递给了他,转头又递给他一杯加大的可乐。他把杯座里的零钱挪了下位置,放好可乐,就开出了得来速车道。

他本来想在餐厅停车场直接吃,但是没看到方便的位置,就直接前往学校停车场。刚开出来他就意识到自己今天出门这么晚,大概不会找到离上课地方近的停车位。等开到的时候他发现果然如此。他不得不到另外一个需要多走五分钟路的停车场的边缘,停好车就从已经湿软的纸袋里掏出一盒鸡柳,蘸着特制的塔塔酱就着可乐大口咽下。因为没有一拿到就吃,鸡柳的面衣已经没那么酥脆,幸好塔塔酱还是一如既往的美味,不知道在普通的甜咸香之外放了什么让人上瘾的香辛料。刚塞进嘴里,食物还没落入胃袋,他就赶紧拎起书包赶往教学楼。硕大的停车场铺着水泥的地面,这里那里出现裂缝长出杂草,一辆辆停在这里的形形色色不同颜色不同品牌不同形状的车就像是被遗弃的一只只小象,趴在水泥地上安静地等主人回来。这样的景象一直延伸到了地平线的尽头——就是这么大的停车场。

等他赶到教室的时候,课已经开始了。他觉得自己心脏一紧,只好深呼吸一口气,硬着头皮走了进去。教室不大,只够放十几把连着小桌板的椅子,但只有最前面的一把椅子还空着。他低着头坐下,和教授视线交错时尴尬地笑了一下。

"海博,既然你来得这么晚,"满头蓬松银发的教授说,"想必已经有时间把阅读材料都看完了吧?跟我们简单介绍一下今天的材料在讲什么。"

他能感觉到滚烫的血正顺着全身的毛细血管逐渐被输送到自己的脸部。他赶紧低头从书包里翻找，在来回找了四遍后，终于从书包的一角摸到了阅读材料。这段时间里，整个教室都十分安静，尴尬像一座愚公也移不走的山一样压在他低下的头颅上。

他掏出了阅读材料，却感觉自己脑子里仍然一片空白。

原因很简单，因为他根本就没有看过。美国学校上课之前，都会在第一节课的时候布置一学期要读的材料，有时候是书里的，有时候是老师或者助教从不同地方整理出来的。有的时候要读的东西不多，有的时候会多到在两次上课之间怎么样也看不完。而他可能因为英语并非母语，看东西会比较吃力，而且偶尔还有需要查字典的地方，看这些 reading（阅读材料）的时候就更慢了。他也逐渐发现，有时候布置下来的阅读材料并非上课的时候一定会讲的，只是旨在提供一些背景知识。他也就逐渐从逐字细看变成快速翻阅，直到有时候不看，全靠临场发挥。上过这么多课，他已经掌握了能当场随口胡诌几句听起来像模像样的话来蒙混过关的技巧。

"这篇文章讲的是……"

他一边翻看材料，一边照着材料讲出上面写的可能是主要内容的句子。每一段第一句或者最后一句肯定是最重要的，中间可能只是分析的过程，或者排列出相关的元素。他们这种人文社科类的论文，大体都是这个写作套路，比不上理工科的内容，没有什么需要特别去论证的，理解了就看懂了。

"唔嗯。"教授嘴角下沉，在下巴处挤出一些不满意的皱纹，"其他同学有没有什么要补充的？"

后面有个总是喜欢在课上发言的别的学院过来选修的人，非常积极地举手，可能也想要申请他们专业的博士学位。海博也申请了，不过没有很想读，因为他总觉得自己可以去更好的学校。如果只能读他们学校的博士，最后能去工作的地方只会更烂。

关于将来想做的事情，海博没有仔细想过，但大体上他还是准备继续待在学校里，当个老师甚至教授什么的就最好了，最好是在美国的学校里。因为美国的教职一般都是终身的，如果能拿到的话就一辈子都不用愁有一天会失业了；而且学校里的工作在他看来，总归是非常轻松的，每天有课才需要来学校教书，其他时间可以待在家里看书。他喜欢看书，不用每天坐在办公室里也非常棒，加上还有寒暑假，除了钱少外，教师的职业几乎完美。而钱少一点他不是太在意，因为他本人也不是特别喜欢花钱,所以作为 tradeoff(交换)没有比这更完美的了。

不过,他想到目前就读的这所学校相同等级的地方教书,恐怕还是要去好一些的学校读博士。实际上,他已经申请了这个领域里最好的几所学校,并且按照自己的理解准备好了比较有希望的申请材料。这一次他知道自己的研究方向是最重要的,所以根据有希望录取他的教授研究方向调整了内容。

唯一有点让他感觉尴尬的,是这些材料中需要有自己现在的导师写的推荐信。他只能硬着头皮找了导师——就是正在上课的这个家伙。

说是上课,不如说只是不停地提出问题,让学生自己回答,然后他再稍微点评两句而已。很多时候甚至连点评都没有。他也不知道自己到底学到什么东西了没有,有时候还是感觉那种坐在大教室里所有人一起听老师一个人讲课比较舒服。

"补充得很好。刚才材料里提到的这个问题,有没有同学有自己的看法?"

教授看着后面,突然笑了。海博回头一看,又看到那个同学举手。那个同学矮矮胖胖,皮肤黝黑,头发显得有点油,扎成一个随心所欲的马尾,不知道是不是因为太用功读书没有时间收拾一下自己。另外,她的英语不是很好,但非常能说。他很羡慕她的干劲,如果自己有她的一半干劲恐怕成绩都会好很多。

"没有其他同学发言?那还是你吧。"

那个同学又开始说了起来,说的东西不一定在理或者非常有启发、非常符合阅读材料的内容,但是至少她是敢说的,这已经比海博这种懒得看材料懒得开口的要好很多了。海博这时则沉湎于自己的畅想,想象自己在更好、更知名、气候也更温和的地方开始自己新的学习,最后取得博士学位,再顺利找到教职。另外,到了那个时候他肯定要扔掉自己现在的破车,然后买一辆更好的可能是雷克萨斯什么的,甚至可以买辆新车,这样也许会有更多女孩愿意搭车。现在这辆破车给他带来了不少女生的白眼,她们也只有实在没得选的时候才会搭他的便车。他还要去租一个没有室友的单间,这样自己的日子可以过得更随心所欲,虽然没有小王帮忙收拾、老王改善伙食是很遗憾的,但一个人住更方便自己约会,也不用担心厕所或者厨房被别人占用。

"海博,你觉得呢?"

教授又叫了他的名字。他顿时感觉背部吹来一阵寒风。

"抱歉,刚才的问题是……"

教授做出想要叹气的表情，重复了问题。海博不记得自己接下来说了什么，大概就是临场想到什么说什么。他不知道为什么教授今天这么针对自己，总是要问东问西的。也许都是因为自己停车停远了，所以迟到了吧。他看了眼教室正中的挂钟，心想反正快要下课了，还不如想想课后干点什么。

"去喝酒吗?"

等他蒙混过了今天这道关，便用装作记笔记的电脑给平日一起喝酒的人发邮件。因为所有人都要开车，所以要多约几个人，然后抽签看今天谁开车。开车的那个人实际上就没办法喝酒，只能负责把所有人接上带去酒吧，自己喝果汁汽水或者最多半杯啤酒，然后再负责把所有人送回家。因为他车比较烂，倒是经常可以以此为借口逃脱要接送人的厄运，毕竟没几个人想坐他那开起来吱呀作响的破车。

"没空哦。"

"有约了。"

"我在划船。"

结果几个酒友都没空。这几位都是因为某些巧合认识的，其实也未必聊得来，但是至少都喜欢喝酒。喝酒的地方也不是什么正经酒吧，是日式铁板烧、大红龙虾，或者"感谢上帝是星期五了"这种适合一边大啖龙虾肉或者水牛城鸡翅，一边大口喝新鲜生啤酒的连锁餐厅。其中一位是卖给他那辆破车的前车主，他就是因为拿到了教职所以换了辆新车；一位是送给他书桌的同学，当时为了感谢请他吃饭，从此变成了酒友；还有一位是在小说论坛上认识的曾经也笔耕不辍的同好，当然两人现在都封笔不写了，很久没有出过什么新作。这三个人因为都住在留学生聚集的另外一个小区，所以也都认识，毕竟这里读研究生的留学生也就那么多，大家也不喜欢跟读本科的留学生一起玩。老王和小王都极端不胜酒力，没办法让他们加入。

说到划船，他想起来雪已经化了一段时间，可以划了。之前他也划过，沿着小河看着两岸的新绿，晒着温柔的阳光，吹着凉爽的风，如果再有个女孩和自己坐在一条船上，确实是道美丽的风景。但之前有人叫他划船的时候，他正忙着玩新出来的电脑游戏《侠盗飞车》，结果错过几次以后，现在连划船都没人叫他了。

他叫别人出来的时候响应者寥寥，可能就是这种能力，没有什么组织才干。

他也不想一个人去喝酒，那种热闹的环境他受不了。他还是准备一个人回家了。

回家的路上，他开车绕路去了一家平日里很少光顾的日本超市。虽然不是那种超大型的美国超市，但从家里开车要二十分钟才能到，从位置上看这家日本超市的客户辐射面不小。一进超市就是一大排生鲜食品区，放着很多刚做好的生鱼片和寿司，有个看着像日本人的师傅正在里面用中等长度的切鱼刀切绯红色的金枪鱼。看着很简单的活计，但因为切的时候师傅全神贯注的样子使得生鱼片好像也好吃了起来。切好一盒后他用毛巾擦了下刀，把剩下的一大条金枪鱼肉放回玻璃的冷柜里。等师傅把那盒金枪鱼摆出来的时候，海博赶紧取出放进自己的购物车里。

除此之外，店里还有很多现成好吃的东西，但是海博目前不是很饿，他买生鱼片更多是为了下酒。今天本来就被那个该死的教授刁难，还被后面别的学生现场打脸，而且连约人出来喝酒都约不出来，他心里很不是滋味。他当然也不是不想好好学习，但本来上大学之前就一直在过着枯燥的学生生活，每天两点一线除了学习就是学习，直到高考结束考上还行的大学才有了点生活的趣味，自己又为了出国一直在刷绩点和准备各种考试，现在想办法在读书之外找点自己的乐子有什么问题吗？他觉得现在的日子不错，没什么人管着他，学校作为奖学金发给他的不多的生活费也完全够自己花了，唯一的问题就是太冷清了，自己也不是很主动能交到朋友的人，更别说女朋友了。

以前海博也算是比较受女生欢迎的人，大学的时候交过几个女朋友，大部分时候都是对方主动找他。出国之前交的女朋友非常不希望他出国，总是劝他准备考研。而她家条件也非常好，将来留在国内日子会舒服很多。不过他从大学二年级开始就好像触电一样突然非常想出国，契机无非是看了几本王小波的书，跟之前出过国的某些教授简单聊了下天，以及认识了一群志同道合的同学。最后她一直送他到了机场，叫他多回来看看，似乎要将远距离恋爱这事贯彻到底。没想到出国没几个月她就跟他分手了，因为家里介绍了结婚的对象。现在她已经生了孩子，经常能看见她在朋友圈里晒娃。

出来以后，海博就发现找女朋友这事变得困难了许多。首先国内的女孩如果想要留下来的，肯定会先想到身份的问题。除非有人对海博一见钟情，不管不顾要奉献一切，否则有些会把感情和取得身份的问题挂钩，就好像国内也有很多人把感情和金钱挂钩,到了已经很难说她们到底是有意识地因为对方有钱才爱上了对方,还是潜意识里知道对方有钱所以不自觉地爱上了对方。在美国呢,如果有个女孩发现男生是美国人,有美国护照,有绿卡,或者至少有份可以将来拿绿卡的工作,那么这些人毫无疑问要比海博这种普通学生更有优势。这些先天的不足加上自己趋向于一个人打发时间的习惯,让海博来了美国以后基本上是孤家寡人。

想到这里,他又觉得自己的日子其实非常孤独,非常悲惨,所以又绕到烟酒区拿了一大瓶芋烧酒。超市里还有成排的日本泡面、日本饼干和点心、日本饮料,和其他亚洲食品,但他其实都逛了好几遍了,可以不用仔细看,凭借自己身体的记忆就找到自己想要的东西,然后把泡面、韩国泡菜、蝴蝶酥、冷冻比萨馅包子、荞麦面汁、麦茶和老王拜托他买的日本味醂和味噌放进购物车,然后结账走人。海博一边推着超市的推车走向自己的小破车,一边想自己的日子都过成这样了,也只能从一个人吃喝玩乐这方面寻找慰藉了。

回家的路上,他遭遇了堵车。所有人都要开车回家,所以在开上州际高速的两车道小路上挤成了长长的一排,路的两边是没有人烟、长满杂草和矮树的大片空地,湖蓝色的天空里红色的尾灯随着地形而高低起伏,像是一条热闹的街道上一字排开的霓虹灯。不过所有人都坐在自己的车所形成的小小泡泡里,与其他人隔绝。车就像人体外围所长出来的和其他人隔绝的硬壳,所有赶着回家的人在这条街上和长长车队里的其他人偶遇,却连脸都没见到就消失在下一个路口。

他觉得开车很浪费时间,也没办法看书或者手机,只好听听收音机。因为是旧车,听 CD 的地方都没有,只有一个可能已经被灰尘塞满了的磁带机,但他也没有磁带了。收音机里传出不知道听了多少遍的最近的流行音乐,贾斯丁·比伯、Lady Ga-ga(嘎嘎小姐)、Kanye West(坎耶·维斯特)……不过时间不就是为了浪费才存在的吗? 自己又没有什么地方要急着赶去。

回到住地后,他把车停在门口的停车位上,走两步就是房子门口,非常便利。路边的一排古色古香的路灯已经亮了,灯光下整个联排别墅小区的红砖房子像是伦敦郊区,只是小区门口挂着的星条旗提醒他这里是美国。空气有点清冽,他打开后备箱,把刚买的东西拿出来。

推开家门,里面谁也不在,黑洞洞的,只有中午他们做红烧肉时残余的气味还在空气中若隐若现。不知道室友两人去哪儿了，不过今天星期四，冰箱已很空了，大概率只是为了省钱一起开车去建在郊区的本地最大超市采购食物而已。他们虽然买东西是分开的，但是吃喝的时候没有分那么细，毕竟老王喜欢做菜，买的菜都交给他做就行了，吃的时候就大家一起吃。

　　他打开冰箱，欣喜地发现他们还给自己留了一点红烧肉。他用微波炉把剩菜加热，混搭着刚买的生鱼片、明太子饭团和烧酒吃喝了起来。他觉得这样的日子也过得挺惬意的。他不知道理想的生活是什么样子，但如果自己对现在的生活满意，可能这就是理想的生活吧。

　　他一边喝着酒，一边希望日子就这样持续下去，在这有点荒凉、有点孤独的小城过自己往后的余生。他并没有什么出人头地的想法，不想干什么大事，也不希望自己身上发生什么事，就这样按部就班活下去就好。

　　吃完饭收拾好碗筷，回到楼上打开电脑，他就看到有两封邮件。一封是他过去在国内认识的一个学姐，佟姐，要来他所在的城市面试实习机会，想完事后约他一起吃饭。他回复说好，具体去哪儿吃等她来了再说。另外一封是今天上课那个教授，说有要事要跟他讨论，问他明天早上是否有空。他本来很想问能不能改到下午，这样自己可以多睡一会儿，不过一想到刚才课上自己不尽如人意的表现就还是算了，也许他要当面训斥他一下，问他为什么在上课之前没有做好准备。他还是老实点比较好。

第二章

世界终焉也不过如此

海博坐在教授的办公室里，一句话也说不出来。

因为他的头脑里正在反复回放刚才教授说的话，没有多余的脑力去思考自己该说些什么。虽然教授是用英文说的，但他也完全能在第一遍听到时就听懂，反复回放只是为了确认自己没听错。

"所以说，系里决定……"在漫长的仿佛可以唱完整首《国际歌》的空隙里，教授首先感觉到了漫长的尴尬。他于是重新开口说道，系里已经决定了接下来博士项目的人选，而海博的名字并不在里面。

换句话说，他被自己正在读的项目淘汰了。

他不记得教授后面说了什么，大概无非是他们也很遗憾，但是系里名额有限，不得不做出这个艰难的决定，但是没有办法，决定已经做出。他不是也申请了其他学校的项目吗？有什么可以去的地方吗？其实也没有，虽然不是所有学校都出来了结果，但从网上论坛看，他们已经给心目中的候选人发出了通知，剩下的只是还没收到拒信而已。他机械地和教授对话，身体还像僵尸一样留在办公室里，而灵魂已经不知道什么时候逸出，飘浮在办公室上空俯视着两人，好像正在发生的对话并不是自己实际置身其中的一样。

离开办公室的时候，他不知道自己是怎么想的。也许过于痛苦，他已经停止了思考。也不是什么大不了的事情,他想。被学校开除,被公司解雇,都是经常发生的事情,而自己其实只是顺利毕业,没有能够继续往博士的方向读下去而已。但真的发生在自己身上,还是非常沉重的一击,毕竟长期以来自己都是顺风顺水没有遭遇什么挫折,想读的学校基本上都读了,想去的地方也基本上都去了,而自己一直都把继续留在这里当作理所当然的事情,即便一直幻想去什么更好的地方。

因为没有什么能让他坐下来消化一下的地方,他拖着好像冻僵了的双腿从人文学院出来,跨越小半个中央大草坪,从艺术中心隔壁走出校园,在对面的小超市买了两瓶威士忌、两瓶伏特加、两瓶杜松子酒,还买了两包烟。因为买了太多酒,店主一定要看他的驾照。他又像发条即将彻底松弛的铁皮机器人般沿着刚才走来的路线回到人文学院大楼旁边的停车场,系好安全带,准备先开回家再说。

他沿着每天都要开个来回的路回家,阳光还是一如既往地普照,星条旗还是一样随着初夏的风飘扬,但他有种想要一了百了的心情,有时候看见对面开来一辆皮卡或者大卡车,他就想干脆方向盘一歪和对面的车来个对撞。他这日本破车应该是敌不过美国本土壮实耗油的大车的。他不知道自己再这样活下去有什么意义,多少年的苦读现在都化为了泡影,回去也不一定能找到什么像样的工作,而且所有人一旦问起来自己为什么现在就回来了,他都不知道该如何回答。是如实告知自己因为没有能够进入博士项目所以不得不回来,还是撒个什么样的"白色谎言"蒙混过关?他不知道该怎么办,现在也没有力气去想、去编,等一段时间再说吧,先喝酒抽烟让自己麻木一阵子,以后的事情以后再说吧。

电话突然响了起来,把他吓得一弹,差点真的把车开到了对面。

"哪位?"他把免提打开。

"海博? 我到了哟,在机场。"

他看了眼来电显示,原来是佟姐。

"现在就到了?"他印象中好像是晚上到,不过其实已经有点忘了她今天还要来这件事。

"是啊,我跟你发邮件了,面试提前了,所以我改了航班。"

"哦……我还没来得及看。"其实是他一早上都在教授办公室,没有看的心情。

"没事,你现在方便来接我吗? 不然我就打车了。"

海博摸了下副驾驶的纸袋里叮当作响的玻璃酒瓶,他真的很想一个人待一会儿,麻醉一下自己,不过他喜欢跟佟姐说话,她安静柔和的声音总是很让人心静。也许现在去见见她也不是什么坏事。

"好了,走吧。"

见到佟姐时,她正一个人坐在小小破破的 70 年代修的机场外面的长椅上看书。她穿着白底黑格纹的厚呢短裙,奶白色丝绸衬衫,一件淡粉色的针织毛线夹克,头发盘了起来,戴着黑框眼镜,穿着白色球鞋。海博刚摇下窗子叫她,她就唰地站起来,把书放进随身的墨绿色小皮包,还没等海博下车帮她搬,就自己打开了后备箱,把登机箱放了进去。

"走吧。"

她把安全带插了进去,清脆一响。

车启动了。沿着离开机场的高速开出时,他不知道该怎么开口,自己该主动告诉佟姐自己的窘境吗? 还是先从关心她的行程开始?

这时佟姐问:"这是什么声音?"

"哦,"他听了一会儿,是从后排座位传出的,"没啥,我刚买的酒。"

"酒?"佟姐扬起细细的眉毛,"你买了几瓶?"

"六瓶。"

"买这么多干吗?"

海博深吸一口气,然后就讲了。其实出国之前,他和佟姐不是那么的熟。佟姐是大他一届的学姐,两个人只是大学社团里前一届和后一届的部门负责人,有过一些一起参加的活动,后来交接的时候单独见了几面,那个时候就知道了她也在准备出国的事。因为海博也要出国,所以又约她出来见了几次,请教她一些申请出国的手续和经验。她本来已经申上了学校,要先于他出国的,但是因为学费问题又在国内工作了段时间才出来。中间两人一直保持着联系,后来因为在国外认识的人少,反而变得熟稔了起来。

"呼——"说完之后,海博吐出口气。即便事情没有得到解决,但是能跟一个人和盘托出压在心口的这块巨石,好像也稍微轻松了一点。

"真没想到你这么想读博士。"

"轻松嘛,除了平时上课都不用去学校,拿到教职基本铁饭碗,还有寒暑假。"

"那倒是,"佟姐歪头看了他一眼,"而且拿到博士你都不用改名的,大家还是叫你海博。"

他听到这里挤出一丝苦涩的笑。

"对了,你觉得哪个更重要,拿到博士还是继续留在学校里教书?"

"唔……"

"如果你不是那么想教书,可以读我现在这个学位啊,名义上也算是个博士。"

佟姐正在美国东北一所法学院读书,她读的学位叫法律博士,其实不过是法学院里最低一档的学位,从中国的角度看可能只能算法学本科,因为继续读下去上面还有法律硕士和法学博士。只不过美国的法律学位里大家都只读法律博士就够了,不管是出来当律师、当法官,或者回法学院教书。美国的正经法学院都是美国律师协会认证的,根据律协的规定,法学院里面法律博士学位也被视为博士学位。读法律硕士的往往只有外国人,为了满足有些地方考律师证的要求;读法学博士的更是只有想要回自己国家教书的外国人了,那种是正经要写论文答辩而且五年也未必能毕业的,跟其他专业的博士一样,但在美国几乎从来没听说过哪个美国人读过这个学位。

第一次听佟姐说的时候,海博睁大了眼睛。不用写几百页的博士论文,不用答辩,而且读三年就读完了,居然也是博士学位?

"不过外面不认的吧,出了法学院。"

"那当然,除了有些脑子有坑的人,非要别人在自己名字前面加'博士'。"

英文里面,当礼貌地称呼别人为某某先生、某某女士的时候,如果得知对方有博士学位,就要改称某某博士了。法律博士除外。

当然拿到律师证的人,可以在名字后面加上 Esq(先生),相当于说明自己是个律师。

"那有什么意义,又不是真的博士。"海博离开了高速,往市区方向开去,"而且你好像说过,读法学院一般没奖学金,开销还挺大的。"

"开销是挺大的,但你知道如果做了律师,第一年能赚多少钱吗?"

"不知道。"

"平均下来大概快二十万美元了。"

海博猛地踩了下刹车，因为走神差点闯了红灯。后座的酒瓶发出猛烈撞击声，让海博想要下车看一下它们是否还没事。

"有这么多？"

如果拿到教职，他听说一年也就五六万美元，虽然比现在他的奖学金还是多多了，但跟律师比，简直一个天上一个地下。

"你有兴趣？"

佟姐的酒店到了，她要下车去登记入住了，但是海博还没聊够。下午佟姐要面试，完事后两人约好去海博的学校看看，顺便继续聊。

海博先回到了校园，这个他读了接近两年书的地方。他不想在学校里被人碰到，也许他的事情已经在系里传开了，不管是嘲笑还是同情，他现在都不需要。他需要的是一个人静静，同时搞清楚自己接下来该干点什么。他来到主图书馆二楼的咖啡馆，买了个三明治充当午饭。图书馆整体刚重新装修过，看起来很气派，有的地方有一整面的玻璃墙，有玻璃天井带来日光，有阅读室里放着的古色古香的古希腊复制雕像，有新的放满了全新电脑的机房，楼上还有很多单人阅览室，他本来准备写博士论文的时候霸占一个，因为图书馆里有很多的书，不管什么语言什么领域什么版本都有很多，甚至上百年的古书都能找到。他喜欢这个图书馆，但可惜自己不能在这里待很长时间了。他在书架旁一边看书一边等佟姐过来，两人约好了在图书馆门口见面。

到了时间，海博下楼来到门口，看见的是正对面的中央大草坪。所有第一批建成的学院都围着草坪绕了一圈，物理系、化学系、地质系、生物系、人文系……还有处理学生事务的研究生院和本科生院，每一院系都有一栋属于自己的古色古香的老楼，都有上百年历史了，有的是哥特风格，有的门口有一排罗马柱，有的是翻修过的在古典建筑外包了一圈玻璃，也有的整个拆除重建成了完全现代的样子。大草坪上有很多学生正在享受初夏的暖阳，甚至有女生解开了内衣露出完全赤裸的后背，也有学生在草坪上玩飞盘，还有人带着电脑在学习。

海博从来没有在这个草坪上躺下来过，甚至没有离开铺了地砖的小径走在草坪上。趁佟姐还没来，他找了块有树荫的地方躺了下来，感受短短的草凉凉地扎在自己的小腿、脖颈，还有手背上。带着青草香气的风掠过他的皮肤，吹得他的汗毛痒痒的。腿部在树荫以外的地方感觉到阳光的温暖，逐渐扩散到全身。远处还可以听见正在草坪上嬉戏的女学生的笑声。看着头顶像羊群一样的云正在蓝得近乎透明的天上飘着，他突然有种困意，感觉自己正被那一大团云一样轻柔、羊毛一样柔软的空气紧紧包围着，好像自己也飘在空中……

"睡着了?"

睁眼抬头一看，佟姐已经来了，站在他头部侧面，不过幸好她没有穿刚才那身裙子。除了衬衣，她换上了黑色的西装裙，以及黑色的高跟鞋，感觉一下子真的有种职场人的感觉。

很多年后海博还记得这个草坪，还记得初夏草坪上温煦的阳光、缓缓的微凉的风、青草的芳香，以及湛蓝的天空中羊群一样软绵绵的云絮。他总是能记起在这草坪上心如止水、怡然自得的心情。直起身子，他能看见自己靠着一棵吐着嫩绿叶芽的七叶树，佟姐正微笑着向他靠近，并坐在他的身旁，脱掉高跟鞋，和他一起看着云朵在蓝天中漫无目的地游弋。每当他需要让自己平静心情的时候，就会回忆起那时那刻和佟姐在草坪上共度的短短十分钟。

十分钟后，两人一起起身，穿过一个露天剧场，来到一个柳枝飘飘的湖边。一路上两人继续上午的对话。

"所以美国的律师收入很高?"

"没错，"佟姐扶了下眼镜，"不过听说也非常累，每天只要醒着就在工作，基本上没有什么自己的时间。"

"你已经开始了?"

"我?"她笑得眼睛眯成了缝，"哪有。我这还是第一年快结束，在找第一年暑假的实习机会，这个随便找找就行。真正重要的是第二年暑假的实习，如果能找到就基本上被律所锁定了，毕业就可以过去那边工作。"

说着她离海博稍微远了一点。

"西装怎么样? 我刚买的，为了面试下了血本。"

海博耸耸肩。"看上去不错，很显瘦，虽然我也不太懂牌子。"为了省钱，他都是等哪里打折才会买衣服，现在他穿的衣服都是在大打折的时候一美元一件买的。

"拉尔夫·劳伦哟,"她笑得露出了小小白白的牙齿,"反正以后如果你真的去了法学院当了律师,记得注意形象,别穿太烂的衣服。"

"知道啦。"

"对了,你说你还申请了别的学校,有什么结果吗?"

"都没戏了。"海博说了在网上论坛看到的情况,"你说,会不会是我那个教授搞鬼?"

"应该不至于吧。"佟姐皱起了眉头,"你找他写了推荐信?"

"写了,毕竟是我导师。"

"他不喜欢你吗?"

"谈不上喜欢吧,我成绩单上他给的分数都稍微低一点。"其他的老师一般都会给他 A,而这个教授就只给他 A-,虽然他付出的努力都差不多,他们专业给成绩的时候也没什么特别的限制。

"那真不知道了。他写的推荐信你看过吗?"

"没有,这边好像都不给本人看的。"

"不能排除这种可能性咯,"她往前伸了伸细长的手臂,"也许他就是单纯不喜欢你,然后在推荐信里实话实说了。"

"也可能是我自己实力不济,就连自己学习的项目都没搞定。"

"你大概什么时候开始申请别的学校的项目的?"

"大概……大半年以前吧。怎么了?"

"你的教授一直都是这样对你的吗?"

海博想了一下。刚来的时候,是在学院组织的见面午餐上见到他的。他个子很高,头发花白,脖子上挂着一副用细细的有点褪了色的金链子吊着的眼镜,只有在阅读的时候才戴。和他对话没有什么障碍,但能感觉到他稍微有点阴沉,可能是因为他是从英国来的,气质上和美国本土的乐观开朗有点不一样。

"这么一说,可能一开始是好一点。"

"他大概也很伤心吧,你一定要去别的学校,只是把他当个备胎。"但其实可能对方根本就没拿正眼看过他,现在只是更看不顺眼了而已。

海博叹了口气,也许当时不该找不喜欢自己的老师写推荐信的。他确实没有把事情想清楚就冲动行事了。

两人起身，穿过一大片网球场，来到一个躺倒的变形金刚一样、硕大的、造型奇特的建筑。

"这是哪里？"

"体育馆，里面什么项目的设施都有，壁球、游泳池、跑步机……楼顶还有一个室内跑道，如果冬天你不想在外面跑的话。"

"突然有点羡慕你了。我们那边学校很小，体育馆的器材都要排队才能用上。"

"其实我就进去过一次，纯粹参观。"

"暴殄天物。"佟姐吐了吐粉粉的小舌头。

校园很大，远处还有高尔夫球场甚至学校自己的机场，但是佟姐穿的是不甚合脚的高跟鞋，两人开始往回走了。晚上她要跟所里的人一起吃饭，海博和她一起走向停车场，开车送她过去。

"如果你想好了，再跟我聊。"临走之前，佟姐说，"我还有两年学要上，还算自由。往后就是万劫不复的奴隶生活了。"

"如果那么累，干吗还要干这行？"海博一边开车看路一边说。

"因为可以先积攒一点本钱，然后干自己喜欢的事情啊。"佟姐说，"或者想要提前退休也可以，可以少上几年班呢。"

"就不能找点自己喜欢干的事情，然后一直干下去？"

"这个世界上，"佟姐又把头转过来，看着海博的侧脸说，"大部分人喜欢干的事情都很难入行，比如当歌星、当演员，不是谁都能干的，你得是那块料子，还要相当走运才行。其他看起来有意思的工作，大家都想干，结果变得很卷，要付出好几倍的努力才有可能干成，比如写小说、画漫画。剩下的轻松的活都一样，没几个赚钱的。所以如果你有机会做一件相对能赚钱但又相对比较累的工作，也许是条出路。到时候至少你已经有钱了，可以比别人多很多选择。"

送走了佟姐，海博一个人在回家的路上反刍佟姐今天的话。傍晚的空气还非常透明，路灯都闪闪发光，好像星星落到了地上。他真的想就这样转行去读法律吗？他真的需要那么多钱吗？他吃得了这个苦吗？确实到时候他会比他那些留在学校里的同学甚至教授拿多出好几倍的薪水，同时也在某种意义上拿了一个对于不明就里的人来说勉强能算博士的学位,算是了却一件心愿。不过他对读法学院这件事没有打定主意,只能算是一个出路,当然是说在干脆回家随便找份工作,然后在中国二、三线城市蹉跎一生,被家长逼着生一两个孩子,然后留在老家照顾老人之外。他觉得关键是自己是否会对转区读法律、做律师这件事觉得有趣,另外一个关键是家里人是否愿意出这个钱,因为没钱当然也就不用想读什么法学院了。

不管怎么说,他按照佟姐的说法,在网上找了一套 LSAT(法学院入学考试)的题目。据说这个考试是考智商的,基本上第一次做出来的分数就是最后会考的分数,八九不离十。而这个考试的分数外加过去学校的成绩,是法学院考虑录取的主要因素,别的什么都不太重要。这一点他很喜欢,跟中国中考高考一考定终身的感觉一样,公平。

他今天晚上本来还想喝酒,把自己灌个醉生梦死,不过现在还是趁尚算清醒先把题目做一下,看看自己是不是读法学院的材料。

第三章

不如不要说如果

即便是在今时今日,海博还是不清楚自己转去学法律是不是正确的选择。

是的,他是自己做出的选择,即便他也听取了别人的意见,比如父母在得知他终于愿意从事能赚钱的行当时,二话没说就卖了套房子供他读法学院。是的,佟姐说的也都是真的,因为他已经历经千辛万苦来到了一家外所,而工资也确实跟当时说的差不多,非常的高。是的,他当时确实是气头攻心,一心想要证明点什么,比如自己不是没有书可以读,不是拿不到名字带"博士"两个字的学位,而自己读出来也不是待在学校里教书的那个等级的收入。

但总有什么地方不对的感觉,特别是在自己一直加班到深夜,头皮发麻;自己写的合同被老板当面扔进废纸篓,叫他重写;一回家就累得瘫倒在床上,还要被客户深夜的电话骚扰;连跟朋友约着晚上吃饭都有可能在最后要出发的时候因为突如其来的工作而取消。自己一天 24 小时除了能偷偷睡四五个小时,其他时间好像都被所里伸出来的锁链固定在自己脖颈的铁质项圈上,一切听所里的奴隶主吩咐。有的时候他甚至庆幸一天只有 24 个小时,不然不知道要为所里工作多久。这哪里是现代人的生活,更像是奴隶的。也许古希腊的奴隶也比这强一点,除了现在可能没有性命之虞外。

不,他知道的律师在工作中过世的事例加起来也快有两位数了,有的纯属过劳死,因为工作时间太长或者压力太大突然病故,比如他现在工作的律所的全球管理合伙人;有的因为经常出差死于各种交通事故,有位律师此前最喜欢在朋友圈晒自己进出各大机场贵宾厅,用大量的积分换取头等舱、商务舱,结果有次去广州的路上不幸殁于不明原因坠毁的飞机;有的则因为律所的工作压力太大,精神方面出了问题,选择提前结束生命。可能比律所工作压力更大的工作也没有几个吧,特别是干到高级一点的律师,既要 24 小时在线,又要同时处理十几个同时进行的项目,一直盯着项目的进展,还要到处去拉活。所以当律师也是要付出生命代价的,并没有跟古希腊的奴隶有太大区别。

常说律所这样摧残员工是把女生当男生用,把男生当畜生用,也不无道理。但升为合伙人之前能赚的钱也很有限,只有当了合伙人才能从律所里分红,钱才比较多起来,但多少人就被卡在升合伙人这道关卡,一直升不上去,不管是辛苦努力埋头干活处理各种法律咨询合同文件,还是拼命拉业务,最后大头都被合伙人拿走了。

"去吃饭吗?"

他还在想律师这行生命危险的时候,查德出现在了他办公室的门口。

两人离开了办公楼,经过一段地下通道,去附近的怡和大厦地下的一家中餐馆吃饭。那里做广式点心不错,还有烧味,环境也比一般的快餐厅好一点,就是有点贵,不过对于他们律师的收入来说,这点程度的贵不算什么。服务员带他们两人坐下后,查德问:"要不我们两人点不一样的,然后一起吃?"

如果不这么说,一般默认是各点各的,各吃各的,最后也会各自只付自己点的那部分的钱。

菜上来之前,海博看着低头看手机的查德,他头上的毛发日渐稀疏,已经能够看到大片头皮了。认识他的时候就已经这样了,不知道是读博士读的还是当律师当的。除了法律博士,查德还真的读了个博士学位,所以年纪稍大,但海博也读了两年毫无意义的硕士,中间为了准备法学院入学考试还浪费了一年。

"你那边怎样,最近忙吗?"

查德听见,一脸茫然地抬起头,眼神中写满了疲惫,但他很快反应过来。

"我先看下邮件,好像有个事在找我。"

"哦哦,你先看吧。"

海博环顾四周,发现人不是很多。这里的装修是那种中国古典式的,桌子都是红木的,四周也放着些中式家具、花瓶、大块的石头等有点苏州园林感觉的装饰,但不管怎么说这里是地下,所以没有窗户,只有些假的窗户里面用显示屏伪装成蓝天。这里中午的时候经常要排队才能有座位,但是晚上人就不太多,可能不是那种适合宴请的场所,也没包间,只有一个大堂。

"我啊,最近挺忙的。"查德抬起了头,"我手上有十个项目,现在都一起在活跃,所以你看我手机都调成静音了,来邮件的时候既不响铃也不震动,不然一直震动也很烦。"

海博隔着不大的桌子瞥了一眼,发现他的手机上新邮件如瀑布般一直涌入,不断有新的进来,所以手机画面也在一直刷新。他不能想象同时做十个活跃的项目是什么感觉,他最多也只有五个,而且也不是每个项目都处于最活跃的阶段。他们做的项目总是有起步、讨论主要条款、合同起草、合同协商、合同定稿、签署交割、后置条件等不同的阶段。有的时候就是会比较静默,比如合同起草好了发给客户看,客户可能要看好几天甚至好几个星期才会反馈他们的意见,这中间就可以做别的项目或者休息一下了,当然一般情况下都是前者,总还有别的项目处于活跃的阶段。

"有时候我就想,这么累到底有什么意义。"查德终于回完了手头的邮件。"我真想把所有手上的活全扔了,一个人找个深山老林躲起来。"

海博虽然没有那么忙,但非常能理解查德的这种心情。但他也担心查德这么忙会不会对身心健康有什么影响,希望他不会出现刚才自己考虑的问题。

"哟,你们在这儿啊。"

海博一转头,看见杰克走进来。

"抱歉,"查德突然想起来似的说,"忘了跟你说了,刚才他发信息问过我今天去哪儿吃饭。"

"没事,多一个人多一个菜。"

杰克从隔壁桌搬了把椅子加入了他们的行列。他个子很高,显得本来就小的桌子椅子似乎更小了。

"这家伙特别忙,"海博说,"听说他手上有十个项目一起在蹦跶。"

"天哪!希望以后我别是这样。"杰克隔着眼镜瞪着眼睛说。

杰克过去也是他们所里的实习生，但实在是累得够呛，所以实习一结束就跑去了一家小一点的律所，做一些小规模的活儿。听说没有他们那么忙，但是应该也算不得轻松。

"你呢，最近如何？"

"我还凑合啊。"杰克说，"不过就是事情都很狗血，给有钱人处理离婚或者分遗产，像看电视剧一样，每个人说法都不一致，而且都义正词严地觉得自己是对的。"

"那很好啊。"查德又抬起了头，"我们现在做的这些都是机械的重复，无非就是把之前的项目里用过的文件循环再利用，就算有什么背景也无非是些财务数据，哪有你那么丰富多彩的故事。"

"故事再精彩也没用啊，也不能拿来赚钱，我们那破所工资实在太低了。"

"能有多低？"海博问。

杰克伸出几个手指，同时痛苦地撇撇嘴，就好像自己在路上踩到了狗屎，回家了才发现一样。

"那也太少了，还不到我们的一半呢。"

"已经很好了。比我们低的还多了去了。"杰克摇摇头。

"不想回来吗？"查德试探式地问，"我们还是很缺人，不管怎么说你是我们训练出来的，想回来应该易如反掌。"

"不想。"杰克说，"暂时不想。"

海博想起办公室里几乎每天通宵的那几个实习生，也不奇怪杰克会这么想。因为在香港，想要成为香港律师的路径和英国律师一样，必须经过两年的实习期，所以这两年对于他们来说就是做牛做马不把命当命的忙活时间，实际上也不乏撑不住两年就走的，这种人如果将来还要做律师就会有点尴尬，因为后面有很多流程都是需要所有你实习过的律所给你提供资料，跟任何一家律所闹翻了，最终可能都会给自己未来的律师之路造成障碍。很多人确实也是至少熬到了两年结束才走，等到律师资格证落袋为安。至于能经受两年煎熬留下来的，则会得到大幅涨薪，算是从某种意义上补偿这两年他们经受的摧残，嘉奖他们的毅力和能力。

"那以后还有机会，"查德笑着说，"等你真的缺钱的时候。"

"希望没有。"杰克也笑了，"我会一个钱掰成两半花的。"

因为后面还有跟纽约那边的电话会,查德先走了。感觉他今天下班要等后半夜了,如果不用通宵的话。看着他逐渐稀疏的后脑勺,真有点担心还没结婚他就先秃顶了。也许这个趋势从他还在苦读普林斯顿的生物学博士时就已经开始了。

"记得把账单分成三份,给我一张。"临走前查德说,"杰克你们所也可以报销的吧。"

"我们所报不了。"杰克说。

"那就两份吧,我们多报点。"

"嘻嘻,谢谢前辈请客。"杰克双手合十,表示感谢。

外所有一些福利,比如能够报销餐费和晚上回家的出租车费,有的甚至可以报销洗衣费,这是一般的律所没有的。实际上这些也是从客户账上出的,最后会跟打印费、快递费等各种杂费一起放在账单上寄给客户,一般外所在报价时都会明确价格里不包含杂费。而客户也会因为这些奇怪的杂费而有所抱怨(为什么我要帮你报销洗衣费? 为什么打印文件还要找我收费?)。本来当然是为了激励律师们尽量留在所里加班。大一点的外所在装修的时候甚至会安装几个浴室,方便因为加班太久回不了家的员工直接在这里洗澡。

"最近怎么样?"一起走出去的时候杰克问。

"忙爆了。"海博说。"每天都想辞职。"

"是吧,那就辞职好了。"

杰克总是笑嘻嘻的。他个子又高,人又瘦,留着稍微长点的头发,长得像个韩国男星。不管他走到哪里,都有一堆女孩跟在后面,跟他一起去酒吧的话,女孩都只找他说话。

"现在觉得还是本地所好些吗?"

"也不完全是。"

"喂喂,莫非你还真的想回来?"

还没等到杰克回答,两人就走到天桥分岔处。杰克要从这里走回山坡上面稍微远一点的办公室,而海博的办公室就在中环置地广场最黄金的位置。

杰克当时为什么要走,海博心里很清楚,因为当时发生那一切的时候自己也在所里。

杰克跟着的合伙人是所里新晋的,只用了六七年就走完了别人要花十几年才能走完的路。大家背地里都说他也许跟什么首富是有关系的,能给所里带来额外的业务,所以为了稳住他才给他这个职位。实际上,这位合伙人也确实很有派头,每天都穿着三件套来所里,衬衫、马甲和外套,不管天气有多热。

不过天气再热也没有这位合伙人的脑子热。虽然打扮得文质彬彬,经常在西服外套口袋里塞着色彩缤纷的丝绸手帕,但这位合伙人说中文的时候经常口吐莲花,"三字经"不离口,英文则是 s 开头和 f 开头的字眼层出不穷。当然他只是在所里的小律师面前这样,见到所里的大 par(那几个管事的高级合伙人)或者出去见客户,他也能正经说话。

作为实习律师,杰克是当时团队里年纪最小的律师,少不得经常被合伙人问候全家,这在本来就高度紧张的律所工作环境里增加了一层焦虑的元素。那段时间,别人约杰克出来吃饭他都不敢出来,怕走开的时间里出了什么事要被合伙人臭骂一顿。他只能点外卖,要么拜托其他人带点什么回来。

他本来也不想两年实习期走到一半就离开的,不管碰到的合伙人有多么极品。

那天晚上,就在杰克少有的刚从外面吃完快餐回来,正好碰到合伙人不知道在哪里喝完酒,没穿外套,只穿着马甲坐在杰克的小隔间里。合伙人手里拿着一份打出来的文件,按照他喜欢的方式,每张两页,正反打印。这位合伙人从来不看电脑,所有文件包括邮件都需要打出来再看。他的办公室里有张桌子放满了一摞摞打出来的邮件和文件。

"你这写的什么东西?"

杰克从他手里接过那份文件,是一份他起草的董事会决议。在他们律所,"董决"这种比较简单制式化的文件都是由实习律师做,然后一般律师看一眼就发出去了,不会让合伙人再看。

"搞的什么东西? 这个公司的名字里面都写了是 BVI 公司,你下面提到香港公司条例有什么意义?"

他看了一眼"董决",是三天前他发给负责项目的律师,然后律师直接发给客户的。BVI 是英属维京群岛,加勒比海的英国海外领地,空壳公司喜欢在那里注册,香港公司条例当然不会适用。

"今天客户把这个发给我,简直让我瞎了眼,怎么搞出来这种东西? 你是没带脑子来上班的吗?"

杰克一句话没说,只是像一根高高的玉米秆站在合伙人身旁,等着镰刀一刀刀地砍下来。

"你也来了这么久了,这种简单的错误也会犯,真是太蠢了。"

合伙人从杰克的座位站起来,气吞山河地连叹了三口气,然后整理了下衣服准备离开。

"其实我改过来了。"

杰克终于忍不住了,小声地说。

"什么?"

合伙人猛地转过身来,眼睛里写满了不可思议的怒火。大概从小到大从来没有人当面这样顶撞他。

"其实我后来又改过来了,又发给了负责审查的律师,那个时候他还没有发给客户。有我发给他的邮件,您可以看下……"

一定是律师发给合伙人的时候发错了版本,发了杰克没改过的那版。杰克正在低头打开电脑上的电邮程序,试图找出当时他发给负责律师的邮件,证明自己发的确实是改过的版本。

"怎么这么喜欢找借口? 自己的错怎么还不敢承认? 你一开始没搞错怎么会有这些节外生枝的问题?"

"真的不是我的……"

话音未落,突然有什么东西从身旁风一样掠过,在身后的隔间挡板上发出巨大而沉闷的声响,砸出一个凹进去的痕迹。顺着声响,杰克在自己的脚边地毯上看见一个订书机像灌了铅的铁块一样掉落,砸得地毯上的灰都弹了一圈起来。

杰克捡起订书机,正准备询问时,突然眼前一片白茫茫,被什么白色的东西击中了他的眼睛,然后掉落在桌面上。细看发现正是刚才合伙人拿来询问他所打印的"董决",已被揉成一团纸球。抬头一看,合伙人正拿起隔壁桌子上的装曲别针的小盒,准备继续向他扔来。

"够了吗?"杰克平静地说。

合伙人被这突如其来的问题愣了一下,大概没有想到杰克居然还能问出这样的问题。

这时整层楼办公室的人都注意到了,大家都打开了门,站在安全距离外小心观看,不知道接下来会发生什么。一时间空气仿佛凝结了一样,把火药味都封存了进去。

合伙人又动了起来。他拾起桌上一打还没拆封的便利贴,准备扔出。

"住手!"

这时某位德高望重的大 par 从电梯间的方向出现,制止了这位合伙人继续撒野的可能。

最后虽然合伙人同意道歉,但是杰克还是坚决辞职了,在自己的实习期还没结束的时候。

尴尬的是,因为律师会的规定,杰克最后的实习转正申请上需要所有当过他导师的人签字。杰克本来正在犹豫,因为这样一来还是需要那个脾气暴躁的合伙人签字,但后来听大 par 的秘书说他可以帮忙转达。最后杰克还是顺利通过了转正程序,他去高等法院宣誓成为正式香港律师的时候,海博也去了。

也正因如此,海博不敢相信杰克居然在考虑回来的事情。那个合伙人还在,杰克当然可以去其他律师的团队,但所里的合伙人一般都是混用各组律师,没有分那么开,难保那个合伙人不会来找杰克给他难堪。

当然海博也能理解如果杰克真的想回来的动机。毕竟他们的薪资比杰克现在待的地方好太多,还有一些福利,工作量可能一样的多,杰克也未必真在那边待得开心。

海博叹了口气。律所可能在哪里都一样,永远都是服务客户的。客户要你晚上加班,你就得加班。客户突然一个电话打来,要你参加两个小时的电话会,你也得参加。客户再无理的要求,总是会有律师愿意满足的,除非无理到一定境界⋯⋯

也许欧洲某些地方不是这样的吧,听说法国还有晚上回家不看公司电子邮箱的权利。

走回办公室的路上,海博抬头看终审法院一带的办公楼,汇丰银行、长江中心、太子大厦⋯⋯到处都亮晶晶的,好像还有很多人加班的样子。海博今天玩得没什么事了,但也准备先回办公室看一眼再走。

回到办公室,海博摇了两下鼠标唤醒了电脑,看了眼邮箱,似乎白天的多轮风暴般忙碌的时间已经过去了。虽然忙的时候巨忙,但并非一直都忙。夏天的时候似乎总是有段时间不会有太多事情,而秋天变深的时候,又会因为逐渐接近年底开始多出很多事情。他准备利用现在的闲暇把最近没有录入的时间录入系统。

作为外所律师的日常活动之一,就是录入时间。本来律师是按工作的时长收费的,每个人都有自己的小时费率,看起来自己的费率非常高,但很遗憾的是,这大部分时候都是一个虚幻的数字,因为在这边的市场里很少有客户会愿意支付小时费率。他们总是会在询价的时候就提出要求按照固定费率收费,而合伙人一般都需要估计一下大概会花费的时间,然后给出报价。有些客户会反复砍价,所以报价的时候往往会稍微往高报一点,留出砍价的空间。

既然大部分律所都不按照工作时长收费了,为什么还要录入时间呢? 海博每次录入的时候都这样想,因为在这个系统上录入时间并不轻松。首先要搞清楚录入时间所对应的客户及事项编号,这样在生成账单的时候才能对得上号。其次要填入一些杂七杂八的信息,比如负责这个项目的合伙人是谁,在哪里完成的工作,有时候还要填入自己所完成事项的类型。最后是要用一句话比较详细地说明自己到底干了什么。如果是按小时收费可能客户还会细看,但因为固定费率不管干多少最后拿到的都是一样的钱,所以所里对这些管得不是太严,随便写点什么不至于空着就可以了。

可能录入时间的唯一意义,就是看你到底工作了多久,如果超过某个固定的数字,就可以拿到奖金。然后因为表现优异,就会有更多合伙人来找你做事,你就可以录入更多时间了。虽然忙的时候不用操心,但如果一直这么闲下去,又会因为没有足够的时间录入系统而烦恼。这就像是一场吃比萨饼的比赛,吃得最多的人的奖品,是更多的比萨饼。

海博总有种这样的人生不可持续的感觉。要么忙到忙死,要么闲到闲死,似乎没有中间地带。每天都生活在“我真的好忙,要不辞职算了”或者“我真的好闲,会不会被开除”的感觉里,就好像走在一堵窄窄的墙上,一边是喷着火焰的岩浆,另外一边是吹着寒风的极地,掉往哪边都是死,死法还完全相反,但终极而言都是一个死。

真的继续要在这里待下去吗? 海博内心在博弈。自己其实没有待太久,如果现在就走,只怕是不太好看吧。

如果一开始没有踏上这艘贼船就好了。

这么一想,他当时确实有三次可以从这里抽身而出的机会。

第一次是他在准备法学院入学考试 LSAT 的时候。

这个考试曾经是进入所有法学院都必须考的,但即便现在有的法学院可以接受其他成绩,LSAT 在录取的过程中对做出决定所占的比重还是很高,甚至可以说是第一位的。也就是说,只要 LSAT 足够高,即便比重占第二位的本科 GPA(成绩绩点)不是太理想,还是有可能进入好的法学院。特别是对于国际学生来说,非美国的本科成绩因为打分标准五花八门,参考起来比较麻烦,所以看 LSAT 的情况更多一些。所谓的好法学院,一般就是指的前十四。

"前十四?"第一次听到这个概念的时候,他问。

"对。"佟姐在聊天窗口里说,"不管怎么排,其实就是那十四所。"

自从海博开始认真考虑去读法学院之后,他们两人就开始在网上聊天。她总是很乐意回答他的问题,只要她不是太忙。

"前十四"是指《美国新闻与世界报道》每年对美国法学院进行的排名里前十四名的学校。一般人在讨论美国法学院的地位时,他们的排名可谓是最权威的,没有之一。其他的排名也有,不过在说到法学院排名时,一般默认的就是他们的标准。

当然他们的排名一定程度上取决于参加调查的人的主观感觉。每年这份报纸都会给法律界较有名望的人发出问卷调查,让他们按照心目中的法学院排名进行排列。其他方面当然也会参考诸如毕业生有多少人进入大型律所工作,多少人能一毕业就找到工作,和法学院图书馆里有多少本书这些硬性数据。

之所以会卡在第十四名,也不是说十四名之后的法学院就不好。实际上可能前二三十名,甚至前五十名里的法学院都有人觉得是好法学院,但是这些学校每年的排名都会变,有时候会上升几名,有时候会下跌十几甚至几十名,但前十四是不变的。也就是说,虽然前十四名的学校的排名也会小幅变动,但很少会有前十四名的法学院跌出前十四,也很少有十五名及以后的学院闯入前十四。这本身就多少固化了有关"前十四"的神话。

"怎么样才能上前十四呢?"

"LSAT 考过 170,就比较有戏了。"LSAT 满分 180,虽然最后的分数不是直接考出来的实际分数,而是用某种算法加权算过的,但大概就是要尽量不超过 10 道错题。总归不过是个考试,海博觉得心中充满了自信。

海博看着前十四的名单,里面不乏当时他申请博士项目时想去但是没去成的学校。如果自己不擅长做研究,考试总是擅长的吧。作为在中国从小接受了应试教育,每周一小考每月一大考,每次都全班乃至全校排名,考试做题就像吃饭刷牙一样已经变成了他的仅凭潜意识即可自如完成的行为之一。即便在高考中取胜、进入大学后整个人像绷紧的橡皮筋一下子就散开了,他又为了能够出国反复刷起了 GRE 和托福,同时为了能够在申请的时候成绩好看点,在各门功课上都用功了起来。他不觉得自己是不会学习的人,只要付出时间和精力,自己的成绩一定会好起来的,LSAT 也不会有什么两样,毕竟本质上来讲 LSAT 也不过是考考阅读分析能力,跟其他的英语考试差不太多。至少海博当时是这么想的。

"吃饭吗?"

老王来到他的房间的门口,探头进来看他。虽然毕业了,海博还是住在原来的地方。他向学校申请了一个实习的机会,利用毕业后还能多待一年的签证继续待在美国,一边实习一边准备考试。

"抱歉,你们先吃吧。"

他心里很烦躁,有时候饭都不吃,就只是一个人窝在房间里刷题。

不知道为何,他经常想起高中最后一年的时光。他本来是学习不太上心的人,可是到了关键时候铆着劲儿,也还能考上个说得过去的重点大学。其实,别的事情他也是拖到 deadline(最后期限)迫在眉睫才会开始行动。就像暑假的最后一天,第二天上学要交暑假作业了,他才急急慌慌地开夜车。

但他确实已经饿到觉得自己脑子都转不动的时候了。他对着放满了纸的书桌叹了口气,下楼吃饭。这个时候老王还坐在跟厨房连体的餐厅座椅上,一脸愁容地看着他,眉毛皱成了一团。

"怎么现在连饭也不吃了?"老王看见海博坐下,揭开了几个裹在菜上的保鲜膜。这些菜是老王专门留给他的。

"模考的成绩很不理想，心里有点发急。"海博摇摇头，捡起桌上的筷子。他最近的几次都在 160 到 165 之间徘徊，特别是长阅读部分，总是时间不够或者错得太多，只有逻辑游戏的部分因为可以画图解决感到得心应手。

"没事，慢慢来就好。"

"来不及了，还有不到一个月就要考了。"

"不是后面还有一次？"

"考后面那次，"海博就着米饭吃下老王做的蒜泥拌茄子，"可能会 miss（错过）掉有些学校的申请周期，最后就申不上了。"

"最后总是有书读的吧。"

"也不一定，实在不行就只能卷铺盖回国了。"

老王突然不说话了。

"怎么了？"海博感觉有些异样。

"回去就回去呗，也没什么不好的。"

"你不是想留下来的吗？"

因为学计算机，老王是这个屋檐下最有希望能在美国找到工作的人。美国总是缺码农，工作比较容易找，薪资也很高。小王学的商科，可能也能找个什么公司做点什么，只有海博学的文科，感觉要留下来比登天还难。

"刚收到学校的邮件，威胁我说如果这学期成绩再不改进，就要让我回去了。"

海博停止了咀嚼，不知道自己该说点什么。

其实老王成绩不好，之前也有所耳闻。大概上个学期结束的时候，老王吐槽过两句说自己有一门课不及格，还有几门只考了个 C。毕竟老王因为没车，如果时间不合适又不想等很难等到的公交车，他就干脆不去了。美国大学的学习基本靠自觉，老师不会经常检查学生学习的进度，中间也不会有很多作业，几乎只有一次期中一次期末考试，所以落下了进度也感觉不到，等快考试了临阵磨枪才发现还有很多不会的，最后的成绩会很惨。

在他们学校，只要认真学习，其实拿个 B+ 是很正常的事情。稍微难点的课应该也不会 B- 以下，而海博自己是几乎一水的 A，所以从来没听说过还会因为成绩太差被学校劝退。

　　老王平常在家里几乎除了上厕所和做饭不会离开房间,总是待在自己的房间里,要么看动漫要么打游戏,有时能听见从他屋里溢出的笑声。他也不太跟人出门,除了买菜。自从发现他喜欢做饭,海博和小王就把做菜这一本来应该各自解决的问题全部交给了老王,进一步导致他自己的时间被占用。海博放下了筷子,突然意识到了饭菜美味的代价。

　　"这样,你监督我,我监督你,我们一起好好学习,最后再拼一把,如何?"

　　"好的!"

　　老王的眼睛里散发出仿佛日本动漫里熊熊燃烧的斗志一样的东西。两人约好,以后海博开车带老王去学校图书馆,两人一起去图书馆里学习。

　　虽然海博实际上已经毕业了,但图书馆的自习室对所有人开放,只有借书出来的时候才需要用到学生证。

　　因为不用上课,海博对于时间的流动感觉越来越迟钝,有时候就好像忘了时间还会流逝一样,在椅子上刷题看答案分析的时间里,没注意到天就已经黑了,再一眨眼天又已经亮了。为了让老王有更多时间学习,海博和小王也约定好两人不再让老王做饭,所以海博又回到了用罐头、速食面、门口的几家快餐厅解决吃饭问题的时代。学校门口和家门口除了那几家已经吃腻了的汉堡店、炸鸡店外,尚有韩国菜、土耳其菜、泰国菜、中国的广东菜等不同菜色,虽然没有哪家特别好吃,但简单填饱肚子还是可以的。

　　为了转换心情,海博又开始看之前就喜欢看的惊险小说。海博有时候觉得自己LSAT逻辑游戏做得好,也是托了这类小说的福,因为主要剧情就是找出谁是凶手,而作者在最终揭晓之前,必定在书中嵌入很多的线索,无心的读者可能看到最后揭晓的时候才恍然大悟,原来前面这些线索是有这么个用途,而有心人士一早就注意到,并且开始就谁是凶手进行分析。对这类小说看到一定程度的海博自然属于后者。

　　好的惊险小说,当然一方面要留够充足线索,给人分析思考的空间;另外一方面从最后线索拼凑起来所引致的结果,一定要合乎情理,也就是所谓的符合逻辑。其实逻辑当然有科学的定义,也是经验的积累和提炼,在这方面不由自主经过训练的海博因此在LSAT的逻辑游戏部分感觉到了优势。

惊险小说里除了逻辑严密的悬疑类型外,还有纯粹是消遣的冒险小说,甚至可以说是为了抵消悬疑小说过于强调逻辑、束手束脚而试图挣脱的尝试。主角一般是个硬汉,带着左轮手枪硬着头皮闯入各个危险的场所,然后向空气里拼命释放子弹。解决问题基本上只靠肌肉和枪,甚少会用到脑子。在看腻了悬疑小说或者厌烦了现实世界时,看看冒险小说很有消遣的作用,类似于去电影院里看一场好莱坞警匪大片。

在国内读书的时候,海博就在上一个讨论这类小说的网络论坛,里面包括惊险、悬疑、犯罪、侦探等不同类型的小说,其中惊险小说还包括法律惊险这一与他准备读的法律有些关联。有次看到论坛里有人征文,他也写了一篇,结果收获了很多好评,从此他就积极投入了一阵子,写了很多同人爱好者性质的小说,其中有几篇还被收录进了出版物,给他带来了一点稿费。

后来到了美国,因为环境改变,海博把大部分时间花在适应环境上,另外还有很多 reading 要读,所以没像以前一样经常流连于小说论坛。等他现在再找到那个论坛的时候,发现连网站都打不开了。几个还认识的网友说,那个论坛后期已经没人上了,站长觉得没有回报,就直接关了,现在大家都去几个网络文学站点看小说。不过海博尝试了一下,发现这些网络小说大多是古代背景,写得特别长,剧情颠三倒四,与惊险小说不是一个类型。他转而找来几本所谓的法律惊险小说,比如约翰·格里森姆和斯科特·普拉特的,除了欣赏情节还可以补充逻辑推理及法律常识。

每天的日子就在起床、随便找口吃的、刷题、休息看小说、再刷题中循环往复直到睡觉。除了去楼下冰箱找吃的,他基本不离开自己的房间。

考试还没到,秋天已经来了。空气中飘荡着枝叶枯萎的声音,草坪上开始出现落叶的气味,日落在一天天地变早。同时也快到万圣节了,可以在超市看到很多妖魔鬼怪和骷髅装饰。在这个美国中部城市,万圣节到了,就标志着到了深秋。

海博没有心情看这些东西,他到超市是寻找考试时能让他发挥得更好的食品和饮料。佟姐说过,可以买点红牛什么的,但是红牛他已经喝腻了。海博来到醒脑提神能量饮料专区,把所有他没喝过的饮料各买了一瓶(其实就是除了红牛的全部),准备这几天试验一下哪个更管用。怪兽、5小时能量、氮气、摇滚明星,他买了满满的一袋。从超市拎出来的时候,所有的瓶瓶罐罐一起摇晃,就好像他拿了什么很危险的弹药一样。

"海博,要考试了哟。"

佟姐在考前专门抽空跟他视频。

"嗯,我已经准备好了。"

他专门买了最好的雪松木头的铅笔,在紧张的时候闻闻那仿佛沉香般的木头味道,能使自己心情平静下来。他还买了日本进口的塑料橡皮,擦起来没有太多纸屑;买了非常锋利的卷笔刀,稍微一扭,铅笔就好像纸质黏土一样一下子下去一大截。他准备考前一天去看看考场,这样准备工作就算完成了。

"最近刷题了吗?大概什么水平?"

"刷了,165 到 170 之间,偶尔能过 170。"

"没事,165 也能上好学校,我也大概就这个水平。170 可能确实需要脑子相当好使才能达到。"

如果这些饮料有用,他应该能超水平发挥,超过 170。他是要去上真正的好学校的,不会像佟姐那样随便找个普普通通的学校就算了。

他开车载着要上课的老王去学校,顺便去看了下考场。考场在他们学校的法学院,他从来没去过,总感觉气场有点不合。美国大一点的大学一般都有法学院和医学院,也称为专业学院,游离于本科生院和研究生院之外。这些学院的学生一般只有所谓的专业学生,不算本科生也不算研究生。尽管最后从医学院和法学院出来的时候一个叫医学博士一个叫法律博士,但医学博士因为都是医生,还可以被人叫 Doctor(医生和博士都是这个词),而律师就很少有人这样叫了。

"对了,我有个事。"

"说。"海博一边看着正中间的后视镜倒车一边说。

"我准备去找个律师,你要陪我去吗?"

海博把车停好,想问几个问题,不过只说了个"好"。

"那我约好时间了跟你讲。谢谢了。"

老王拍了拍海博的胳膊,下车走掉了。

法学院很大,比海博毕业的学院大个三四倍。以前路过的时候只看见有个尖尖的凸出来的部分,使得他以为法学院的四个角都是凸出来的,从空中看像一个 X 形的建筑物,实际上只有一个角如此,其他三个都是方头方脑的直角,看上去好像凸起的那个部分受到了什么看不见的力量的拉扯,以至于变得扭曲了起来。

法学院里面像迷宫一样,很难找到考场。因为不是一次性建成的,不同年代的建筑之间连接的部分有些曲折。海博问了好几个看起来像学生模样的人,终于找到了。找到考场,海博向内望去,看起来跟一般的教室不太一样,不大,所有的学生坐的地方都很高,老师的讲台反而在下面,有点像一排陪审员居高临下看着原告与被告的感觉。

"你是来干吗的?"

海博一回头,看见一个教师模样的人,戴着颜色有点深的眼镜,穿着深蓝色竖条纹衬衫,外面罩了件休闲西装外套,年龄大概 50 多岁,跟自己的导师有点像,不过头发呈深金色,个头也矮一些。

"不是这里的学生吧,我没见过你。"

难道只有这里的学生才能进来? 海博回想起刚才进门的地方,好像没注意到有此类的告示。

"不是,我来看考场的。"

"LSAT?"教师模样的人翘起了嘴角,打量了一下海博,"加油啊,希望你能报考我们学院。"

海博耸了耸肩,不知道该说什么。

"没自信? 拿出全力就好了。"

"不是……"海博犹豫了一下,"没有很想考你们学院……"

海博内心想的是,因为之前在这所学校发生过很多不愉快,他并不想以后还待在这里,怕在路上碰到以前的老师同学,感觉会很尴尬。不过听起来就不是那个意思了。

"哦。"那人脖子往后一缩,"那祝你考上心仪的学校吧。"

在他掉头走后,海博感觉自己的双颊有点微烫,也许是因为最近功能饮料喝多了,心跳有点快,也有点胸闷和心悸。他大概以为是海博看不上自己的学校,所以有些不悦,简直跟海博的导师一样。不过管他的,不过就是个不认识的路人而已,随便说两句也不会怎么样,反正以后也不会再碰到他了。

到了考试的那天,海博感觉没睡好,因为最近一直在喝功能饮料,连睡眠都变得有点不规律,该睡的时候睡不着,总是在喝完后很兴奋的感觉和效力过去后疲倦的感觉之间循环,并且自己能感觉到抗药性正在积累——每次喝完清醒的时间会逐渐变短。他利用这段时间又疯狂刷题,已经把所有的历年真题刷完了一遍,并且自我感觉良好,接近或超过 170 的时候也越来越多。

海博怕一个人开车不方便停车,请小王开车送他去考场。进法学院之前,海博就先干了一瓶饮料。进了法学院,到达考场,海博脱下外套,放好文具,等着考前的紧张兴奋和疲倦一齐散去,等着自己的考试本能和刚喝的功能饮料慢慢进入血管,输送到全身。

"安静。"

监考官进来了。海博抬头一看,惊得往后一靠。

原来这人就是昨天在走道里碰到的那个老师。

"大家好,"他跟所有在场的考生说,"我是这个法学院的教授,也是分管招生的副院长,希望大家好好发挥,记得申请我们学校。"

海博尴尬得脖子都红了,功能饮料好像提前发挥了功能。

"祝大家都能考出好成绩。"

有些考生居然鼓起了掌。海博做出鼓掌的样子,但没有鼓出声音。

这时那个老师和他的视线交错了。

"当然除了部分同学,如果以更好的学校为目标,我也不介意。"

教室里传来哄堂大笑声,还有人在后面喊出他们学校足球队的助威口号。

考试之前居然还有这么一出,让海博没有意料到。他把脸埋在桌上,希望能避免与考官的视线再次接触,引发让他尴尬的对话。

考卷下来了,海博开始把注意力集中到考试本身,但没看几行,一股强烈的困意很快袭来,也许是昨晚没睡好的缘故,一瓶饮料的效用已经挡不住了。海博很想打开一瓶新的功能饮料畅饮,不过不到中场休息的时候不能喝东西。困意像从背后突然袭来的妖怪,看不见,但黏稠厚重,有点像胶水又有点像鼻涕,一旦沾上就很难彻底摆脱。稍微清醒了一点,但又很快滑入困倦的深渊,不得不在困意和清醒的界限上来回弹跳,很长一段时间都没有办法集中注意力做题。

与此同时,教室里总有人发出各种各样的声音。正常的写字涂答题卡的声音也就算了,居然有人拿着铅笔在阅读材料上大片地涂画,就好像每看一行字就要用铅笔画一下。海博屏住呼吸数着如此连续不断的沙沙声,不知不觉已经超过 30 下了,但既没有监考老师来管也没有其他同学举报。另外一侧的同学也好像要加戏一样,一会儿不住地咳嗽一会儿不住地叹气,看见老师靠近又变成了大声地呼吸。海博当然没办法举手叫监考老师管管这人的呼吸(实际上也不敢跟他再发生什么关联)。但在厌烦周遭环境的同时,自己倒也清醒了,正好赶紧做题。

不知道为何,题目感觉越做越难,比在家模考的时候感觉要难上很多。前面几道题花了太久时间,加上为了克服困意和周遭干扰花掉了不少时间。LSAT 本来就时间紧巴巴的,做到后面显然时间不够,已经接近于需要靠猜才能做完了,很多题目都来不及细看,只能一扫而过,然后凭感觉随便选一个。幸而基本上都是选择题,唯一的一个写作部分不算分。

中场休息,海博大口吞下甜腻的巧克力花生酱糖果,又喝了一整罐大罐的怪兽饮料,结果在做接下来的题目时又经历了过度兴奋,没办法好好集中注意力看题,以及在做长阅读题时出现尿意,且越来越强烈的困窘。长阅读本来就是海博不擅长的部分,时间常常不够用,他不能为了上厕所牺牲掉哪怕一分一秒,结果憋到最后感觉好像已经快要有水从下面出来了。监考官一宣布时间到,他马上第一个交卷然后扶着墙朝洗手间奔去,每一步都感觉到膀胱的刺痛,没注意对方是什么表情。

"考得如何?"

考完之后,很多人都问海博。佟姐、父母、老王、小王、其他少数几个知道他还没走只是躲在这里准备东山再起的狐朋狗友。他不知道该怎么回答他们。说"很好",他的脸皮没有那么厚;说"不好",他们又觉得他只是在谦虚,实际上过去在学校里的时候那些说自己考得不好的同学,往往都是最后考得最好的,而他又绝对不觉得自己考得好。最后他只能说"一般",并且用尽量诚挚的语气,并拒绝一切以为他只是在谦虚地恭维,接受那些仅仅从他的字面意思理解并且试图安慰他的语言。

"虽然不是安慰你,但之前我也说过,这个考试很多时候靠的是智商,其实后面反复刷题没有什么帮助……"

佟姐这样跟他说。他觉得这是到目前为止,他听过的最诚实的话。

当然,那天在考场发生了什么,以及在考试前一天发生的事,他没有跟任何人提起过。但他也知道,这些事对他的发挥绝对有影响。他现在终于知道自己应该怎么准备了。考试之前他不应该喝那么多能量饮料。实际上为了调整身体状态,他应该连咖啡和茶都不喝,更别提任何含有咖啡因的饮料。他应该尽量只喝水,清淡饮食,多吃蔬菜。另外他发现有一种小瓶的 5 小时能量的饮料宣传自己不含咖啡因,并且量也非常小,喝完之后不会出现心跳加速和想要上厕所的感觉。

他不是百分百地确定自己需要再考一次。他知道自己没发挥好,但又总觉得如果佟姐说得有道理,说不定自己还有希望。因此他没有很快报名参加下一次的考试。报名费是不可退回的,而且虽然时间很短,但在上一次的成绩出来和下一次考试的报名截止之间应该有一点空隙,等到结果出来再报考下一次也应该来得及。

秋天越来越深了,风变得更干涩、更凛冽,空气中好像已经出现仿佛铁砂一般坚硬的冰晶粒子,打在脸上有些疼了。位处长满玉米的大平原,这里秋天的风尤其猛烈,大约是无山峦阻隔,北风可以扫过玉米田长驱直入的缘故。

秋天虽冷,但不会很长,因为更加严寒的冬天很快就会降临。高大落叶乔木的叶子还来不及彻底变黄就会被白色的大雪所覆盖,黄的红的绿的一齐被铺天盖地的白色所遮盖。

秋天虽短,海博却迫不及待希望能赶紧过去。刚经历了不如人意的 LSAT 考试,自己的车又仿佛厄运征兆一般彻底坏了。拖去车厂花了一笔钱,修车又要一笔钱,加在一起简直可以买辆新的了。海博还要带老王去见律师,只好借了小王的车去。小王个子不高,却喜欢开一辆大大的 SUV(运动型多用途汽车)。海博开这么大的车感觉很不适应,但能借到就该心存感激了。这天早上他和老王早早起床,开车前往郊区的一栋写字楼。

说是写字楼,跟海博印象中的很不一样,不是那种高耸入云的摩天楼,而是一排矮矮的两层平房,占地倒是非常的广阔。办公室也很大,门口有个胖胖的印度裔模样的少女坐前台,睡眼惺忪好像随时会趴在桌上睡着,问清预约情况后就叫老王刷卡。

"现在就刷?"

"对，先刷 100 美元的保证金才可以见到律师。"

老王耸耸肩，还是刷了卡去见律师。海博想进去听听，但是被前台阻止了，只好坐在门口的沙发上翻阅律所的介绍小册子。虽然并非客户，前台的少女还是端来了一杯热气腾腾的咖啡，让海博对她心存感激，特别是在如此寒冷的天气里有如此温暖的咖啡，喝完让他浑身都感觉暖融融的。她面前的台子上有一台电脑，背后是一整面墙的窗户，台子的两侧各放了一盆高高的绿植，台子的下面用烫金的立体字拼出了律所的名字。

从小册子看，这家律所原来只有一个律师，从名字看起来像是有中国背景的中年女人，有点发福，妆化得很浓，穿着条纹很宽的西服，还注明会讲普通话和粤语。她毕业于本地一所名不见经传的法学院，海博上网查了一下，属于没有排名的那一档。执业范围上写的商业、公司、税务、移民、知识产权、房地产、诉讼辩护等，好像什么都会做。其中专门花了一整页介绍的是移民业务，包括各类职业和投资移民，包括 EB2、EB5 这种能办绿卡的移民，和非移民 H1-B、L-1 等工作签证等。除此之外还详细介绍了他们对亲属移民、遣返及驱逐出境等需要出庭辩护的服务。

"伊瑞！"

房间里传来一个中年女性的声音。前台的少女闻声很快站起，离开座位，打开了通往里间的门。海博从门口往里看去，里面是一个很大的办公室，比一进来的地方还大很多，靠左的地方有一套沙发和茶几，似乎是跟客户开会的地方，里面是一张大书桌，也放着电脑，律师就坐在桌子后面，看着好像没有化妆，穿着比较日常的宽松衣服就来上班。而坐在她对面的老王这时正好回头，和海博相视而笑。前台女孩进去拿了几页纸出来，就回到前台，在自己的桌子前面敲打键盘，可能是记录了什么身份信息。整个律所好像就她们两个人，律师和兼任助理的前台女孩。

"问出什么办法了吗？"

半个小时以后，老王出来了，有点容光焕发的样子。

"主要是问了我的情况，后面她会帮我想办法的。"

"后面？"

"她叫我下次来的时候带上我的签证和学生手册，然后会帮我查下。"

那等于这次什么法律意见都没有，只是纯聊天。

"就这半小时要收 100 美元?"

"放心吧,她说肯定能帮我搞定。"

海博不置可否,不过律师这么说,应该还是有办法的吧。

回去的路上,海博回想今天看到的场景。个人开的律所,跟他以前在律政剧和电影里看到的很不一样。美剧《金装律师》(Suits)里麦克和哈维在纽约的摩天大楼里穿着笔挺的西装每天帮位高权重的重要客户解决复杂的法律问题。这位没有考上像样法学院的个人律师虽然人到中年,还是穿着仿佛在家穿的普通衣服,在只有两个人的郊区办公室里先收钱再见面,靠夸下没有什么依据的海口忽悠客户,而且见面主要也只是听听情况,没有提出任何解决方案,估计之后再咨询要继续付更多律师费。

海博当时觉得自己不想当这样的小律师。如果真的要做律师,还是应该上个够好的法学院,进电视里那种大型律所,即便竞争激烈,工作压力异常之大,但还是要趁年轻努力一把,当一个酣畅淋漓的金装律师,而不是憋屈在这种中小城市的城乡接合部专门靠忽悠赚钱。

想法是美好的,但出分的那天很快就到了。

这天傍晚,海博正在浏览着网页,看着网上的人分析大概多少分适合申请什么学校时,手机突然一响,再一看是邮件提醒出分了。

海博感觉心脏缩成了小小的一团。自己的命运就这么又一次地被一个数字给决定了,到底去什么地方,接下来会做什么。

看到分数后,海博不知道该怎么办。

分数不理想,没有超过自己心理预期的分数线,应该很难申请到像样的学校。如果自己不重考,或许只能跟之前看见的小所律师一样,去一个不怎么样的法学院,最后也是可以毕业当律师的,不过就很难进所谓的大所了。大所就是佟姐推荐去的那种,所谓的 big law,一开始起薪就很高的。

其实他也不是非要冲着钱去读法律,只是那种生活似乎就是他一开始所向往的:西装笔挺地在光线充足、装修气派的办公室里,专门处理最复杂的法律事务,客户是谁都听说过的跨国公司、大型银行、金融机构等。虽然他也没想好以后要不要在这种地方一直待着,但是他觉得能在这种地方工作几年,写在简历上就跟别的小所律师不太一样。

他更苦恼的是如何把自己的分数告诉所有关心他的人。跟远在天边的亲朋好友说倒没有什么，只是电脑上的几个文字。跟佟姐也只是一通电话，她安慰了一下他，说没考好也没什么的，反正还有一次机会。海博没有提起之前佟姐也说过的话。她当时说如果是考第二次，会有较大概率上不了好学校，那些条件较好的学生在第一次考完后就申请了，而法学院可能在他第二次考试出来成绩前就已经发出了录取信，这些录取的位置就被第一次考试的考生给锁定了。

更难的是跟身边的人说自己考砸了。之前自己已经夸下海口，说自己现在要读法学院，而且要读最好的，并且把要考多少分才能上法学院都告诉他们了，结果自己就考了这么点分数。

海博又闷在自己的房间里了，就跟以前一样，干什么都心不在焉，甚至连看小说、玩游戏、随便在网上看点什么都没滋没味的。他经常不由自主地叹气，把身边的烟都抽完了。可是他连出门买烟都不想去，他怕碰到老王、小王他们。

心情抑郁，他躺在自己的小床上，辗转反侧。因为晚上想到分数不行基本上没睡着。他试图平静下来，又开始冥想着校园中心的那片草坪。本来这种方法是他在写小说的时候，为了能充分展示所写的情景采取的技巧，现在倒是能用来平复心情。在他的想象中，草坪是一望无垠的，只有很远很远的地方能看见山峦和山脚下的森林。草坪高低起伏，偶尔分布着灌木丛，但自己所在的地方是一个缓缓的山丘，顶部长着一棵大树。他就这样坐在树脚下，看着草丛随着微凉的风像波浪一样吹拂，青草的香味和翠鸟的鸣啭交相辉映。他感觉自己烦躁的心情随着一波又一波的微风而逐渐平静，但不知为何，他的想象中除了自己还有佟姐，她正向自己走来，要坐在自己身边似的。他又开始烦躁起来，就好像不想在这里看见她一样。他努力将佟姐从他的脑海中排除出去，换成一个没有具体身份具体样貌的异性，这才感觉心情重又恢复宁静。他估计是因为觉得自己跟佟姐没有可能，所以不想让她出现在想象中。

他终于睡了一会儿，但没睡太久。等夜幕深沉实在饿得不行的时候，海博偷偷溜出自己的房间，轻手轻脚地走下楼梯，想去厨房里找点吃的东西，却发现一张放在餐桌上的纸条，是老王写的。

"海博，如果饿了，冰箱里有我做的菜，电饭煲里还有饭。本来为了给你庆祝，做了几个硬菜，想吃的话热一下就可以了。"

海博打开冰箱,结果发现除了他以前说过喜欢吃的红烧肉,老王还做了小鸡炖蘑菇、四川回锅肉,和一锅酸菜白肉汤。他每样都拿了一点,把菜和饭放在一个盘子里用微波炉加热。他突然觉得眼眶有点湿润。

等他把热好的饭菜拿到餐桌上准备吃的时候,发现纸条的下面还有小王的字迹:

"专门给你买了庆祝的香槟,没事,放到冰箱里了,下次再喝。"

海博一边流着眼泪一边吃完了饭。能碰到这样的室友真是他上辈子修来的福分,如果有上辈子的话。他准备第二天就向室友们赔礼道歉,再带他们去吃顿好的。

很多年后,当海博坐在自己的办公室里,看着过去三人合租的美国城乡接合部联排别墅的照片,回味三个室友一起过的温馨日子,做菜吃火锅或者下馆子,去户外滑雪、划船或者在野外烤肉,一股暖流常涌上心头。他想起老王和小王,还有在自己最艰苦最沉沦时期不求回报无私地给自己提供了精神或者生活上支持的人,很想当面跟他们说声谢谢,或者至少在手机上问候一下。在地球另一端远离自己家乡的亲人朋友时,他们就像临时的家人一样。

但是他已经很久没有联系过他们了。以前尝试过发短信,但是发现过去用来联系的手机号都换了,而后来更新换代的各种手机软件都没有加过对方。现在都不知道他们在什么地方,过着什么样的日子。也许已经结婚生子有了自己的家庭,也许还像他一样一个人挣扎着试图搞清楚自己到底在追求什么。

自从上次考砸,又过了两个月,到了第二次考试的日子。

这次海博做好了十足的准备。他已经把所有真题又刷了一遍,最后基本上稳定在 170 以上,但他不确定是因为自己之前已经全部做过了一遍,有了印象,还是自己就是 170 的材料。他抱着最好的希望,但他现在不想以后的事情,这也属于上次的教训之一。

这次考试换了个地方,在一个仿佛都是教室的楼里。他进入考场,先喝了半瓶 5 小时能量,那个咖啡因含量最少也不占膀胱空间的能量饮料,然后吃了一点基本都是谷物的能量棒。考试开始了,他从容地拿出文具,在桌面排开 6 支削好的高档铅笔,闻着笔尖香柏的沉稳香气,在脑海中想象自己正在那片草坪上眺望远方。这次的监考官是个胖胖的没有什么特征的中年男人。宣布开始后他就全身心投入了考试。中场休息吃了剩下的能量棒，喝了剩下的能量饮料，坐在自己的座位上休息。

做完题后，他舒了一口气。

他不确定自己是不是考过了 170，但他觉得自己已经尽力了。有道题他不知道到底应该选哪个答案。他觉得有两个答案都很有可能，但他只能选一个。他在两个答案之间来回犹豫，涂了一个，用橡皮擦掉，又涂了另外一个，如此反复了两三次。最后他把这道题放在一旁，先做了后面的。最后做完的时候已经没有什么时间再回来纠结这道题了，他也不记得自己到底最后选了哪个答案。只有这么一个地方让他有点不安心。

他站在学校门口的公交站，等着那趟偶尔三趟一起来、偶尔要等半个小时的公交车出现，突然意识到自己可能是最后一次来学校了。他以后也许还会来图书馆看书，也许不会。他没有什么非来学校不可的理由了。

他看着学校门口的学生，想着自己曾经也是他们中的一员，每天要操心作业有没有做完、阅读有没有看完，参加期中考试和期末考试，以及自己的成绩到底怎么样。不过这些他都不用操心了。他已经毕业了。他没有去参加劳什子毕业典礼，就跟他不想报考他们学校的法学院一样，只是怕见到熟人。一想到迟早要永久性地离开，自己做过的傻事和说过的傻话就好像也可以原谅了一样。

他没有买酒，也没有买烟，因为他不确定自己是不是真的考得还可以。如果没考好，他可能又要投入下一次考试的准备。下一次考试他就彻底赶不上今年的申请，要等明年了。不过他觉得可能这样更好，毕竟上一个好的法学院比什么都重要，不管是将来找工作还是对自己没申上名校博士项目的补偿。

回到家里他和赖在家里没出门的老王打了个照面，稍微聊了一下之后就上床蒙头睡了一觉。他和佟姐约好了晚上视频聊一下选校的事情。

"明年再申？"

虽然画面不够清晰，但能明显看出佟姐扬起了一边的眉毛。她正坐在自己学校的宿舍里，可以看见她的宿舍属于那种古典式装修，房间有一面墙都是没有装饰的砖，其他白墙的部分也有一圈半高的深褐色木板，和房间里的家具是一个颜色。除了到处都是厚厚的精装版的硬壳书，还能看见她在房间里挂了一面他们法学院的旗子，看来她很以他们学校为荣。刚开始闲聊的时候听她说过，他们法学院第二年比第一年爽多了,多了很多可以选的课,还有很多校外活动的机会,可以去法院做法官的助理,也可以加入各种法律诊所参与真正的案件,如果想去其他国家交流也可以去个一个学期或者整个学年。佟姐甚至选了商学院的课,想要学习一点公司财务方面的知识,以后去了律所里看客户公司的财务数据会方便很多。

"万一没考好呢?"

"你对考好的定义是什么?"佟姐说话的方式也越来越像个律师了。

"不就是超过170,考上前十四吗?"

虽然前十四里面也有几所公立大学的法学院,整体排名可能并不靠前,不过只要是前十四他觉得就够了,毕竟在法学这个领域里是属于比较有名望的学校。前面那几所又是常春藤又是大城市,他不是很指望,觉得自己恐怕高攀不起。

"也不一定吧,其实我们学校也很好啊。"

"我知道啊,说起来大家都知道你们学校,但应该也很难考,跟前十四差不多吧。"

"毕竟我们城市除了哈佛就是我们了。"佟姐骄傲地笑着说,"虽然偶尔也有另外一所学校会跟我们竞争第二名。"

"还有一所?"

"名字很像,但比较小众,其实他们综合排名比我们稍微高点,不知道为什么我们法学院一般在他们前面。"

佟姐说出了那所学校的名字,但海博从来没听说过。

"我的意思就是,其实有很多我们这样的学校,虽然你可能没听说过,但是他们在大城市,将来找工作很方便,所以就算排名低一点也是有很多人去的。"

"是吗?"

海博在心里耸了耸肩。他并不想去这种前十四以外的学校,就算将来好找工作。他甚至不觉得自己一定要去律所,如果去不了他心目中《金装律师》里那种高大上的大所的话。也许他甚至都不一定要去法学院,如果考得不好的话。

"是的。你可以看看这几所学校的情况,他们都在大城市,排名不是很高,但其实将来找工作也是很有优势的。"

她念出了几所学校的名字,很多他都没听过。她说大城市好找工作,是因为律所一般都开在城市中心高高的写字楼里,也是大型公司的总部所在地。小城市的好学校也不是没有,但是将来找工作都是要进城找的,除非学校好到一定境界,否则还是会比较吃亏。

"知道了,我将来会看看的。"

"嗯,乖。"

佟姐笑了,扶了扶眼镜。她因为离屏幕太近,整张脸都占据了画面,就好像离海博也变得近了起来。海博突然觉得有点脸红。

挂掉视频电话,海博开始怀疑自己是不是有点喜欢佟姐。他摇了摇头,不只是因为他印象中佟姐一直都有稳定交往的对象,还因为自己已经深陷泥沼,连书都没的读,有什么资格喜欢别人。也大概是这个原因,他不希望佟姐出现在自己的"心灵绿洲"里。这是他给试图让自己平静下来时所想象的那片草坪所起的名字。

他看了一眼刚才记下来的那几所学校,都是法学院排名前五十名的学校,其中一些在纽约、波士顿、芝加哥、洛杉矶这样的大城市,也有刚刚超出前十四却在稍微小一点城市的学校,后者名气都比较大。他觉得如果自己分数够了,还不如上后面那种学校,毕竟自己就是冲着名气去的,找工作什么的等读完书再说。

他当时没太想过自己找工作也要看雇主会不会给他办签证。作为一个外国人,以后找工作也面临很多只有外国人才会遇到的问题,毕竟对于美国的雇主来说,雇用外国人是比雇一个美国人贵很多的。办签证需要花很多钱,还有一些不确定性,所以一般只有财大气粗的雇主会出这个钱,而法律圈的这些雇主一般都在大城市。因此去小城市读书会有额外的问题,如果不是去特别好的学校的话。

暂时不想这些事情了,海博想,自己忙了这么久了,需要好好休息一下。

周末,终于有空出去玩耍的海博和室友们以及他们的一些朋友一起约好了去附近的山上滑雪。雪已经断断续续下了好几场,有大有小,不过还没有出现太明显的积雪,那要等十二月底圣诞节前后。海博在这里已经住了三个年头了,对天气变化的规律已逐渐熟悉。他想到自己又要搬去其他地方,有点心烦,但也有点兴奋。

三人一大早就一起忙着出发。这种一大早出发的感觉已经久违了,有种特别的假日气氛,特别是在家窝了几个月备考的疲倦之后。海博感觉自己神清气爽,"世界就是你的生蚝",好像能征服一切似的。三人在一家阿米什人的早餐店先吃了个自助餐,因为之后有大量的运动,要吃够肉。海博拿了很多培根香肠汉堡牛排一类的东西,用黑咖啡一并冲下。

阿米什人是一帮早年从欧洲移民到美国的人。他们信奉的宗教不允许他们使用任何现代科技,包括电灯、电话、电视机、洗衣机,也包括汽车和现代医疗科技等,同时他们也不买保险,不向任何政府交税。在美国这样的国家能包容这些人也是很神奇的事情。当然这家店只提供阿米什人的食物,就像他们排斥电灯、电话之类的现代科技一样。

三人吃好喝好,又上路了。

他们到了滑雪场,坐着缆车去到山顶,一览众山小,然后从山顶风驰电掣般冲下。当铺天盖地的白雪覆盖山谷,一切都显得纯洁而质朴的时候,当小小冰晶不断从天而降打在他脸上有些刺痛的时候,他一点也没有去想考 LSAT 和上法学院的事情,那些事情都好像跟他无关,似乎那些事发生在距他数百万光年之远的另一个星系的另一个星球上的另一个生物身上。

但是当他带着满身的疲倦回到家里,一个人躺在自己的房间里自己的床上,看着被百叶窗漏进来落在天花板上平行的小小光束,心中唯一能想到的就是自己这次到底考得怎么样,考了多少分,能上什么样的学校。

他在出分前的好几天都没睡好觉,只能再度借助于酒精和电脑游戏转移注意力。

现在想来,当第二次考试的分数出来时,也许就是海博应该放弃转读法律专业想法的时候。

分数本身并不差,比第一次好多了,基本上符合心理预期,但也没有超过 170。而且正如佟姐一开始所讲,分数其实跟他第一次在家尝试 LSAT 的时候一样,所以刷了这么多题也没有提高多少成绩。

本来他想读法律的动机就是去读个比现在更好的学校,但看现在这个分数,除非他去佟姐嗤之以鼻的小城市的学校,否则也只能去差不多档次的学校。

"我跟你说,"佟姐在视频电话里说,"你去那种小地方有什么意思?你觉得住在那种去什么地方都要开车的地方有意思吗?到时候你找实习,找工作,见校友,在那种地方都不会有什么机会的。你可以看看美国大型律所的办公室都开在什么地方。"

不用打听也知道,办公室都开在那些大城市。小城市的律所不仅少,规模也小很多,而薪酬也达不到大所第一年那种水平。

"你申请一所学校就要交 100 美元的申请费,申请那些排名虚高的学校,不仅浪费申请费,申上了也不应该去读。"

海博看着那个学校的列表。但是有很多所谓的小城市,其实也不算小,或者离大城市没有多远。圣路易斯、纳什维尔、西雅图、香槟分校……难道先申一下试试都不行吗? 去那些地方就真的会不堪吗?

"如果你那么想上所谓的名校,要么就重考吧。"

海博认真地思考了一下重考的事情。他可以先回国,在家再多刷刷题。虽然真题已经刷完了,但是自己的逻辑游戏部分已经炉火纯青,基本上可以全对。问题在于自己的阅读速度,在做长阅读的时候很难在速度与准确度间取得一个完美的平衡,归根结底是自己母语并非英语,从小没有读过那么多英文的书,没有办法像英语是母语的人那样读得又快又准。

即便如此,自己就算回去再多读几个月的英文书也未必能很快将英文阅读能力提升多少,毕竟几个月的时间和人家几十年的时间差距太大。他也上过美国的学校,知道美国学生的阅读量相当大,是国内学生平常看东西的量完全不能比的,所以要达到美国人的阅读水平不是一年时间就能做到的。

最终终结了他明年再考的想法的,反而是家里人。他们不愿意再多等一年。如果他回国,他就要开始在国内找工作。万一到时候再没考好,就可以不用出来了。

他觉得自己还不想回国。自己只在美国待了两年,大部分时间都在自己的房间、图书馆和教室里。他没有去过那些所谓的大城市,最远也只是因为有事去了趟芝加哥,也只待了一天。他还想到处走走,到处看看,感受一下美国的风土人情,到时候再决定要不要回去。

"或者你也可以转学。"

听佟姐说,如果第一年成绩很好,其实也可以申请转学。那些所谓的好学校大部分都有这样的机会。自己的成绩会很好吗? 海博不太确定。他知道法学院第一年其实是最辛苦的,这一点在他为了做好心理准备所看的小说《1L》和电影《力争上游》

(*The Paper Chase*)里已有所了解,佟姐也专门跟他提过。

法学院第一年即所谓的 1L,所有人都上差不多的课,没的挑选。大概就是物权法、合同法、侵权法、刑法、联邦民事诉讼法和法律写作这些内容,有的学校可能会把第二年必修的宪法、公司法和第一年的某些课程对调,但是全校应该都一样。这些课程在打分的时候,会按照某种全校统一的所谓比例(curve)去打分,即拿到 A 的只有固定数目的人,拿到 A-的、拿到 B+的、拿到 B-的……依此类推。也就是说即便自己学得再好,如果比别人稍微低了一点分,拿到的成绩可能就比别人差好多个等级。在《1L》里他记得作者用了一个词语来形容这种竞争的激烈程度,就是"割喉"。所有人都时刻准备着把其他同学的脖子给抹了,大概就是这种激烈程度。

实际上这种竞争也是因为僧多粥少导致的。除非在最前面的那几所学校,后面的学校能去所谓的大所拿最高水平工资的人数是有限的,为了能区分开谁有资格去大所,学校就把大家的成绩区分开来,这样律所在第一年暑假来学校招聘的时候就可以一目了然。成绩好的幸运儿在拿到第二年暑假去所里实习的机会后,后面在法学院的日子就很轻松了。第二年实习的时候不仅会发丰厚的工资,还会每天带他们这些暑期实习生去看剧、看球赛、品酒、吃高级料理等。只要没有什么严重的问题,毕业之后都可以去所里工作。

自己要去找个一般般的法学院,抱着第一年努力学习、设法转到更好的学校的想法吗?万一第一年自己的成绩一般,最后也没能找到好的工作,去读法学院岂不是浪费自己的生命和时间,也浪费了给自己出学费的家里人吗?

那个时候他就应该想清楚的。

海博坐在自己的办公室里,看着走道的灯逐渐熄灭,心想不知道自己是否有能够想清楚的那天。

第四章

第二次机会

　　站在自己办公室的那面玻璃墙边,看着外面其他房间的灯已经被巡楼的保安逐渐关闭,海博正准备收拾下东西回家,这时又听见手机传来新邮件的声音。

　　他内心挣扎了一会儿。他当然可以选择不看邮件,直接回家,把事情都留到明天。刚来的时候他不敢这么干,但是现在他已经无所谓了。他已经学会了。在这里所有的闲暇都是要靠自己去争取的,努力工作只会得到更多工作,就永远没有休息的时候了。当然如果他现在不看邮件,也许到家了还是会出于好奇看的,而到时候他就会发现有某件他能很快弄好又很着急的事情自己没法处理,届时整个晚上都处于焦躁不安的情绪当中无法安心入睡。

　　他还是坐回了自己的座位,唤醒了电脑。

　　电脑的电邮程序里,果然躺着五六封未读邮件,从发件人的名字就可以看出不是本地办公室发来的。点开一看,不是伦敦就是纽约。海博他们香港办公室有很多香港律师,同时也有为数不少的外地律师,包括很多纽约律师(美国各州有自己的法律,律师也是分开的)和英国律师(严格来说叫英格兰及威尔士律师,苏格兰等英国其他地方的法律也不一样)以及中国内地律师。实际上香港律师会对每个律所里香港律师及外地律师的比例有要求,前几年要把比例改成香港律师占比更多时,还引起了很多外国律所香港分所的不满,因为他们的外地律师明显很多。

即便如此,在碰到大多数涉及英国法的问题时还是要找伦敦办公室,美国法的问题找纽约办公室,即便他们的工作习惯和反馈速度都跟香港办公室很不一样。伦敦办公室的人似乎过着非常平衡的生活,他们晚上七八点以后就很难找到人,不能打办公室电话而要打他们的手机,不过他们在上班时间回复邮件速度很快,打电话问问题也总是很耐心,至少就海博个人的经验来看是如此。纽约办公室就似乎特别的忙,几乎每天只睡三四个小时,比香港还少,但是因为活太多所以反馈非常慢。

如果自己当时有机会留在纽约是不是也会这样……海博时不时会这样想。他摇摇头,也许因为更加悲催的生活,自己已经离开这一行当,头也不回地干自己想干的事情去了。

想到这里,他就决定假装没看见纽约那边发来的邮件,直接回家了。他还是在看那些他喜欢的惊险小说,今天到此为止,回家躺在床上看看书休息一下算了。

他看了一眼电脑上的时钟,正好9点。

走到电梯间的时候,海博突然碰到另外一个所里的合伙人。虽然两人不经常一起工作,但名义上是一个团队的。她也是出了名的凶猛,客户可能下个星期才要的东西,她经常当天就让手下的律师做出来,自己看完后第二天就发给客户,因此赢得了不少好评,但也积累了不少闲话,比如只求速度不求质量,比如叫生病卧床的律师爬起来工作,或者凌晨还让秘书留在所里卖命。所以最喜欢说她闲话的,大概就是他们团队的那些人。她的律师们经常是所里最早来、最晚走,或者就感觉像一直住在所里的一样。有位律师每次见到都蓬头垢面,而且只穿拖鞋,房间里弥漫着一股仿佛炖煮了很长时间的中药味,实际上是因为把咖啡当水喝所累积下来的味道。

“要回家?”

她温柔地问道。她的声音、她的阴影和突然碰到她这件事本身都让海博灵魂出窍。

“啊……没有。”他指指洗手间的位置,“厕所。”

“最近忙吗?”她还是问着他,露出牙齿,没有要轻易放掉他的意思。

“忙的忙的。”他赶紧说,“我手头五个项目,都有事情。”实际上只有一件事情,另外一件因为有时差,他可以习惯性地拖到下一个工作日再反馈,等他反馈后又要多等一天纽约办公室才会反馈回来。

"太可惜了,本来有个事情可能适合你……"

海博吞了下口水,不知道说什么好。可能什么都不说才是最好的。

"那以后有机会再合作了。先走了。"

电梯来了,拯救了他。她上了电梯。他装作去厕所的方向,等听到电梯门关严的声音后又折返回办公室,拿了一瓶汽水,在走回自己房间的路上观察到底还有谁在办公室里。他发现自己的老板已经走了,只剩那个曾经逼走了杰克的合伙人还在。他回到了办公室,觉得那个合伙人可能很快也会离开,所以最后再等一下,避免刚才在电梯间撞到别的合伙人的窘境。

走向办公室的路上,他发现合伙人一走,她的大部分律师也都走了,秘书的话则连夜班秘书都下班了。他只看到有一个人还留在自己的办公室里,不知道在干什么。有时候他觉得大晚上不回家的,肯定家里有些什么情况,不然谁愿意留在办公室里呢。不过香港这种居住环境,保不准在办公室里空间还大些,还有免费空调、免费饮料和免费互联网。他看了一眼那人门口的铭牌,可能是新来的,还没换上,但从外面看只能看出来是个留着平头的男生。

回到自己的办公,海博看着新来的邮件,他可以现在就把所有要干的事干了,这样就可以给明天多省出来一点时间。但是他决定什么也不干,因为即便现在干了,明天可能又有新的活儿进来。他决定现在就休息一下。

电话突然响了,吓得海博脑壳一紧。仔细一看,是一个陌生号码。因为他办公室的电话是写在律所网站上的,所以冷不防会收到一些骚扰电话,也因此陌生号码的电话他一般不接。不过这个时间打骚扰电话的应该也下班了吧,他可不想这个时候处理什么客户的紧急咨询。深呼吸一口气,他还是接了电话。

"哪位?"

"海博? 是我,迈迈。"

熟悉的声音加上熟悉的名字,瞬间把海博带回了几年前的法学院生活。那个时候他决定背水一战,准备拿出拼了老命的劲头搏一把,把自己第一年的成绩抬起来,看能不能达到转学要求。即便最后没转成,按照佟姐说的,自己应该也会在后面找工作的时候很有优势。

"迈迈? 还好吗?"

迈迈原来叫迈尔斯,是澳大利亚华裔,会讲中文,大学本科是在澳洲念的,后来跟海博读了同一个法学院。海博想起自己刚来香港的时候曾经兴奋地跟迈迈说过,还留了自己的电话,不过当时没有香港手机,所以留了办公室电话。

"还好还好。我就是想问下你,还在香港吗?"

"在的啊。"

"那好,我也要去了。到时候找你。"

"也来外所做律师?"

"是啊,"电话那头传来迈迈爽朗的笑声,"不然我还能做什么。"

毕业以后,迈迈找了很久的工作。虽然他是澳洲人,在美国找工作在签证上没什么限制,但是最后找下来跟海博也差不太多,走了很多弯路。现在两人还是殊途同归,要干回自己的本行。其实海博有很多过来人的经验想要跟迈迈说,不过回想起自己刚发现可以进入外所时也是很兴奋的,还是不要扫他的兴了,等他过来工作一段时间后再说。

"来了找我。"

再次见到迈迈的时候,发现他没怎么变,还是跟学生时代一样:T恤外面套了深色格子衬衫,脚上的黄色乐福鞋,裤脚毛毛的牛仔裤。

"还没开始上班?"

"开始一个月了。我刚从办公室出来。"

"你们可以随便穿是吗?"一般越忙的律所对衣着的要求越低。

"对,我们不管。"迈迈笑着说,他一笑眼睛就眯成一条缝,还是跟以前一样。

本来海博说要去 SOHO 吃日料,那边有些烤肉、寿喜烧、烧鸟什么的,虽然一般都要提前一点订位,但有时候订位的人没来也有机会捡漏。不过迈迈说他们很忙,怕等下突然要回办公室,所以海博只好在置地广场楼下找了家平常吃午饭的有中式点心又有日式烧鸟、菜单相当混搭的地方。进门的位置有一点日式的装饰,枯山水之类的,墙上也有些木框的假门假窗户,但整体而言是实用为主的,大部分地方都是桌椅。海博突然想起来很久之前和迈迈一起去过的纽约的那家也在地下的日本料理,但是那里的布置就震撼太多了,同时突然想起来的是,那个时候迈迈的女朋友也在。

"女朋友呢?"

"分了。"迈迈苦笑道,"其实法学院一毕业就分了。当时她叫我回澳洲,但我没同意,跟她就没联系了。"

海博叹了口气。他隐隐约约记得迈迈的那个女朋友很漂亮,多少有点可惜。

"那你毕业之后一直留在纽约吗?"

迈迈摇摇头。刚毕业的时候他在纽约一家律所做过一段时间雇佣律师,就是那种与律所正规军比起来类似临时雇佣的关系,合同有固定期限,大概率不能续期,工资也比正式律师低很多。雇佣律师做的事情很多都很无聊,比如在不透风的地下室里没日没夜地审查合同,在几大箱文件里找一个无聊的脚注。总之就是做些又累又没劲,但目前阶段还没办法用人工智能取代的法律工作。大律所一般会聘用几个这样的雇佣律师。

"因为实在太无聊了,后来有段时间我没当律师了。"

海博正想问,但被过来的服务员凶神恶煞地瞪了几眼。香港这边服务员的气场都很强,敢于正面掼顾客,催顾客点菜,吃完赶客户走人,当地人基本习惯了。海博从美国回来的,所以觉得服务差点就差点,正好心安理得不用给小费。两人各自点了自己想吃的。海博点了汤咖喱和日式烤串,迈迈点了小笼包和松子鲈鱼,从这个点法来看这家混搭的餐厅倒是正适合这顿饭。

"后来我去了家猎头公司,在澳大利亚。"

"帮律所招人的?"

"对,也帮公司招法务,但我是负责律所这边的。因此认识了不少合伙人。"

"那你……难道近水楼台先得月了?"

"那是什么意思?"

海博向迈迈道歉。虽然迈迈的中文说起来是母语水平的,但基本上没在学校学过,都是家里听父母讲中文学的,所以他对成语之类的还不是很理解。这时两人的菜也正好上来了。

"就是说你这个机会是在你当猎头的时候找到的吗?"

"时间上看是这样,但是这个机会在进入我们公司的系统之前,相识的合伙人就已经找过我了。他问我愿不愿意来亚洲,他们那边生意很好,而我又会说中文。"

"所以你就来了。"

"嗯哼。"

"感觉如何,来外所?"

"唉,来了我就想走。"

海博在心中苦笑。他本来不想说什么打击人的话,但看来迈迈已经 get(体验)到了。

"就那么累吗?"

"累到爆炸。我其实都没来得及出去租房子,因为没时间,现在还住在酒店里。"

"这一个月都?"

"对,我问了他们,其实长租的话也还好,香港在外面租房子太贵了。"

"而且你们所工资高些?"

"给纽约律所等级的工资,每个月还有几万美元的生活补贴。"

"乖乖。"海博有点羡慕,"那你还有什么好抱怨的。拿好钱闭上嘴就行了。"

"我是受不了的,这样下去长期。"

迈迈吃了一个汤包,烫得他直呼气,大概很久没有吃过汤包了。

"等我……一下。"他吐出舌头。

"没事,慢慢吃,我不着急。"说着海博看了下手机,没有什么跟他有关的邮件。

"等我赚够钱了,我就回去。"迈迈喝了口冰水,"我父母有个农场,我帮他们干农活就行了。"

"这么有钱,还有农场?"

"我们那儿地广人稀,家家都有农场。"

海博想象一片广袤的草原,远处是连绵起伏的群山,山顶棉絮状的白云朵在蓝天上冻住了一样,一阵强风吹过,一低头就能看见成群的牛羊,红色屋顶的小屋在栏杆的那头正"噗噗"地吐着一团团的白气。海博突然觉得这画面好像在哪儿见过。可能有点像他冥想的时候见过的"心灵绿洲"吧。

"一百万。"迈迈又吃了一个汤包,这次他先吸走了汤汁才吃包子,"我只要攒够一百万美元,就回澳洲。"

海博笑笑,没把心里想的话说出来。他本来想说的是,很多人入行的时候也是这么想的吧,只要赚够钱就退休,只要再撑几个月拿到奖金就离职。实际上这种想法也像驴子眼前的胡萝卜,一直吸引着律师们继续走,而像迈迈这样一直住酒店,再开始其他什么的高消费,他的生活开销就会把他绑定在现在的这种工作上,让他没办法简单地离开。这份高薪的工作就像金手铐一样牢牢地铐住了他。

那是海博第一次突然想起"金手铐"这个词。以前他在哪里读过,金手铐这个词,就是用来描述律师或者投行人士这种高薪但高压力高强度的工作,让大多数想走的人下不了一走了之的决心。

离开迈迈回家的路上,海博开始回想起和迈迈刚认识的时候。仔细想起来,那其实是第二次他可以从这里全身而退的机会。

拿着自己不上不下的 LSAT 成绩申请学校,海博最终只收到了两个录取通知,都不是他所心仪的那些"名校"。

"真的要去读吗?"

海博始终有点犹豫。

"去吧,我相信你。"

在佟姐的鼓励和指点下,海博去了其中一所。排名不算很差,关键是位置好得不能再好了,就在纽约。听佟姐说该校在法律圈子里还可以,但离"前十四"就差了十几名。当时申请这些学校都是用来保底的,海博没有真的想去,没想到最后就只有保底的学校给他发了录取通知。

能去纽约,海博还是很高兴的,不仅是因为纽约基本上云集了世界上所有最著名的大型律师事务所,工作机会多薪资也很高,关键是因为,这是纽约。

一直以来海博都生活在美国中西部小城,放眼望去多是不超过两三层的矮房子,去哪里都要开车,不然就只能闻着别人的汽车尾气一个人等不知道什么时候会来的公交车。街上基本上看不见什么的士,如果不是在机场,只能打电话叫一个过来。城市里留着不少年久失修的铁轨,一周间或能看见一两趟货运列车驶过,从来没听说过能坐火车到哪里去。在那里,人与人之间隔阂着宽广的距离,汽车仿佛成了身体的一部分,离了汽车个人的生活都要停止运转。

纽约就不一样了,不仅是一座八百万人口的大城(从美国的角度来看),周边还聚集着两三千万人。市中心的曼哈顿高楼林立,有很多经常出现在影视剧里的摩天大楼——帝国大厦、克莱斯勒大厦、洛克菲勒中心,甚至现在已经没有了的世贸中心。地标建筑随处可见,自由女神像、布鲁克林大桥、大中央火车站。光是走在五光十色的时代广场,海博就感觉自己浑身的热血都沸腾了,好像进入了一个永不停歇的精彩节目当中,挤在摩肩接踵的人流中,头顶来回穿梭进出纽约三大机场的飞机和直升机,脚底是 24 小时都不停运的纽约地铁和两大火车站的火车,自己好像真的来到了一个梦想可以成真的地方。

但当他拖着自己的行李到达学校时,迎接他的是普丹法学院位于曼哈顿中城黄金位置的两栋低矮的褐黄色楼房,不至于年久失修,但看起来也颇有年代感了,特别是夹杂在周围一圈高耸入云、簇新的玻璃摩天大楼中间相当格格不入。不过自己是来学习的,海博想,条件艰苦反而更加能激发斗志,让他想要转去历史悠久、更加古色古香的法学院或者在周边那些摩天大楼里办公的高级律所工作。

因为意识到自己将来肯定要全身心投入学习,海博申请并拿到了入住法学院旁边宿舍的机会。宿舍也算不上新,但是应该比法学院晚建了几十年,符合现代生活的要求,有 WiFi、空调、微波炉、24 小时热水,也有能把东西弄熟的炉子,整栋楼里有免费的洗衣机和烘干机。海博分到的房子是三个人一套的,每人有自己的房间,厨房、客厅和卫生间是共享的。格局说起来跟之前和老王、小王他们一起住的房子一样。

来纽约以后,海博跟他们也保持着联系,但是他们已经分开住了。小王找到了女朋友,搬去和女朋友住在一起了,而老王则面临着即将离开美国的困境。老王找的那个律师建议老王转去社区大学,那种基本上交钱就能读的学校,对学习能力和成绩的要求很低,可以保住他的美国留学生身份,但是出来就拿不到正经大学的学位了,简历也影响他将来找工作。所以老王准备等收到现在学校的正式通知后就走人,不在美国读了。他也咽不下这口气。

"以后会去哪里?"

"可能去别的国家,可能回老家吧。"

老王之前也提起过,他其实本来想去加拿大或者澳大利亚这种容易移民的国家,但是家里人认为美国的教育最好,所以还是来美国了。没想到美国的学校对自主学习的要求太高,像他们这种从小到大只习惯填鸭式被动教育的人适应不来。

"走之前如果来纽约的话,记得联系我啊。"

"好的。"

但是老王并没有来找他,之后很快就走了。

海博坚定了自己要考出好成绩的决心,却不知道该如何实现。

他在宿舍里遇到自己的舍友伦纳德时,后者正顶着一头蓬松的棕发,侧着一张像撒了把芝麻盐的雀斑脸,坐在客厅的餐桌上看一本奇厚无比的烫金大书。

"海博。"他伸出手。

"伦纳德。"他握了下手,"不过不要叫我蓝尼。"

一般而言,蓝尼是伦纳德的简称。伦纳德叫起来有点绕口,海博开始叫他阿伦,阿伦没有反对。

两人简单交换了下自己的背景。阿伦是美国人,但是在欧洲念的本科,学的艺术史。他希望将来能进入律所的知识产权部门,将自己的艺术背景和法律结合。这种工作机会基本上只有纽约的大型律所才会有。为此,他也来到普丹法学院。

"学习?"海博冲着阿伦面前的书扬了下眉。

"是的。"阿伦翻过来看了眼封面,"听说是接下来上课要用的书,想先看起来。"

"听谁说的?"

现在一听到有机会提高成绩,海博的心跳就会加速。

"听一个前辈。我先来上了那个要另外花钱的暑期加强班,有法学院的前辈在当助教,他推荐的。"

阿伦似乎是个知道怎么学习的人,海博突然看到了希望。两人也因为有了共同的目标而熟稔起来。

这种主动想要学习考出好成绩的心情,自己好像从来都没有过。过去上学的时候总是因为有父母或者老师在后面鞭策才勉强去学,一有空就想休息或者玩耍,不像现在只要一有时间就想学习。特别是他一从自己的房间出来,就能看见阿伦坐在客厅里学习,自己就不好意思出去或者躲在房间里继续玩,而是打开房门,和客厅形成同一个空间,好像自己和阿伦在同一个空间里竞争着学习。

阿伦和海博一样,来这所学校就是想去纽约那些大型律所的。为此,他们要披荆

斩棘,在芸芸众生中脱颖而出。这并不容易做到,因为他们学校这样的人太多了。很
多人都想去纽约的大所工作,拿纽约律所的工资,而纽约另外两所法学院都是排在全
国前十,非常难进,退而求其次的就是他们这所学校了,结果就是很多本科成绩很好,
如果愿意可以分分钟被前二十甚至前十四里排名差一点、位置偏一点的学校录取的
人,居然也来了他们学校。

“而且随便一问有很多是常春藤、斯坦福、芝加哥之类的牛校出身。”阿伦补充
道。他们那个加强班开课的时候做过自我介绍。

“何苦来我们这里。”

“因为他们 LSAT 没有考上 170。”

海博倒吸了口凉气。这些家伙也都是来挤他们这通往纽约律所的独木桥的。

“怎样才能击败他们?”

两人陷入了冥思苦想。如果说本科学校不如那些藤校的家伙,还可以理解为某
些先天的外在因素,比如自己的父母不是那些学校的校友,或者家里没有钱培养自己
成某种特长生或者直接给学校捐一大笔钱,但到了考 LSAT 和法学院考试,这些外在
因素就没有多少影响了。LSAT 不消说,基本上是考验阅读能力和逻辑能力的,这个
不可能因为考生是藤校出身就有什么加分。而法学院的考试也听说在评卷时候是匿
名的。更可怕的是,法学院考试的分数还会按照人数折算,拿到最高分数 A 的最多
是全班前 5% 左右的人,而挂科拿到 F 的则至少为全班最后 5% 左右的人,其他分数
也都有固定比例,好的分数总是僧多粥少,就是为了让大家都一起卷起来吧。

“而且据我了解,不少人是借了很多钱来读法学院的。”

阿伦的话仿佛在海博心中那杆压力的秤上又放了几个秤砣。他也知道美国的家
长不一定会自己出钱送小孩读大学,很多学生要自己打工挣学费,如果不够就只能通
过各种机构贷款读书。法学院学费又特别的贵,更需要进入大所,多拿工资,好把自
己从本科到法学院借的这么多钱一点点还清。这样的人就更加会用功学习了。

“看过《力争上游》吗?”阿伦抬起头,眼睛里仿佛射出希望的光。

“看过。”

“不试一下吗?”

海博知道阿伦在说什么。《力争上游》是一部讲述哈佛法学院生活的电影,在电

影开始没多久,主角们就按照美国法学院的传统成立了学习小组。小组里每个人只专注一个科目,把所有精力都放在这一门课上,好好读课前阅读材料,上课拿出百分之一百的精神听课,把老师讲的每句话都记下来,然后课后整理笔记,最后做成大纲拿出来给学习小组里的其他人分享,在考前用来复习或者开卷考试的时候直接带进考场用。

"简单而言就是分工合作。"

"正是。"海博说,"不过我们只有两个人。"

他们下一学期学校安排了四门课,一门是写作课,这个没有什么笔记可言,只能不停地完成老师布置的写作作业,比如写备忘录、起诉状、答辩状、法律意见书这些东西。每个老师布置的作业可能很不一样,所以也没办法和其他人一起分工合作。

另外三门是侵权法、物权法、刑法。他们需要等开学再找一个人来。拉另外一个室友进来?这本来是最自然的,恐怕也是法学院宿舍都是三人间的原因,但两人却只能尴尬地笑,因为另外一个室友是个比老王还宅的超级宅男,每天都躲在自己房间里,很难和他搭上话,更不可能一起学习。

"他大概在自己的房间里装了单独的厕所。"阿伦开玩笑说,但海博一开始却当真了。

明天是开学第一天,两人的首要任务就是再找一个伙伴,一个战友,一个愿意在美国法学院的枪林弹雨中牺牲自己宝贵的时间,专精在一门课上,而把取得另外两科成绩胜利的目标寄托在小组其他成员身上的人物。同时这位新成员也需要能让阿伦和海博放心,能将其中一门托付给他,不至于最后搞砸,导致两人也没有办法实现自己考取好成绩、转学或者进入纽约大律所的梦想。

第一次走进法学院的课堂,海博被眼前的景象所震撼。

偌大一个半圆形不知为何墙面涂了粉红油漆的教室,坐了不到一百号人,所有人都挤在前排,后面空荡荡的,生怕在物理距离上让人感觉落后。过去上学的时候,同学们都喜欢往后排坐,离老师越远越好。所有人桌上都摆着电脑,或者摊开一个大笔记本,似乎要把老师说的每一句话每一个字都记下来。教室的空气中有种暴风雨即将降临,气压低得让人透不过气来的感觉。

海博和阿伦两个人对视一眼,然后分别坐到了教室后面的两个角落。他们准备按照之前讨论好的计划,分别从两个方向攻略身边的同学,看谁愿意加入他们的学习小组。海博跟身边的三四个人攀谈起来,但是他们要么已经加入了别的学习小组,要么对加入学习小组没有兴趣。

"别动,就坐你们现在的位置。"

一个头发稀疏卷曲、身形瘦削、有着深厚眼袋的中年人走进了教室。他站在讲台上,朝学生的方向用手机拍了几张照片,啪啪啪地发出电子模拟的清脆声响。本来还在热烈讨论的新认识的同学们,面对这突如其来的一幕都愣住了,不知道在发生什么,教室里像被拍了惊堂木一样转瞬间安静了下来。

"大家好,我是教你们侵权法的教授。"中年人乘势直接开腔,"以后你们就坐在现在的位置,我会叫我的助教对着你们的脸做成位置图,写上你们的名字。"

海博心里一紧。原来这就是为了将来俗称 cold call 的随机点名所作的准备,点名之前没有任何防备,也不会有什么提示,所以即便成立了学习小组有其他成员准备考试大纲,每次上课之前自己都还是要做好充足的准备,以免突然被点起来回答不上问题。课堂表现也是算分的,占总成绩的百分之十。

"那我们就正式开始吧。有谁听说过列百克案?今天我就不点名了,大家自愿吧。"

一上来就开始问案例,海博完全没有想到。他两天前才看见学校将上课要用的书单发给他们,等他去图书馆和学校书店时已经没有了,只能上亚马逊买,最快明天才能到。再说谁会第一节课前就把厚厚的一本《侵权法案例精选》都看了呢。

正这么想时,教室第一排离老师最近的几个人纷纷举起了手,一个扎着马尾辫的金发女孩被选中了。

"所谓列百克案就是著名的麦当劳热咖啡事件。"

具体案情,就是一位姓列百克的老奶奶,开车去麦当劳的得来速,没有下车买了一杯热咖啡。随后她把咖啡放在两腿中间,打开咖啡纸杯的盖子,想要往里面加奶加糖,结果不小心弄洒了一点,把自己烫伤了。随后列百克在法院起诉麦当劳,说他们的咖啡太烫。

"谢谢这位同学,"穿着花呢格纹厚羊绒西装外套的教授说,"有人知道这个案子的判决是什么吗？"

那个马尾辫女孩继续举手，但是教授点了旁边一个穿着松松垮垮 T 恤的胖乎乎的学生，这个戴黑框眼镜、满脸络腮胡子的男子看起来比其他学生大个十几岁。"判决赔偿 16 万美元，附加惩罚性赔偿 270 万美元。"

因为自己买的咖啡自己不小心把自己烫伤了，居然可以让餐厅赔这么多钱？咖啡刚出炉的时候都是烫的，这不是常识吗？但是这时教授皱起了眉头。

"你说得不完全错，但也不完全对。其实……"

"他说的是一审判决，后来还有二审。"那个马尾辫女孩立刻抢答。

"谢谢你的意见，不过下次再这样不举手开口，我会扣掉你的课堂分数。"教授的火力又转向这边，"我们这里是课堂，不是电视竞答节目。另外，你的说法不全对。还有其他同学知道的吗？"

马尾辫女孩撇了下嘴。

另外一个坐在第一排穿着天蓝色西装套裙的年轻黑人女性举手回答了。原来那个天价的判决不是一审，也不是二审，而是一审审判过程中陪审团做出的裁决，但是法官认为这个数字太高，所以一审法官最终做出判决的时候调低了赔偿费。而这个案子虽然有二审，但在二审判决前原告和被告就私下和解了，具体金额没有披露，所以最后麦当劳赔了多少钱，没有人知道。

"很好，"教授轻轻地为这个举止稳重的女生鼓了鼓掌，"冒昧问下，来法学院之前，你是做什么的？"

她扶了下无框金丝眼镜。"是纽约一家大所的律师助理。"

"你的律所出钱让你来读法学院的？"

"正是。"

教授佩服地点点头，回到讲台正中的位置。

"你们看案子的时候，要看仔细点，要看全貌，不要只是盯着那几个爆点看。我们这是法学院，不是新闻学院。"

教室里弥漫开来一股崇拜的味道，所有人似乎都和海博一样在想同一问题，如果有这个女生在自己的学习小组里，那后半学期甚至后面法学院生涯简直就妥了，无往不胜了。不仅她做出来的复习大纲肯定质量上乘，就连她的治学态度肯定也对整个学习小组有正面影响。不过回味一下，海博也为纽约律所的财大气粗感到佩服，居然愿意出这么多钱供一个律师助理来读法学院，充分说明毕业后进大所才是正道。

下课了，海博正准备往那个女生的方向走，去试着问问她是否愿意加入自己的学习小组，但阿伦过来拦住了他。

"我找到了。"

海博看看阿伦身后一个亚裔模样的男孩，穿着格子衬衫，留着西瓜太郎般齐平的发型，戴着厚厚的眼镜，一笑眼睛就眯成一条缝。看起来有点腼腆，还不敢跟他目光直视，似乎是典型的学霸型宅男，但却有着与此设定不太相称的发达肌肉。

"迈尔斯，"阿伦介绍道，"这就是我跟你说过的海博。"

"哈喽，迈尔斯。"海博伸出了手。

"叫我迈迈就好。"

转回头看时，已经有很多人过去围住了那个第一排的大所女律师助理。

三人走进地下一楼的法学院咖啡厅。说是地下，其实靠外的一侧有一排落地窗，从那里可以走到外面正对着的户外花园和草坪，斜坡上的草坪刚好将空气和光线留给了这个地下室。花园里还有一尊意味不明的雕塑，好像把圆规、尺子和量角器从上至下组合固定在了一起，比起法学院来，这雕塑大概更适合数学系。三人各自买了杯咖啡，然后坐在靠落地窗的一张圆桌上，召开学习小组的第一次集体会议。阿伦说："都介绍过了，我们三人的 LSAT 分都不低，本科成绩也还好，相信不会有智力上拖后腿的情况。"

"那我们就讨论下谁来负责哪一科吧。"

"慢着，"阿伦说，"既然都组成团队了，我们拿出点精神来。"

海博困惑地看着阿伦，这时阿伦伸出手背。迈迈秒懂，也伸出手背，叠在阿伦的手背上。

"你也伸过来啊，手。"

海博照办，三人像球队出发进场之前打气一样，压了几下手背，然后喊了一声"加油"。因为声音太大，咖啡厅里其他人都扭头过来看，让海博感觉到了很多好奇的目光。

"好了,现在讨论一下谁来负责哪一科吧。"

除了写作课,这学期要上的侵权法、物权法、刑法,正好一人一门。三人互相对视,却没有人开口说自己想要负责哪门课。海博觉得另外两个人可能跟自己一样,并没有非常喜欢非常擅长的科目,怕选错了害了自己也害了别人。不过他暗地里希望自己不要分到侵权法。海博从各方面了解到,侵权法没有太多成文法,基本上都是各种案例,有很多需要阅读、理解、提炼的内容,所以工作量也最大。海博之前读研究生的时候就苦于经常要用英文阅读和写东西,现在反而要给两个英语母语使用者做这个工作?而且从今天上课的情况来看,这个教授应该非常难搞,既要阅读大量案例,还要注意到其中的各种细节,自己恐怕不是这个料。

"我想做物权法。"

"为何?"海博诧异地问道。

"因为,"阿伦顿了一下,说,"以前我帮亲戚做过一点房产中介的工作,物权法应该主要就是各种房地产相关的案例,我可能相对有经验一点。"

迈迈似乎也没有反对意见,那么就让阿伦处理物权法好了。

"我想负责刑法。"迈迈接着开口道,"虽然没有相关经验,但是澳洲的刑法和美国的罪名和罪刑法定原则上相通,我觉得自己应该能够胜任。"

"可是侵权法难道不也是吗?"海博问。

"侵权法澳洲那边的案例主要是跟英国的案子,跟美国这种主要自产自销的不一样,案例都不太一样。"

"可是……那就轮到我负责侵权法了啊!"

海博对自己的能力心里没底,不知道该如何接手这个烫手山芋。

"没事,我们也会看的,到时候可以帮你。"阿伦拍拍海博的肩膀说道。

"怎么帮?"

"之前为了学侵权法,我也买了几本参考书,借给你看吧。"迈迈也说,"就是《在果壳里简而言之》以及《示例与解释》这两本,如果你还没看过的话。"

海博摇摇头,和迈迈说好这几天在学校里就把书借过来看。

"那就这么说定了,"阿伦举起自己的咖啡杯,"为我们的学习小组的成立,举杯庆祝吧。"

"要起个名字吗？"迈迈说，"既然刚才已经像球队一样打过气了，也取个像球队一样的名字吧，叫林肯中心复仇者如何？"

"叫哥伦布三剑客吧，旁边就是哥伦布圆环呢。"

另外两人都心悦诚服，准备采用这个名字的时候，一个瘦弱的、个子不高的也像亚裔的男生走近了他们，身体虽然僵硬但又透着敏捷。他头发很长，几乎可以扎起马尾，消瘦且不高的身上穿着看起来很像程序员的薄毛衣，还斜挎着一个帆布包，简直像是从 20 世纪 80 年代穿越时空过来的。

"请问……你们也是一年级的学生吗？"

他叫菅原，日本人，也是法学院一年级的学生。从开始他就坐在附近，被他们讨论的声音所吸引，结果听到他们正在组建学习小组的事情。

"非常抱歉，不该偷听你们说话的……不过可以的话，能否让我也加入你们的学习小组？"

哥伦布三剑客面面相觑。他们三个人已经够了，不需要再加一个人进来。而且作为一个外国人，如果不像海博这样曾经在美国正经上过几年学，也许英语都还欠火候。

"我会课上录音，然后把所有老师讲的话都转换成笔记，供你们参考的。"似乎是知道三人的疑虑，菅原如此补充道，"不会当一个吃白食的。"

海博觉得这个可以有，上课的时候自己也经常有听不懂或者来不及记的地方，有个人专门记录这些，自己也多份安心，免得漏掉什么重要的部分。海博看看其他两个人，似乎也都在赞许地点头，所以当场就同意菅原加入他们小组了。

"谢谢！我不会辜负你们期望的！"

菅原很高兴，低头鞠躬向三人说道，头快碰到了桌面，如果没有桌子挡在中间，他的腰会弯得超出 90 度。

"不过……"

迈迈突然像是想到什么。

"难道说……还有什么我可以做的吗？"

菅原似乎是以为自己加入学习小组的事情有变数，脸色一下子晴转阴。

"我们本来不是准备叫哥伦布三剑客吗？可是现在有四个人了。"

菅原松了一口气。"那叫哥伦布四重奏吧？附近正好有个爵士乐酒吧，里面应该有不少四重奏乐队。"

另外三人心悦诚服，于是普丹法学院哥伦布四重奏学习小组正式启动。

学习小组成立了，海博也要全力以赴地投入学习，但光是每天看各个科目老师布置的阅读材料都很吃力，不知道该怎么做才能提升自己的学习能力，进而做到在这激烈竞争的法学院战胜其他人。

正好佟姐也关心他学习的事，他隔着荧屏问了她这个问题。

佟姐已经进入三年级，一年级的暑假她通过校园面试确定了之后能去的律所，现在似乎有大把的时间。她不仅成了学校一份期刊的编辑，而且还在法律诊所里帮助请不起律师还不起贷款的人和各大银行打官司。

"硬要说的话，无非就是好好学习，争取时间，能多读一点是一点。"

"我只要醒着就在读呢。"

实际上也确实如此，海博已经尽量把所有时间都拿来读案例，读老师布置的材料，如果还有空闲时间就读自己买的各种参考书，唯一的娱乐可能就是偶尔上一下社交网站，但加起来一天也不超过一个小时。之前他喜欢打游戏、看电影电视剧、看自己想看的小说，但现在都没时间了。

"还可以用手机里的日历，每天干了什么，全部记在里面。这样你就知道自己浪费了多少时间。"

"好的。"海博在手机的日历软件里新创了一个日历，用不同颜色标记，学习的用蓝色，睡觉的用黄色，没有用在学习上的时间用红色标记。

"对了，其实还有个道听途说的办法。"

"道听途说？"

"我听说的时候已经 1L 结束了，所以没有必要尝试，不过告诉你也许正好。"

原来是有这么一个在部分法学院学生中间流传，仿佛秘籍般的东西，只要你知道关键词，并且荷包够深（一套接近一千美元），就可以在网上购买资料。等东西寄到时，他抱在手里，感觉像是抱着一台重重的台式电脑主机。打开一看，里面有五本 A4 纸大小、每本 300 页左右的厚书，每本书针对法学院学习的一个重要技能，比如记笔记、做大纲、写案例等,还有七张帮助理解消化的光碟。为了听光碟又避免被其他同学发现,他还另外买了外接光碟机。

　　一开始拿到这些书的时候,海博的自信心简直爆棚,一想到自己不仅有学习小组,还有学习秘籍,他感觉自己肯定可以拿到高分,甚至在看书的时候就幻想自己怎么样拿到全 A,然后跟法学院教务处要求开具自己的成绩单,再寄给自己真正心仪的前十四,申请从下个学期开始转学。

　　"如果我在这里报名,以后转学了的话,可以在其他学校用吗?"

　　去法学院地下一楼的咖啡厅买咖啡的时候,海博发现毕业之后辅导考 bar(律师资格)的培训班已经在咖啡厅正中间摆摊让大家预先注册了。他们声称现在注册的话可以确保三年以后不涨价。

　　"呃……"本来正在积极推销自家课程的年轻却秃顶的胖男生,仿佛被问到了什么棘手的问题,他一边翻手上现成的问题手册,一边在打电话求助。最后他说可以锁定价格,但是因为每个学校的销售小组是独立的,所以最后受限于将来接手的小组是否会同意。

　　"没有那么多人转学是吗?"

　　"是啊,"那个男生拉了下自己的领带,"我就是 3L 的学生啊,现在只是在打工。我听说好像每年能有两三个人转学就不错了。"

　　海博满脸写着"不会吧"。

　　"没有那么好转的,首先除了成绩单,你还要向学校申请一个品学兼优的证明。你向学院申请的时候,他们是会使劲挽留的,有时候甚至会追加奖学金。而那边的学校也不一定会接受你,万一你申请了证明,结果没有新的学校接收你,后面是会有点尴尬的。"

　　海博突然想起自己之前读研究生的时候也遭遇过这种窘境,已经跟导师说了自己想去其他学校读博,结果外面的学校没有录取,又被自己的学校拒之门外。当然法学院里没有导师这么一说,可能不会有研究生院那么难堪。

　　"再说了,如果你能转学成功,那你肯定是年级前十的学生了,在我们学校,年级前十已经肯定可以去大所了,还有必要为了名头转去其他学校吗?而如果你转学去了其他学校,可是你第一年成绩不是本校的,也许在第一年结束时举办的校园面试上反而会吃亏。那个时候你的外校的第一年成绩是不作数的,可能有些看成绩来面试的律所就不面你了。"

海博耸耸肩,不置可否。他相信自己的实力,自己第一年成绩出来如果不错的话,肯定会尝试转学。去一个有名气的学校本来就是他读法学院的动力源泉,有机会却不去,对不起自己的初心。

"你们普丹法学院很有名了,在法律圈子里。"佟姐曾经这样说过。

可是考上这所法学院之前,海博自己都从来没听说过。他还是想尽量朝着转学这个目标努力。

他已经全力以赴,把所有能想到的办法都用上了,每天除了上课和课后尽量把阅读材料看完,做好侵权法的笔记,其他时间就泡在图书馆里,看这个学期要考的科目的参考书,看所谓的秘籍,然后想办法把秘籍里提到的学习方法用在学习上。

除此之外,海博希望自己有足够的体力,能保证旺盛的学习精力,于是他每天早上去慢跑。学校离中央公园很近,一开始他去公园里跑。公园里的路高低起伏,左右弯曲,有苍天大树的遮蔽,也有松鼠、浣熊等小动物的陪伴,跑累了可以停下来看看小动物和其他人。不过很明显他不是唯一一个这么想的,早上的中央公园挤满了人,跑两步就要给其他人让路,要么是对面方向来的,要么是自己身后跑得更快的。这样经历几次后,海博就干脆去楼下学校健身房里跑步了,早上反而没有什么人,自己一个人跑半个小时就上楼洗澡继续看书。

法学院的生活逐渐像循环往复的肥皂剧一样展开,每天都身在其中,不知道什么时候会戛然而止,仿佛这样的日子没有尽头一样。

"海……博。"

海博正坐在课堂上,尽全力将教授刚才讲的东西记入电脑,没注意到课堂突然安静了下来。

"海博? 今天你来了吗?"

就像被人从背后冷不防射了一箭,海博的心脏突然剧烈跳动,血液迅速涌上脸孔,感觉到脸颊像被涂了什么酸性液体一样灼热发烫。原来这就是 cold call。

"我在。"他赶紧说。

"看来我没有念错。"教授说，"能给我们介绍一下勒恩德·汉德公式吗？"

勒恩德·汉德是美国的一位著名的法官，与约翰·马歇尔、小奥利弗·温德尔·霍姆斯、本杰明·卡多佐等人齐名，但从来没有担任过最高法院的法官。尽管如此，有很多侵权法上的著名案例都是他判的。他的名字很显眼，因为从字面上来看就是"学习的手"。海博记得自己看过这个公式，也读过这部分布置的材料，但是突然被点名还是让他紧张得想不起来要说什么。

"没看我布置的内容吗？那我们换一个同学。"

教授戴上眼镜，开始看一张表格，上面标记了所有人的名字和照片。

"我看过了……"

海博用微弱的声音回答。他有点担心自己的英语不够标准，教授听不懂，其他同学会笑话。

"啊，那很好。请你继续。"教授摘下了眼镜，"或者你可以先向我们介绍一下，是哪个案子里汉德法官提出了这个公式。"

海博开始疯狂地翻书，他记得这个案子大概的位置，不过没有想到自己今天会被点到，没有专门标记出来，粘上便利贴或者彩色贴纸等，一下子找不到。全班的同学似乎都在屏气凝神地等着他翻到那一页，偌大的半圆形教室里一时间只能听到他哗啦啦翻书的声音。

"这个案子是美国诉卡罗尔拖船公司。"

经历了令人尴尬的十几秒时间后，海博终于想起来了，说出来了，也翻到那一页了。这十几秒时间感觉异常的漫长。

"继续。告诉我们案情、判决、理由和所引用的法律。"

1944 年的纽约港，一艘拖船满载美国政府所拥有的面粉，停泊在哈德逊河上。这艘拖船和其他的拖船用绳子绑在一起，但在拖船公司解开其他拖船的绳子时，不小心导致肇事拖船也松绑，结果在河上自由地漂走了，最后在撞了一圈后这艘装了面粉的拖船在河上沉了，美国政府于是将拖船公司告上了法庭，而汉德法官根据其著名的汉德公式做出了判决，即被告的注意义务需要根据其可能造成的损失和可能发生的概率来确定。

海博基本上是照着自己的书把这些内容念了出来。幸好他一边看一边把重要的地方用黄色高亮标了出来，可以跳过大部分细节。不过直接念书上的内容也不合适，有时他也要稍微停顿一下，换成适合用嘴说出来的方式回答教授的问题。

"嗯……所以你已经基本上把汉德公式说出来了，不过能请你再精要地总结一下，到底什么是汉德公式吗？"

海博把汉德公式相关的部分重新念了一遍，但是教授并不满意，这时教室前排经常举手、想要抢答老师所有问题的马尾辫女孩和松垮 T 恤男孩已经迫不及待地举起了手，恨不得跳上讲台对着老师的两只耳朵喊出答案。老师这时让马尾辫女孩回答问题。

"B 等于 P 乘以 L!"马尾辫女孩大声说出了答案，说完还不忘骄傲地回头，露出整齐的牙齿微笑着，用胜利的目光注视着海博的方向。原来这种问题的答案并非直接在老师布置的只有案例的教科书里，还要看有关的参考书才能掌握。海博现在跟在研究生院的时候一样，经常看不完老师布置的 reading，这种时候他以为按照先读教科书，有时间了再看参考书的顺序比较合理，但实际上应该先看参考书才对。

B 就是履行注意义务时需要投入的负担，P 和 L 分别是事件可能发生的概率和可能造成的伤害。如果 B 小于 P 乘以 L，则被告没有尽到注意义务，需要承担相应的后果；反之如果 B 大于等于 P 乘以 L，则被告可能已经尽到注意义务了，可以以此为抗辩理由。这时海博才想起来这个著名的公式的缩写，并且其实就在引用的判决里，只是当时自己懒得高亮所以看漏了，但为时已晚。

这节课剩下的时间，海博都不知道自己在听什么。他试图集中注意力继续记笔记，但后脑勺的某个地方好像被电击了一样，麻木得无法控制自己的思绪。他觉得自己好像还会随时被点名，全身在微微地颤抖，准备着再一次被冲击，但其实突然点名这种事基本上一节课只会在一个人身上发生一次。

课后，阿伦走到海博的身边坐下，拍了拍海博的肩膀。

"表现得很好了。"

"可是我没有答上来教授的问题。"

"不要紧了，基本上已经告诉了教授你看过书了，这就够了。"

海博想起之前读研究生院时被老师点名的经历，那个时候因为是文学专业，老师的问题很多是开放式的，没有固定的答案，只要随便说点模棱两可的东西出来就能轻松混过去。但法律需要的是确定的规则,这样才能预测将来案件的走向和结果,客户才会找律师咨询并且出钱。所以法学院的问题都是具体的,因循固定的套路,需要摆事实讲道理引用案例和法条,不是那种虚无缥缈的。

这是海博第一次怀疑自己是否适合学习法律。他有理解能力,看到的案子大部分内容都能理解,但他并没有博闻强识、过目不忘的超人记忆力。而在法律这个行当里,记忆力几乎就是取胜的关键,因为即便网上可以查到,书里可以翻到,但如果连某个概念的存在本身都想不起来的话,想查都不知道该如何下手。

下课后,他回到自己的房间,转动百叶窗直到屋里变暗,然后一下子跳到床上,闷头睡了过去。

一旦投入努力的学习,时间就好像插了翅膀,飞得特别快。

除了日复一日地学习,只有少数几个时间节点海博有些印象,譬如临近万圣节的时候学校里到处都有很多穿着奇装异服的人,而法学院里也有人穿成蜘蛛侠来上课,有的老师戴了哈利·波特电影里巫师那种帽子来教书。附近的商店也多了很多装饰万圣节的灯、贴纸、衣服,以及南瓜。

法学院组织了专门面向学生的万圣节晚会,提供免费的啤酒畅饮,就在法学院地下的咖啡厅里,那里布置了以万圣节为主题的灯饰。阿伦跟海博一起去了,但两人没有专门换上衣服,只是想去喝个酒就走。实际去了,也根本就没有人穿主题衣服来,只是站着喝酒,甚至没有放什么音乐。整个咖啡厅跟往日一样,挤满了喧闹的人群,只是因为节日,今天比往日更喧闹一点。

"哦,你不是那个……"

刚喝完一杯酒,正去拿第二杯的海博,撞见了一个面生的男生,怎么也回忆不起来在哪里见过。

"你不是要转学吗,怎么还来这里喝酒,不好好学习啊?"

那个男生一笑,海博想起来了,是之前报培训班的时候碰见的三年级学生。

"转学?想得挺美的。"

站在这个男生旁边的其他学生起哄开来,对海博的转学计划讪笑着。海博又一次地感觉到面部充血,正准备转身离开时,看见阿伦正站在身后。

"你……听见了?"

阿伦点点头,不过什么也没对海博说。相反,他走到三年级生中间,轻声地说:

"以转学为目标,有什么问题吗? 我们学校排名这么靠后,录取的标准却这么高,除了地理位置优势,性价比实在太低。"

三年级学生的笑容逐渐消失。只有一个从后面传来的声音说:

"我们当时都试过了,真的很不容易,你们到时候就知道了。"

喝酒的人群又恢复了之前的喧闹,聊着与转学不相关的话题。海博和阿伦喝完杯里的酒,也离开了现场。

"阿伦……"

海博对阿伦为自己挺身而出心存感激,但又觉得自己没有事前跟他讨论过转学的事情,却被第三者这么调戏着说了出来,感觉到极为尴尬。

阿伦只是摆摆手,让海博什么都不用说。海博从此没有再跟阿伦讨论转学这个话题,不知道阿伦心里到底是怎么想的:到底阿伦是为海博如此焦虑地想要离开他们,为了名气去别的学校感到生气;还是阿伦自己也想转学,只是在背地里使劲?

海博暗地里咬咬牙,决心付出十二分的努力。现在自己夸下的海口连阿伦都知道了,如果最后自己成绩不好没有转成,岂不是要变成大家的笑柄? 看,这就是那个以为自己成绩好到可以转学的家伙,结果没有一家学校愿意接受他。这样就太尴尬了。

一个月以后,又是一个美国的传统节日——感恩节。与万圣节这种不放假只是大家聚在一起喝酒喧闹的日子不同,感恩节是某种意义上类似中国春节的日子,大家一般都会赶回家中与整个大家族团聚,阿伦也订了机票回俄亥俄老家,还问海博要不要一起去。他可以带海博回去感受一下美国家庭的感恩节气氛。他们家也有多出来的房间,可以让海博直接住家里。

本来有些心动的海博,因为最近 cold call 的震撼还没缓过来,想要多花些时间学习,于是拒绝了。本来以为自己秘籍在手,菅原每周末也会把他整理的录音笔记发来,制作大纲应该是个相对简单的事情。但是秘籍里教的各种套路很难直接套用在制作讲义上,特别是一些用各种字母缩写组成的口诀,似乎更多只是噱头,反而因为制作大纲的时候总是要回想和参考这些秘籍要花更多时间,更不用提学习这些所谓的秘籍所消耗的时间了。菅原的讲义也没那么好用，因为他总是事无巨细什么都写在里面，连老师上课讲的笑话和插科打诨的内容都有，一行行看下来还不如看自己写的笔记。

过完感恩节，考试临近的气氛一下子浓了起来，没几个星期就是所谓的"读书周"，即课已经上完，专门给学生留出来复习考试的一个星期。这段时间里，图书馆二十四小时开放，咖啡厅也从早开到晚，既供用功过度的学生在肚饿的时候买个三明治简单补充下能量，也开放桌椅供学生自习或讨论。哥伦布四重奏的四人这时几乎每天中午午饭过后都会在这里碰头，跟进一下复习进度和大纲准备情况。

"迈迈，刑法大纲怎么样了？"

"呃，就还在做。"

"大概什么时候能发个初稿给我们看看？"阿伦问。

"后天，不……大后天吧。"

看来海博不是唯一一个远落后于大纲进度的人。他自己已经把所有可能会考的内容放在了一起，但如果打印出来可能会有两百多页，每个案例的细节都多到不切实际的程度，没有办法在考试的时候直接摘录。他需要把一大段话缩减成几句话，每句话都用小黑点标出，而这样做工作量实在太大。他每天上午 8 点起床，去图书馆地下人稍微少点的区域霸占一个座位，一直敲敲打打地编辑自己的大纲，中间继续复习其他两门科目的参考书，试图建立考试内容的脑内全息地图。

中午去咖啡厅和其他人碰头，除了分享进度，也讨论一些自己不太理解的内容。有时候听别人的解释才能发现原来自己想当然的理解在逻辑上或者事实上站不住脚。之后回到图书馆自己的座位继续复习和编辑大纲，晚上在法学院正门外停泊的移动餐车上买一份中东风味鸡肉盖饭，坐在花坛边缘直接吃完，晚上继续复习到一两点，然后收工回宿舍睡觉。

海博在法学院里熟悉地形后，发现有个地方类似于自己"心灵绿洲"的现实分支，即在法学院的玻璃天穹下面，两栋楼中间的地方：那里有几张又大又软的绿色沙发，躺在沙发上，晚上可以仰视天穹外的星空，白天可以看蓝天白云，沐浴下午的日光。日光的穿透力确实很强，哪怕环绕着法学院的摩天大楼企图霸占所有的方位，还是不时有阳光从缝隙里钻过来。沙发旁边，是高大的盆栽阔叶植物，不仔细看有种身处棕榈树、椰子树下的错觉。海博有时闭上眼睛，眼前就是"心灵绿洲"里那片绿茵茵的草坪。他戴着耳机躺在沙发上看书，看累了就听听音乐。当他听到 Aska 唱到"天空颜色的草原上，我摆放了一张沙发"的时候，就有种身临其境的感觉。不过遗憾的是其他人也发现了这是个好地方，这时他只好背着厚重的书另寻别处。

另外从图书馆走往宿舍的路上，有一个僻静的角落放着一台自动售货机，他会在那里买一瓶零度无糖可乐慢慢喝完，看着地板上反射着的自动售货机五彩斑斓的灯光，心中涌动着这样的想法：以后的自己大概会感谢现在的自己如此地努力。

很多年后他想起那时的感受时，才意识到自己完全的谬误。不管努力还是不努力，自己都会为失去的东西而后悔，向来如此。

而得到和失去，就是鱼和熊掌的问题，得到一样东西的同时，必然会失去点什么。但考试周前的海博，一心只想着希望得到的东西，因此完全忽视了刚刚失去的东西，只有很多年后拉开相当距离的时候，海博才看清。自己就像关在笼子里的仓鼠，在循环往复的摩天轮一样的跑步机上忘我地拼命奔跑，连自己想不想过这样的生活都没想好。

海博回到宿舍简单洗漱后，脑袋一碰到枕头就会自动睡去。身心的充分疲劳是最好的催眠药。

"好了。"

在几天后的学习小组碰头会上，海博如此宣布道。他按下笔记本电脑的触摸板，向学习小组里的其他三人发送自己整理好的大纲初稿。说是初稿，他大概不会再看一遍大纲的内容，其他人也大概不会提出什么修改意见，剩下的就是各自去图书馆里打印，然后在打印机前的长队里等着刷卡，再在图书馆门口的柜台那里给近一百页双面打印的信纸大小的纸张打孔，将其装订在某个活页夹里，等着考试的时候像《圣经》一样带入考场。考试的时候虽然是开卷，但是电脑上会运行一个专门的程序，届时只能在电脑上打字，不能用任何其他程序检索内容。其他人大概也会像他一样，买很多五颜六色的塑料贴纸，在带进去的纸质内容上面写上几个关键词，然后粘在大纲的边缘，方便到时候快速翻到要抄的内容。

离考试还有三天，海博的焦虑越来越强烈，晚上困得要死的时候躺在床上，他也没办法安然入睡,总是要喝点酒把自己灌醉了才能睡去,但没睡几个小时又会醒来,担心自己还有很多东西没有时间看,没有时间记。他连睡觉都梦到自己在看案例,在复习笔记,在修改大纲。这么大的压力,自己真的还从来没有经历过,甚至连高考前夕都没有过。那个时候因为自己没有确切的目标,并没有特别想上的大学,没有特别想取得的成果,也没有这种推着你主动学习的竞争氛围,所以怎么样都好,反而没有什么压力。

但现在他有太多想要实现的事情了,想要取得好成绩,转到心仪的学校,毕业后想去大型律所。总之,他想要证明自己。

不过,海博并没有想前进的路上还有没有绊脚石。

"迈迈没来?"

倒数第三天的学习小组碰头会上,没有见到迈迈的身影。三人都有点担心。阿伦试图给他打电话,但是直接转去了语音信箱。四个人中状态最不好的就是迈迈了。每次见到他都很困,跟他搭话也经常像没听见似的,似乎都没怎么睡觉。关键是,让他负责的刑法大纲到现在都没有见到个影子。

"知道他住在哪里吗?"海博说,"我们去他家里看看,万一出了什么事呢。"

三人从学校的内部通讯录里找到了迈迈的地址。他住在学校南边一片叫作"地狱厨房"的区域,这里属于纽约中城,现在看来是非常黄金的位置,但在当年还没有开发的时候这里是一大片贫民区,居住条件曾经像地狱一样糟糕,故而得名。现在这里虽然还有很多老旧的公寓楼,但是住在里面的已经是中城工作的白领金领们,房价早就一飞冲天了。

三人沿着第九大道向南走去。因为一直住在宿舍里,去法学院上课有室内走廊,海博没有意识到外面已经如此的冷,风吹在脸上像一支支冷箭掠过,鼻翼仿佛能感觉到空气里的冰晶,似乎随时都会下雪。

迈迈住在公寓楼的地下室里,地下室正对的空间有一个陷下去的开口,恰好漏进去一些光线和新鲜空气,一扇木门和一扇窗户也对着这个空间。三人沿着过于陡峭的生锈铁质楼梯下到下沉空间里,一种阴森潮湿的气息扑面而来,地面黏糊糊的,感觉脚下随时会出现老鼠和蟑螂。阿伦回头看看另外两人,按了下门铃。

"迈迈!我是阿伦,你在里面吗?"

没有人来应门。三人稍微等了一下,阿伦又敲了三下门,再等了一阵。菅原把脸趴在旁边的窗户上,透过窗户玻璃可以看见里面的窗帘,但看不清到底有什么东西。

"怎么办,"海博问,"把门撞开?"他想起电视里警察用某种又黑又粗的东西撞门的影像。

"开什么玩笑。"阿伦一副哑口无语的样子。"我去找管理员,看他有没有钥匙。"

说着阿伦转身离开,这时菅原从窗户上移开了脸,对海博说:"里面应该是有人的。灯好像亮着。"

海博走到菅原旁边,往里看去。透过窗帘的缝隙,确实似乎有光从里面透出来,但也可能是外面的光线的反射。

"我再敲门试试。"

海博向后跨出半步,小腿一使劲,正准备再狠狠地敲门时,"吱呀"一声门突然开了,海博却已经弹射了出去。

"谁呀?"

迈迈揉着惺忪的眼睛,胡子拉碴,还没来得及看清谁时,海博扑了过去,按倒了迈迈,把他压倒在了自己身下。迈迈充满肌肉的身体压起来很有回弹力,就好像一张硬质的床垫,还能闻到他身上残余的古龙水的香气。

"哇——"菅原从后面看着两人,"这真是充满友爱的哲学一幕啊。"

他拿出手机,正准备拍摄时,海博已经意识到了不妙,从迈迈的身上移开,于是菅原只拍下了两人各伸出一只手,试图阻挡相机镜头的画面。

"什么鬼地方,连个管理员都没有。"

阿伦这时才回来,却也感受到了下沉空间里尴尬的空气。

"发生了什么?"

"什么都没有发生。"

"发生了这个。"菅原把手机画面转向阿伦的方向。

"嚯嚯——"阿伦笑着说,"看来我错过了最精彩的一幕。"

三人走进迈迈的房间,却把轻松欢乐的气场留在了门外。

迈迈的房间结构很简单,就一个通间和一个狭小的厕所。厨房在这个唯一房间的角落里,临近窗户。洗碗池里堆满了没洗的碗筷,池底有着一层红色辣椒油一般的不详污垢。房间正中是一张床,正对着一张书桌,旁边是一个衣柜。离窗户最远的墙上因为缺少自然光线,所以布置了很多灯饰,挂在墙上的霓虹灯拼出来的好像是澳大利亚某个城市的名字,两旁各有一盏射顶灯,地上放着一套看上去很高级的组合音响,上面有一台黑胶唱机。

"迈迈,你还好吗?"

阿伦扶着迈迈问。迈迈摇摇头,又低下了头。

"我对不起大家。"

原来迈迈实在来不及处理刑法的大纲,一直在加班加点做编辑工作,已经连续熬了一个星期的夜,以至于睡过了头,没有来得及参加今天的碰头会。

阿伦叹了口气。众人也沉默不语,房间里简直像没有暖气的冰窖一样寒冷。

"唉声叹气也没有用。"海博说道,"有什么补救的办法吗?"

"你还差多少?"阿伦问。迈迈向还在闪烁的电脑方向努努嘴,阿伦坐在了椅子上看迈迈的电脑,"还有这么多?"

看起来迈迈就算不吃不喝继续搞下去,也不可能在考试之前弄好刑法的材料。

"如果我们帮你呢?"菅原说,"我们有四个人,可以用四倍的速度搞定啊。"

"不只是提炼内容,"迈迈又摇了下头,"还需要把框架搭起来,按照各种罪名排列出来,这样才好索引。"

菅原从书包里拿出一本书。

"按照这个框架来不就好了。"

众人一起看菅原的书,原来这是一本市售的刑法大纲,巧的是正好是配合他们用的案例教材所编写的,如果按照这个大纲的结构,再把老师的讲义按照章节填进去,应该就可以用上了。之前这本书海博想从图书馆里借,结果没借到;从亚马逊买,也没有买到,不知道菅原是从哪里弄来的。

"那大家都回去把电脑拿来,我们就在迈迈这里突击一下,把刑法大纲搞出来。"阿伦说。

"好!"

除了已经带着电脑的菅原,阿伦和海博一起走回不远处的学生宿舍,背着自己的电脑回到了迈迈的住所。

四人分工,把市售讲义整本书物理性地拆成了四份,每人分别把其中的内容输入了电脑,然后又分工把老师的讲义进行精炼后填入大纲,只是量实在太大,一天也没干完。中间迈迈去附近的比萨店买了两盒比萨,又买了四杯双倍浓度的黑咖啡带回来,大家一起吃饱喝足后继续干,直到深夜也还没完成。

"今天太晚了,明天继续吧。"

阿伦这样说道,准备和海博一起回宿舍。

"太晚了,外面不安全吧。"迈迈说,"如果不介意就在我这里打地铺,我把羽绒服拿出来给你们盖。"

海博和阿伦互相看了一眼,然后点点头。菅原也不准备回去,他住在中城东边,离这里更远。

"如果大家都不走,我这可是有个好东西。"

迈迈从抽屉里拿出来一盒没有包装的药片。

"这是我从一个朋友那里拿来的,吃了以后会更有精力,搞不好我们熬一个通宵就能搞完刑法大纲。"

"这是……"阿伦接过了药片,"居然还有这个东西。"

这似乎是某种治疗头痛的处方药,不知道迈迈从哪里搞来的这个。

"吃了……会不会有什么副作用?"

迈迈露出奸邪的笑容:"你吃了就知道了。"

"我们以前考试之前也吃过的,可能其他人都会吃。"阿伦也说。

海博心里很忐忑,因为不吃,也许要把剩下的两天时间都用在刑法上,没办法给还没复习完的另外两门匀出时间;吃了,不知道会有什么副作用,也许会在生理上影响自己的表现,他想起来自己第一次考 LSAT 时喝了太多功能饮料的后果,而且万一药物上瘾了该怎么办?

"来,给你半片。"

正在犹豫的时候,阿伦已经从一板药里面抠出两片,各自对半掰开,每人半片。见其他三人都吃了,他鼓起勇气,也放入嘴中,用啤酒冲下,等待药物起作用。

不久,一种天好像亮了的感觉突然浮现在海博的脑海中。他走到厨房那边拉开窗户,外面依旧是黑暗的深夜。他不知道从哪里涌起一种异样的精力。

"感觉可以去跑马拉松。"

"这就是药物的效力。"

四人这回真像打了鸡血一样，疯狂地敲打各自电脑的键盘。海博觉得眼前好像有一整面宽广无边的大墙，所有的大纲内容都写在了上面，想要回忆什么很快就能找到，仿佛大脑里内置了一台能够自动检索的电脑。他还感觉自己心情愉悦，充满自信，肯定能搞定这次的考试，之后就能顺利转学，去排名靠前的那几所法学院，之后就可以实现进入大所的理想，每个月都能收到金额惊人的支票。而那些看不起他的原来研究生院的老师同学，都会用羡慕的眼光看着他，用崇拜的语气说"海博，你真是太厉害了"，"真没想到你才是我们里面最有出息的"，"我错怪你了，很遗憾你没有留在我们这里"。

等海博反应过来时，大纲已经整理好了，再拉开窗帘，强烈的阳光已经直射进入那个下沉的空间里。四人互相告别，各自回到自己的房间继续复习，而海博还一点都不感觉到累。

"你吃了那个玩意儿？"

佟姐考前问候海博的时候，海博跟她说了那个神奇小药丸的能力。电话那头传来佟姐的叹息声。

"那个东西确实有用，但是会影响你头脑的分析能力，写出来的东西可能会有点问题，就好像你做梦时试图解决复杂问题一样，等你好起来之后会看不懂当时到底写了什么。"佟姐快速地说，"另外之后会很累，你可能会一口气睡很久。"

"没事，我会好好休息的。"

"我也在准备考试，下回再细说。你抓紧时间复习，有什么不懂的发邮件问我，我看到后会回复的。"

"谢谢！"

海博心存疑虑地打开了四人合作整理的大纲，看来看去，不觉得有什么问题。

回去以后，海博确实像佟姐说的那样，一看到床铺就有一阵无法抵挡的困意袭来，在床上一趴就一口气睡了将近二十个小时，等再醒过来的时候外面天还是亮的。看到日历他才意识到过去了一整天。

　　他为自己如此浪费时间睡觉懊悔不已。他抓紧最后一天时间复习,但是打开刚准备好的刑法大纲却发现有很多句子并不通顺,即便是通顺的句子组合成一段也看不清其中的内在逻辑是什么。这也许就是那个药的副作用。

　　看着大纲,海博出了一身冷汗。他还能带着这份大纲去考试,同时抱着自己肯定可以考出好成绩的自信吗？他可以花最后一天的时间继续调整这份大纲,但是已经没有时间了——他已经消耗了好几天的时间,没办法再这样继续钻牛角尖,把时间都花在同一门课上。他试图看另外两门课的大纲,但脑海中还是回旋着这几个问题,没办法好好集中注意力用黄色记号笔在打印出来的大纲上标记出重点。

　　等海博意识到的时候,天色已经临近黄昏了。他感觉自己已经尽了最大努力。也许这样去考成绩已经够好了,不,这连他自己都说服不了。一种强烈的虚脱感袭来,他靠在椅背上,看着天花板,开始想象另外一种可怕的可能性。自己的成绩不好,既不能转学,也进不了大所,最后三年的学习白忙活了一场,出来找不到任何像样的工作,只能去只有一两个人的小所里打杂,或者回家面对失望的父母,一边尝试按他们所指示的去做极为低薪的工作,一边啃老。哪一种结局都跟现在为之奋斗的图景截然不同。海博想回到床上,躺平算了。

　　这时手机里传来短信声。是佟姐发来的打气信息:"你已经尽了最大的努力学习了,一切梦想都会实现的。"

　　他读了好几遍这条短信,就好像一颗越舔越甜的水果硬糖。他放下手机,重新打开大纲和记号笔,准备一直复习到脑子再也转不动的时候为止。

　　考试的这一天终于到了。海博起床洗漱,确认电脑已经充好了电并且带上了电源线,确认正确科目的大纲已经装入了书包,从冰箱里拿出已经准备好的一瓶水,再拿上一块能量棒,出发前往考场。

　　考试的地方就是平日的教室,看起来跟往日一样,每个人带着自己的电脑坐在位置上,不过相互之间要隔一个座位。

　　海博找到一个座位坐下,布置好电脑,将插头插入桌上的插座,考试大纲和参考书放在电脑旁边,之后就头脑一片空白,什么也没想,也想不了。他觉得自己在全身发抖,冒冷汗。其他人也没有说话,只有沙沙的翻书声,似乎在临阵磨枪。

　　试卷发下来了，厚厚的一沓，每道题都有一个长长的阅读部分，有的题还附带了相关法条和案例，光是阅读都要花十几分钟。电脑上运行的专用考试软件，不能切换出去，不能退出后再进来，同时在交卷之前电脑处于断网状态。光标在一片空白的地方缓慢而规律地闪烁着，好像一个急躁的人正跺着脚等待。

　　已经过去了三十分钟，海博还卡在第一道题的阅读部分，除了在试题纸上标注了不少可能适用的案例和法律原则，电脑里的答题纸上一行也没写。考场里很多人早就开始答题了，教室里几十台电脑的键盘敲击声仿佛白色噪音，震得海博脑中的脑浆像神奈川冲浪里的巨浪来回激荡。他还是写不出任何东西，只有汗越出越多，多得都滴到了手上，滴到了键盘上。

　　意识到时，他赶紧拿出纸巾擦电脑，然后深呼吸，开始在键盘上敲打第一个字，第一个词，第一句话，第一行字。所有的答案都按照法学院传统的问题、法律、适用和结论的顺序写。他之前模考的时候已经试过了，不过从来没有在如此大的时间压力下试过。

　　最后监考老师宣布交卷时，他还在写最后一道题的适用部分。他赶紧用简单的几个字写出了结论，然后收手，点击软件里的交卷按钮。电脑重新联网，然后将他的试卷通过无线网络传送到了服务器。

　　考完第一门，海博才意识到法学院的考试比他想象的更难。除了要掌握海量的内容，按照特定逻辑整理出来，还要有母语水平的英文写作能力，能在短时间内临时写出几千字的考卷内容。海博长期以来都只是在准备内容的部分，疏忽了输出的能力，结果现在写得磕磕绊绊，还经常卡壳，不知道自己想要表达的东西能如何准确地表达出来。因为要讨论的东西完全不一样，以前在研究生院写论文的那些套路在法学院基本派不上用场。海博垂头丧气地离开了考场。

　　不过他还没有完全死心，后面还有两场，到时候成绩肯定是汇总成一个 GPA 数字来看的。他到处找模考题目，然后开始练习在规定时间内在电脑上打出答案。

　　剩下的两门考试他考得得心应手一点，至少现在他有经验了，知道一开始不过是把问题精炼复述一遍，然后提炼一下事实，展开一下法律，最后将法律适用在事实上得出结论即可。这个套路其实他在整理笔记的时候已经无数次练习过，不过那个时候是针对已经判决出来的案子，现在针对的是老师自己编造的不知道结果的新事实。

考完最后一门,已经是晚上。海博回到自己宿舍的房间,沉重地往床上一躺,几天考试严重消耗了他的体力。

"喂,海博!"门外传来阿伦的声音,"出门喝酒庆祝了。"

让我先好好休息一下吧,海博想说,但是没有说出口的力气。

"海博,起来了!"

阿伦?不,听起来好像这次是迈迈,他也到他们寝室了?就不能让自己一个人静一下,休息一下,反思一下自己这几天考试的表现,为下一步自己到底该做些什么考虑一番?如果自己考好了当然好说,如果没考好呢?难道真的要在这个无人知晓的地方消耗三年,然后不知道出来能做些什么?第一学期的考试考砸了,难道到了第二学期还有回天之术?

"海博,起来嗨!"

阿伦直接转开了没锁的门,门外的灯光像一把利刃,刺透了房间里陈酿着的黑暗。海博不能再伴装自己睡觉,只好套上外套,和阿伦、迈迈一起出门去学校附近的酒吧。酒吧里挤满了他们学校 1L 的学生,都在庆祝第一学期考试结束,气氛十分热烈。不知哪来的有钱人经常给全场买酒,还有人冲上安装了卡拉 OK 的舞台一展歌喉,大唱着"我跟法律干了一架,结果法律赢了"那首歌。海博却完全提不起来兴致,不管现场的气氛有多热烈,他总还是想着考试的那几道题。

"别想了吧。"迈迈过来看他,"好好喝一顿酒,把那些东西都遗忘脑后!考试也罢,成绩也罢,整个法学院这摊子烂事!"

说着迈迈塞给他一瓶放了柠檬的墨西哥啤酒,同时也叫来阿伦。

"让我们一起庆祝哥伦布四重奏学习小组首战告捷,下个学期继续!"

说到这里海博才突然从自己沉沦的情绪中挣脱出来。

"咦,菅原呢?"

"他回家了吧,叫他他也不来。"

海博耸了耸肩,心想也许他也感觉自己没考好,只是没跟你们这些派对动物住在一起吧。他喝了口酒,觉得这酒苦得惊人。

第五章

单向度的门

大巴沿着 95 号州际高速一路向北,路边的都市繁华逐渐褪去,变成低矮的平房,又渐次推出山林和农田。因为是冬天,一切看起来都肃杀而缺少生命力,目力所及都是棕褐色光秃秃的植物和灰色的大地。继续往北,开始出现被雪覆盖的地方,看起来不是刚下的雪,而是下了一两个星期还没化的灰头土脸的雪。进入麻省之后终于能看到新鲜的雪,正从天上像雪白的豌豆一样慢慢飘洒。

冬天,学校从考试周结束就算放假,一直要到一月下旬才开学。海博一直待在纽约,哪儿也没去,除了中间去了趟波士顿。因为佟姐即将毕业,他至今没有去看过她,何况,他也从来没去过波士顿。

中午时分到达波士顿南站,比纽约更冷,雪也更大。佟姐正在大巴停靠的火车站里等他。车站里的暖气很足,她拉开了桃红色的羽绒服,能看见里面米黄色的薄毛衣,看得到胸部微微凸起,下半身则穿着牛仔裤和看起来很暖和的麂皮长靴。

"饿了不? 我带你去吃好吃的。"

海博一大早在宾州车站等大巴之前吃了一个夹火腿和蛋的可颂面包,以及一杯一喝就知道是速溶的咖啡,一路奔波,早就饥肠辘辘,迫不及待地想要吃点东西。

两人来到中国城的一家火锅店。整个店铺的墙壁都是红色,店里人声鼎沸,释放着腾腾的蒸汽、扑鼻的辛辣气味。两人在靠里的座位坐定,佟姐点好了菜,基本的寒喧结束后,话题自然地来到海博第一学期的表现上来。

"我觉得我尽力了,你告诉我的秘籍我都尝试过了。"

海博打开手机日历给佟姐看,上面密密麻麻基本上全部是蓝色,代表着学习的时间,点缀着少许的黄色(睡眠和进食)和微量的红色(其他),每天除了吃饭睡觉以外基本上都在看书。回想自己这一个学期的时间,海博觉得自己好像身处游泳池的底部,学习的任务如整个游泳池的水一样都压在他身上,让他胸口发闷喘不过气来。

"佩服佩服,"佟姐把手机还给海博,"我当年也没你这么用功。"

不知道说什么好,两人陷入了一片沉默,幸好吃火锅是一个需要集中注意力的事情,既需要关注牛肚是否正好七上八下可以煮熟,鸭肠在变小变卷之前是否已经断生,还需要小心豆腐是否已经被煮碎,只有鱼丸、午餐肉、麻辣牛肉这些耐煮的东西倒进去就不用管了,不过也是吃到最后才想起来去捞。

"看你一脸担心的样子! 哎呀别怕,尽力就行了。"

手机这时响了,来了邮件,海博赶紧掏出,一看不过是一个广告。他又把手机放了回去。

"有什么急事吗? 老看邮件。"

海博叹了口气。

"听说要出成绩了。"

佟姐笑了起来。

"看你,那么紧张干吗? 难道说你紧张一点,成绩就会好一点吗? 都考完了,是多少就是多少。来。"

佟姐向他伸出了手。

"要干吗?"

"手机交给我保管,今天你就别惦记手机了,放下一切好好放松一下。"

海博露出狐疑的表情,以为佟姐是在开玩笑,但是佟姐的手坚决地悬在半空,还往下晃了一下,好像在用手说"给我"。海博只好把手机放在她手里,确定她拿稳了才松开,怕手机也掉进锅里一起煮了。

吃完火锅,两人顶着小雪去了波士顿市中心,刚吃过热腾腾的火锅,在雪地里走走也很清爽痛快。两人看了当年曾经是北美殖民地中心的老城,到处是砖铺的小街,高低起伏左右弯曲,两旁都是感觉有几百年历史的老屋。海博虽然没有去过伦敦,但在阴沉灰青的下着雪的天空下,感觉这里看起来像是电影里伦敦的模样。如果不是连接哈德逊河和五大湖的几条运河陆续修建完成,波士顿北美第一大城的地位不会被纽约抢走的,至少佟姐是这么说的。

下午四五点天色就逐渐阴沉,好像有远处的巨人掀起了夜色的巨幕,劈头盖脸地向他们头顶扑来。四处的灯都亮了起来,在下着小雪的天空里亮晶晶的,颇有圣诞夜的气氛。海博想起过去在国内时圣诞节一般都是和女孩一起过的,今年圣诞节则是在刚刚考完的疲惫与焦虑中一个人度过,幸好现在身边有佟姐,虽然两人不是恋人关系,但能一起在雪中漫步也是相当浪漫的事情。

两人在夜幕低垂的时候来到哈佛,不过与想象不同的是,哈佛作为世界数一数二的大学,并没有特别气派或者特别壮观的建筑,大部分都是红砖灰瓦的老建筑,看起来更像是小家碧玉类型的精致型大学。但就是在这样的大学里诞生了无数的精英,他们走出校园的时候总可以用哈佛的招牌装点自己。特别是哈佛的法学院,更是无数文学影视作品的中心,也许只要说自己写的是哈佛法学院的故事书都好卖一些吧。海博想起自己读的可怜的普丹法学院,大概如果有人写了也不会有人想看有人想买的。肯定。

海博路过哈佛燕京图书馆的时候,很想进去看看,但遗憾的是不论是他还是佟姐都并非哈佛的学生,现在申请通行证大概也来不及了,不过附近有家哈佛书店,里面在卖很多哈佛学生会看的书和哈佛校友写的书,海博在书店里看了很久,竟然一直看到了书店要关门的时间。

"那明天再见?带你去看博物馆。"

"好啊。"海博买了本小说,准备晚上睡觉前翻翻,好像是以哈佛图书馆为背景写的,写的是一个研究生如何在图书馆里发现了一本奇怪的书,包装的书皮上有一个奇怪的符号,跟自己20岁成年的时候父亲带自己去文身时候手腕的符号一致,后来才发现这本书是用自己祖先的人皮做的。围绕这本书展开了一系列对于隐藏在现实世界之下黑暗世界的探险。海博感觉这就是自己想写的东西。如果有时间的话,他也想写写有关美国大学的奇幻趣闻,杂糅进吸血鬼、僵尸、狼人等传说逸事,不过要写出这种东西还得多读读类似的书,等有时间的时候再说。

"对了，你住哪里？离这里远吗？"离开图书馆后佟姐问。

"不远不远。"海博为了省钱，找了一个离市中心不远的青年旅店。以前他还在读研究生的时候出门旅行总是找这种地方，虽然没有独立的房间，但能跟全美各地的旅客聊上几句也很有意思，当然关键是便宜，一天才几十美元。

"早知道你跟我说啊，我有独立的房间，虽说是宿舍，如果申请也可以住上几天的。"

"女生宿舍也可以？"

"这边无所谓的。"

"那下回吧。"

"我毕业的时候来找我，夏天的时候，波士顿天气可舒服了。"

海博一口答应下来，然后坐地铁去青年旅店。到了以后发现并没有什么其他旅客，可能冬天不是波士顿的旅游旺季。不过无所谓。他走了一天，新买的书还没来得及翻开，头一碰到枕头就睡着了。

他做了一个梦，梦到自己 LSAT 考了满分，如愿以偿地入读了哈佛法学院。他的生活简直跟《力争上游》或者《1L》里的一样，为了维持自己的成绩比现在更加疯狂地学习，否则第一年的时候可能会被学校淘汰。早年的美国法学院确实是这样的，先招很多人，再用第一年的成绩淘汰多出来的学生，所以 1L 法学院很卷也是历史原因形成的。

他还跟阿伦一起为了获取老的大纲在深夜潜入法学院图书馆，结果差点被保安发现。考试之前发现所有的大纲都没用，他和阿伦被一起关进酒店房间一个星期，终于在考试之前把所有考试材料背到滚瓜烂熟，中间连觉都没怎么睡。因为那个时候还可以抽烟，他带着便携式打字机，一大瓶装满咖啡的保温瓶，两卷薄荷糖，还有两包香烟进入考场，一边考试一边抽烟一边喝咖啡，否则就是在吃薄荷糖，为了保持自己神志清醒。

最后考完他什么也没管，去加勒比海度假，结果巧遇《糖衣陷阱》里那家愿意开出超高价的律所诚聘。去了才发现这家律所的主要服务客户是美国的黑手党，自己得知的机密信息被泄露，客户认为是自己泄露的，所以派人追杀。他想要打电话给佟姐求救，结果……结果发现自己的手机不在身上。

凌晨 3 点钟,他从睡梦中惊醒的时候,发现一切都是一场梦,自己并没有考上哈佛,也没有超高薪水的律所诚聘,唯一跟现实接轨的,是手机确实不在自己身上。他想起来昨天中午吃火锅的时候把手机给佟姐了,不过由于过得太过充实,以至于做梦的时候才想起来手机不在自己身上,更没想起阿伦跟他说过今天可能会出成绩的事情。

第二天见到佟姐的时候,她主动把手机给了他。

"抱歉,忘了还给你了,回去才发现。"

"没事。"他赶紧检查邮件。

"对了,虽然不是故意要看,但通知里面提示有成绩出来的邮件。"

话音刚落,他的心跳仿佛赛车比赛开始前 3 秒钟从 0 加速到 100 公里,瞬间被过高的车速给甩得灵魂出窍,让他整个人都变得手忙脚乱起来。他几乎拿不稳手机,登录学校的系统查分用了很久时间。那一刻,海博像封闭在自己的世界里一样,忘了周围是繁华的都市,身边是匆匆赶去玻璃写字楼里上班的人。佟姐一直在他身边,安静地等着,什么都没做,什么也没说。

"B+。"

海博发出微弱的声音,可能并不想让谁听见。

"那很好了啊。"

海博向她投去不可置信的目光。

"真的。在我们学校 B+已经是很好的成绩了。你可以上你们学校的官网搜一下,如果是前 30%,那么完全属于好成绩的。"

他如此照办,确实如佟姐所言,是第一年前 30%成绩的学生才可以拿到的分数。没想到法学院居然把成绩到底对应什么水平都写在网页上,这大约是方便雇主招聘学生时掌握情况。这样也太可怕了。难道将来找工作总有人盯着自己读法学院时的成绩?

尽管知道 B+并非不好的成绩,但跟海博期望的能够实现转学的目标还有一点差距。一股寒意传遍海博的全身,先是从脚底,再到小腿、大腿,然后臀部、腰部,最后全身都冷了起来,让他浑身发抖,不知道是由于不尽如人意的成绩还是突然刮起来的寒风。

"我们找个暖和的地方喝点热乎东西。"

连佟姐都看出来他的寒战。两人走进最近的咖啡馆,各自点了杯咖啡。

喝咖啡的时间里,佟姐一直在开导他,告诉他其实这个成绩已经很好了,处于前30%的话不仅找工作的时候肯定能进大所,说不定连转学都是有戏的。佟姐的话语和温暖的咖啡一样,让他冻僵的身体逐渐融化,虽然这里那里好像还带着零星的冰晶。

现在出了成绩的是阿伦准备大纲的物权法,他在手机短信里跟阿伦致谢,同时听说阿伦也考了 B+。看来准备大纲的水平确实是跟考试成绩直接挂钩的。

剩下的时间海博和佟姐一起去了哈佛的几个博物馆,包括自然、历史和美术。这天晚上,两人去吃了海鲜,波士顿出名的龙虾确实极为新鲜,佟姐说她吃过用龙虾做的刺身,味道也很鲜美,不过冬天吃有点够呛,下次夏天来的时候再去一饱口福。

剩下的日子,海博是在惊恐与不安中度过的,夹杂着间或的欣慰和兴奋。前两者当然源于还没出成绩的另外两科,不管是自己准备的侵权法还是四人一起准备的刑法,都没有阿伦准备的物权法大纲那么完备。后两者完全要靠佟姐几乎不间断的鼓励和关心,以及她带他去的那些新奇而有趣的景点。

"你知道你看的有关哈佛的电影大部分都不是在哈佛拍的吗?"

有天他们又路过哈佛的时候,佟姐这么说道。

"是吗?为什么,他们不让吗?"

"好像 70 年代以前是让的,但那个时候有部电影的剧组把校园弄得一团糟,之后就不让了。"

"那现在都是在哪儿拍的?"

"《律政俏佳人》和《哈佛爱情故事》里的哈佛法学院好像都是在南加州大学拍的。"

海博猛地想起来,确实现在眼前灰暗而阴沉的哈佛法学院跟自己在电影中见过的不一样。电影里的哈佛法学院是栋有着气派尖顶的红色砖房。

"那《力争上游》呢?"

"那个基本上还是在哈佛拍的,除了室内场景。毕竟电影是 1973 年出的。"

"我看了好几遍,上法学院之前。"

"难怪你那么紧张,都是被那个电影吓的。"佟姐嫣然一笑,"第一年过去就好了。"

第一年过去就好了,但是现在第一年才过了一半。海博一个人的时候就沉浸在单纯的恐惧中。现在手机已经还给他了,他只有关掉手机才能睡着,不然每次手机轻微的震动,或者任何让他以为手机在震动的幻觉,都会导致他一直醒着,无法入睡。

即便这样,到了他要离开波士顿的那天,另外两科的成绩也还没出来。

早上起床拉开窗帘的时候,天空格外灰暗,简直就跟他的心情一样,好像随时会下雪。他现在要回纽约一个人面对法学院这头怪兽了。

"祝你一切顺利。"

佟姐要送他去火车站,但他没让,说自己只有一个背包,背上坐地铁离开就好。最后佟姐送他来到地铁站,在他进入地铁站之前,佟姐拉住他的手,最后一次安慰他,叫他不要着急,成绩肯定没问题。就算不尽如人意,还有一个学期的机会补救。最后总会有出路的。

"谢谢佟姐,那我走了。"

佟姐抬着头看他,眼睛闪闪的,好像舍不得他离开一样。海博突然希望自己能再多待几天,毕竟回去也还没开学,只是波士顿这一带能玩能看的地方基本上已经都逛过一遍了。

"路上小心,到了告诉我。"

佟姐伸出双臂,抱住了他。两人的身体在一起没有几秒,就分开了。分开之后,佟姐身体的触感还留在他的记忆里许久。

"下次再见。"

他刷卡进入闸机,往前走了几步,回头的时候,看见佟姐还在目送他离开,还朝他招手。他也回应般招手,然后踏上刚刚驶入车站的地铁列车。看不见佟姐之后,海博叹了口气,觉得情绪一下子低落了下去。他怀疑自己是不是喜欢上佟姐了。有的时候他分不清到底是自己不自觉喜欢上了一个人,然后才逐渐发现了对这个人有感情,还是自己选择喜欢一个人,所以才逐渐真的喜欢上这个人。如果是前者,那么现在已经太晚了,他喜欢佟姐已经到了不能自拔的程度;如果是后者,那么就还有救,自己不能对她产生感情,因为自己根本就没有喜欢她的资格。

到达南站,海博从内部通道走到长途巴士总站,不用在外面受冻。不知为何,有很多人排着长队站在服务柜台那边,也许是换票的,但海博早就把票打印出来了,他直接走到等候大巴的站台。美国的大巴和火车一样,都是不对号入座,不过火车没有座位还能站在上面,如果大巴上的座位满了,后来的人就会被赶下去。海博也是经历了血的教训才知道等大巴的时候要早早站在队伍里,否则大巴来了你也白等了一场。

海博站在队伍里,同时等待大巴和成绩。自己到底为什么对成绩这么执着?以前并没有在意过,从小学到研究生毕业。他觉得自己不管什么成绩总可以找到学校上,总可以找到书读,也总可以找到工作做,应该不至于饿死。他想起高考前特别辛苦的时候,觉得自己以后工作了只要挣够每天吃一次麦当劳,然后有钱拼一台过得去的电脑就够了,剩下的条件怎么艰苦他觉得都能忍受,不管是住在年久失修的老式单元楼,还是没有车每天要挤公交。他没有什么特别想要的东西,也没有羡慕富人的生活方式。他曾经是个非常知足的人。怎么现在变得如此想要上好学校、去大律所、拿超高薪水?这到底是他想要的,还是周围的人都想要,所以他不知不觉内化成了自己的奋斗目标?而如果自己真的最后去了反而发现也是在随波逐流,没有思考的空间,没有生活的动力,那么今天的一切焦虑和期盼又为了什么?

等海博意识到时,他突然发现已经超过了大巴到来的时间,却没有任何迹象显示大巴会来,刚才排得很长的队伍也没有几个人了。海博索性到服务柜台去问坐在里面的中年黑人大妈。

"为什么车还没来?"

"你看看外面。"

"外面?我坐地铁来的。"

"大雪,现在高速公路都封了,所有车都停了。"

海博脑子里"嗡"地一响,没来得及问自己的车票该怎么办,他只顾一口气冲到车站外面。漫天的鹅毛大雪已经覆盖了眼前的一切,地上积起深及小腿肚的雪。

用手机上网一查,所有今天回去的机票和火车票都卖光了。他没带驾照,路也封了,没办法租车开回去。

结果刚刚告别不久的佟姐,在分开一个多小时以后又见到了。她来不及帮海博申请住宿许可,趁门卫上厕所的空当,把海博带进了自己的宿舍。

　　海博进到在视频里见过多次的宿舍,但真的进入才感觉到这间房子有多么的干净整洁和温馨,几乎所有的东西都工整而小心翼翼地摆放在合适的位置,没有乱丢乱放的情况,虽然没有近藤麻理惠那种近乎变态的整洁。宿舍是两人一间,有一个跟海博的宿舍比小很多而且没有窗子的客厅,只有简单的厨房和一个餐桌,但佟姐的房间就比海博的大上很多,比他在视频里略微瞥到的感觉还大,加上床前有片毛茸茸的地毯,室内放着让人燥热的暖气,完全足够海博在地毯上打个地铺。佟姐的室友也正好因为寒假回家,他待在这里只要搞定宿管的许可就没什么好担心的。幸好学校都还没有开学,暂时不用担心上课要怎么办。

　　因为太晚了,佟姐拿出备用的两套床单被子给海博铺好床铺之后就入睡了。海博钻进两层被子中间,拉起被子,能闻到上面香香的气息,这才意识到自己是进入了女孩子的房间。联想起今天白天和佟姐短暂的身体接触,他又开始怀疑自己到底是不是喜欢上了佟姐。他在用自己的棉袄简单叠成的临时枕头上摇摇脑袋,把这样的想法摇出脑海,看着从百叶窗里透进来的几缕光线,仿佛北极才会有的漫天大雪从窗外像无尽的薯片一样在空中划着来回的弧线晃晃悠悠轻轻飘落,暖气机嗡嗡地响着,单调的声音很快将海博带入了梦乡。

　　第二天拉开百叶窗,外面的鹅毛大雪居然下了一整夜都没有停,窗框外面底部已经积起来厚厚的一层雪,感觉有整个窗户三分之一高。推开窗户露出一个小缝,将雪推掉一点,看到外边路面的雪已经厚到在里面走路似乎都有点危险的程度。

　　"我真是来到了北方。"

　　海博喃喃地自言自语道。

　　大雪封城,地铁的运营也受到影响,只有地下段还在运营,并且一班车要等十五甚至二十分钟,地上段和电车要等雪停了。家里只有一些速冻饺子,没有新鲜蔬菜和肉。为了把饺子留到最后关头,海博和佟姐两人在雪地里深一脚浅一脚艰难地走着,想要找到一家有东西卖的馆子。这种天气也基本上没有什么开门的地方,只剩下一些两人不想吃的快餐店。最后走了十五分钟,走回昨天吃火锅的地方附近,终于找到一家还在开门的中餐馆,从外面窗户就能看见里面红绿两色菜单,大概只有一些左宗鸡、湖南牛之类不正宗的美式中餐,但现在没有什么好挑三拣四的了。

吃完饭出来,雪终于有种要往小了下的感觉,但是公共交通基本没有恢复,两人也没车,在比膝盖还深的雪里去不了太远的地方。最后,佟姐带海博来了他们法学院的图书馆。佟姐说寒假期间那里也开门,不过开不到太晚。

"我能进去吗?"他想起自己学校的图书馆,要刷卡才能进去。

"去前台问一下吧。"

结果因为寒假,前台是佟姐认识的同学在打工值班,所以现场给海博办了一张本来要提前预约才能拿到的阅览证。

法学院在学校独自占据了一整栋十几层从外面看很现代的楼,主图书馆就是这栋楼的某一层,里面的装修也以现代为主,并非他想象中如同古色古香的大教堂一样,有着高高的拱顶和从天花板长长地吊下来的璀璨夺目的水晶灯。这儿和他之前读硕士研究生时的学校比较像,有大大的落地窗、长长的桌子,所有的椅子都是符合人体工程学的高级办公转椅。海博想起自己法学院那个小得可怜、连位置都不够的普丹法学院图书馆,没有对外开的窗户,只有一面朝向中庭的落地窗,二手的阳光只有在某个特定角度才能反射进来,二楼和地下室连窗户都没有。不过他倒是乐得去地下室看书,有时候那里简直安静得好像会出现灵异事件。每次坐在那里看小说都非常带劲,时间会在没注意的时候就溜过去了。

"我带你去我平常占据的角落。"

原来佟姐在这里找工作人员预留了寒假期间的位置,放了很多准备看的书,高高的,形成了一个"碉堡",没书的桌面位置上放着"预留——勿动"的立牌。海博想起高中的时候也曾经在书桌上堆过这样的"城堡",主要是为了上课的时候在后面躲着看小说不被老师发现。说起来他对看小说应该是真爱,从那个时候就开始了,一直到现在还乐此不疲。

"这么多书……你都要看完?"

"是啊,我们也是要写论文才能毕业的,虽然可能没有你硕士论文那么长。"

海博随便拿起来一本书,密密麻麻的小字每页成两竖排排列,到处都是奇怪的引用。

"这是最高法院的案例合集,我正在找跟我论文有关的内容。"

"直接用网络数据库搜不就行了?"

　　法学院给每个学生都配备了最流行的两个数据库的账号，可以直接用关键字检索相关案例。因为检索方式复杂，关键字还有很多逻辑链接器，刚开学的时候还辅导过他们好几节课。等他们离开法学院进入律所，律所也购买了这些数据库的账号，到时候就要真的用这些数据库找案例准备法律分析或者各种文书了。

　　"不行，数据库经常搜不出来我想要的东西，我想浏览一遍索引关键词，有时候你会想不到自己的关键词其实还有别的写法。"

　　海博留下佟姐自己一个人在角落里继续钻研，他则去找下学期要修的宪法、合同法和联邦民事诉讼法的入门读物，夹在腋下继续看图书馆里还有什么有趣的东西。他居然看见有一个角落叫作"法律与文学"。

　　仔细看下来，这个区域里除了有惯常的《1L》、已经改编成电影的《力争上游》、格雷厄姆的《糖衣陷阱》（其实英文名直译就是"律师事务所"）、《杀死一只知更鸟》以外，竟然还有卡夫卡的《审判》、《奥斯卡·王尔德的三次审判》、古希腊索福克勒斯的《安提戈涅》。不过最吸引眼球的，是一本封面像喝醉了的人设计的书，封面上两旁是两张蓝色幻影中浮现的脸，中间是绿色的罗马柱，上面用扭曲的字体写了"法学院之旅"，还生怕别人不知道，写着某匿名一年级学生的话"这可不是什么幻觉"。感觉更像是幻觉了。

　　海博拿出以前没看过的《杀死一只知更鸟》和这本神书，和其他书一起搬运到佟姐旁边的座位上。佟姐还在忙着查资料，头都没抬一下。

　　结果那本神书里面到处都是梗，对于海博这种从小没怎么看过美国电影电视剧的人来说实在接不住，看起来都是不知所云的笑话。他还是开始看《杀死一只知更鸟》，这本比神书好看多了。

　　"在看什么？"佟姐问他的时候，海博把封面翻过来让她看。

　　"哦，这本。我以前选法律与文学这门课的时候这本是必读，但是后来我退课了。阅读量太大，每周都要读完一本然后上课讨论，而且没什么用呀。"

　　"还有这种课？"

　　"当然。你回去看看你们课表，大概率你们学校也有的。"

　　雪继续下，时断时续，积雪也随着降雪量薄了又厚，厚了又消去一点，交通没有完全恢复。海博就这样在波士顿又困了三天，也没有什么地方去玩，只是每天固定地顶着刺骨的寒风踩着膝盖以上的积雪和佟姐中午出去找硕果仅存的几家餐厅吃饭,然后去他们学院图书馆看书。太阳在波士顿不到5点就下山了,离开图书馆的时候已经仿佛极夜一样,冷得好像太阳从来没有升起过一样。两人会在路上再买点快餐,带回暖气常开温暖如春的她的宿舍一起吃。

在波士顿的第三天晚上,降雪又转而变大,就好像困住了海博的那天。

那天晚上,海博和佟姐一起顶着漫天的暴雪和狂风回到了她的宿舍,刚进房间,却没有以往两人已经习以为常的让人感觉满面春风的暖气,房间里冷得仿佛冰窟一样。佟姐赶紧掏出手机。

"完了,没看见学校发的邮件。"

"怎么了?"

佟姐丧气地看着海博,撇着嘴说:"宿舍的暖气坏了,维修用的零件因为大雪没运到,学校叫我们去一家酒店住一晚上。"

"那我们收拾一下?"

"去不了了,已经错过登记的时间了。"

佟姐没有脱下在外面包裹着的像米其林轮胎人一样圆鼓鼓的墨绿色略微反光的羽绒服,一口气瘫倒在床上。海博的床铺还没铺好,没有地方可以像她那样躺下,只好坐在书桌旁边的椅子上,但是他有种不好的预感,感觉没有暖气今天晚上可能没有办法睡在地上了。

两人就这样在黑暗而冰冷的房间里待了一会儿。也许是寒冷的缘故,海博觉得肚子非常饿,饿到浑身发抖的程度。

"佟姐,有什么能吃的东西吗?"

佟姐没有反应,所以海博只好自己从椅子上起来,去外面客厅里的冰箱找食物。冰箱里空空如也,只有一袋仅存的速冻饺子,但两个人分食有点不够。白色的灯光从冰箱里射出,在从冰箱里逃逸出的寒气的衬托下好像有生命的东西一样闪烁跳跃着。

"好咧。"

佟姐发出一声喉咙深处的叹息,然后从床上坐起来。

"我们出去看看还有没有能买的东西,做火锅吃吧。"

　　两人离开寝室,去附近还开着的美国超市买了一盒牛肉、一块豆腐、一颗大得有点异常的大白菜、一盒午餐肉、玻璃瓶装的奥地利香肠、一袋瑞典肉丸,然后用两个牛皮纸袋装着一人一个抱回了家。

　　"你有火锅的器具?"

　　"当然。"佟姐从柜子里拿出已经落满了灰的锅和电磁炉,把锅在水龙头下洗了半天,又用厨房纸巾仔细擦干,盛上水放进中国城买来的火锅底料。两人在小小的厨房空间里一起洗菜、切菜、摆盘,不知道为何,海博突然觉得非常有家庭气氛,上次这样和别人一起做菜,大概还是和老王小王住在一起的时候。他和小王打下手,等老王把菜做好。现在两人都离开原来的地方,老王已经回国,小王去了别的城市工作。三人还保持着节假日问候一句的联系,但有滑向逐渐失联的趋势。

　　"好了!"

　　火锅的水已经煮沸,在小小的没有窗户的客厅里释放着辛辣的气味,闻起来当然没有之前火锅店里那么香,但是这股热乎的潮气在这寒冷的冬夜里有着某种神奇的力量,让人看着从内到外都暖和了起来。两人终于脱下外面穿的衣服,开始热火朝天地往火锅里加入肉片,然后在用花生酱、酱油和"老干妈"调制的蘸碟里猛地涮一下,放入口中。没有国内放了牛油的火锅香,没有放了各种不同辣椒的火锅辣,更难以找到毛肚、腰花、鹅肠、黄喉等下水,只是又烫又咸又辣,有那种在海外自己吃火锅时熟悉的味觉冲击。

　　等两人吃到撑得不行的时候,锅里还剩下了不少豆腐和白菜。为了不浪费,佟姐把菜都挑到了盘子里,用保鲜膜包了起来放进冰箱,估计是准备什么时候当麻辣烫配饭吃。

　　吃完饭两人继续看书,直到睡觉的时候,火锅的气味还在房间里弥漫,但暖意已经散去了不少。海博开始担心自己能不能撑过这个夜晚。

　　"你睡我的床吧。"

　　"那怎么行。"海博嘴上这么说,目光却不住地往窗外漂移。

　　"都是我害得你没暖气的。"

　　"我还是比你抗冻多了。"

　　海博咬咬牙,不管外面的大雪是否要将他活埋在这里,还是坚持自己睡地上。

灯关掉了，海博躺在了地毯上。隔着不厚的床单被子，扎人的化纤材质透了过来，地板的冰冷透过地毯也传了过来，冷得让海博感觉刚才吃火锅所积累的那点能量现在全部被地板吸走了。寒气仿佛像火焰般炙烤着他的背，让他如卧针毡。他试图让自己入睡，但是睡觉这种事从来都不是能靠意志力强辦的，越是集中注意力想睡觉，就越是感觉清醒，没有办法睡着。

他开始想象自己身处别的地方。到底什么样的地方，会让自己想要舒舒服服睡着呢？

他又来到了自己的"心灵绿洲"，连这里都下起了雪，草原上也变成了一望无际白茫茫的一片，远处的群山都白了头，只有自己头上的大树鹤立鸡群一样矗立在这场大雪中。不行，这也太冷了。他想象自己不仅在大树下，还有一个质地厚实的帐篷，里面铺着厚实的地毯，地毯上放着蓬松保暖的睡袋，帐篷门口还放着盛满了木材烧得噼里啪啦火星升腾的火盆，熏得整个帐篷里都暖融融的。他就钻进睡袋里，听着外面夹着雪的北风呼呼地吹着，自己感觉有火盆的热力渗进体内，好像现实中的自己也能多少感受到一点温暖了似的。那火盆的温度逐渐柔和起来，逐渐感觉不像是火盆，而像是有人在自己的睡袋里，用身体给自己取暖，一个熟悉的异性……

如此折腾一番，他终于有点精疲力尽睡意袭来的感觉。

"咔嗒咔嗒。"

房间里传来微小但持续的敲打声，他听见了，但不知道到底是什么东西发出来的。他试图继续睡觉，但又好像听见有人在叫他的名字，"海博，海博……"简直有点恐怖了。

"海博！"

海博醒了过来，发现是佟姐在叫他。

"怎么了，佟姐？"

"你……是不是牙齿在打架？"

海博这时才发现，那"咔嗒咔嗒"的声音正来自自己，是自己冻得牙齿直打战的声音。

"来床上睡吧。"

"不行的，这里真的很冷，我怕你会受不了。"海博以为她是要跟自己换位置。

"我不睡地板,我们一起睡吧。"

一起睡?和佟姐?海博突然觉得自己脸有点烫,心脏一阵猛跳,不知道自己到底在期待什么。

"……那不太好意思吧。"

"没事的,这么冷,一起睡吧。"佟姐似乎声音变小了一点,"是我的错。"

海博没有说话,任由自己心脏狂跳,脑子里似乎都在发出嗡嗡的眩晕声。他真的可以就这样跳进佟姐的被窝吗?他能把持住自己,不对佟姐做猥琐的事情吗?或者他有必要把持吗,这是不是佟姐对他最直接的暗示?他不知道自己该怎么办,但地板似乎变得比刚才更冷,简直像是躺在南极的冰川上。他心一横,从自己并不温暖的被窝里钻出,摇摇摆摆地站了起来,然后移向了佟姐的床。

"那……就抱歉了。"

"没事的。"

佟姐似乎在床上挪了一下,空出来仅够一个人侧躺下的空间。她的床本来就很小,是只够一个人睡的那种,两个人睡很挤。但是在这么寒冷的冬天,靠紧并不是什么坏事。海博这样想着,钻进了佟姐的被窝。

和佟姐的体温一起传来的,还有平常能隐约闻到的,佟姐身上淡淡的好像清晨葡萄园的香气,能感受到佟姐小小的瘦弱的身体,以及背部起伏的轮廓。海博非常担心自己的身体在接触到佟姐的时候不小心勃起,但又觉得自己好像无法控制住自己热胀冷缩时的自然反应,特别是刚从寒冷的地板进到现在温暖的被窝里,自己连脚底板都开始暖和了起来。

他试图将自己和佟姐隔开一点距离,虽然在这么小的床上几乎不可能。他稍微挪动了一下,却感觉自己重心不稳,简直要掉下床去。

"没关系的。"

佟姐背对着他说。海博不知道她到底是什么意思,什么事情没关系。他正在琢磨的时候,佟姐又说:"抱紧我,别掉下去。"

海博的心又开始使劲地跳,但手已经不由自主地向佟姐的腰部试探着伸去。她腰部的曲线明显,可以的话他很想用掌心沿着腰部的曲线上下其手,但他只是把手伸过腰部,放在她平坦的小腹上。他的手刚一落定,就能感觉到佟姐小小细细的手指也握住了他的手。海博的心跳得更厉害了。

他又开始思考佟姐这样到底是什么意思,难道她对他也有男女之情? 他从大学的时候开始就对她有点意思,但总是听闻她有男友。不只是当时,现在也是,但其实也从没听本人确认过,而决定读法学院之前两人其实也没见过几面,不知道以后两人是否还有机会继续发展下去。现在两人离得这么近,又在同一个领域,不知道是不是自己可以问一下她的时候了。

"睡着了吗?"佟姐突然问。

海博赶紧收起自己的思绪,仿佛佟姐能看出来自己的猥琐想法似的。

"还没呢。"

"其实刚才……我本来在做梦。好奇怪的梦哦,想听?"

海博更不好意思了。原来自己被冻得磨牙的时候,还把佟姐从美梦中吵醒了。

"我梦见自己成了一只海洋生物。"

"海洋生物?"

"啊,抱歉。我要先介绍一下背景。"

佟姐说自己有次在拉斯维加斯转机时,因为无聊看了下机场里放着的一些展示品。里面展示着由当地的博物馆提供的,附近沙漠里找到的化石,其中居然有很多是海洋生物。原来几百万年前这一带都是海洋,不过因为地形变化,西边出现了高山,将这一小片海与真正的海洋彻底隔离开来,使得这里的生物与世隔绝了好几万年。

"我就是那样的海洋生物,还停留在那片海里,按照自己的方式进化,连自己与真正的海洋隔绝都没发现。即便再也没有办法见到自己的同类、家人和朋友,只能等着沧海桑田,大海被烤干成内华达大沙漠。"

"好悲伤的梦。"

"但不知道自己居然是这样的海洋生物,就生活在自己的一片海里,不用被其他人打扰,难道不也是很幸福的事吗? 醒了以后我一直在想,结果反而睡不着了。"

"也有道理。幸不幸福有时候就是角度问题。"

"就是。"

说完,好像卸下了心里的重担,佟姐居然轻轻地打着鼾睡着了。海博还想再撑一会儿,但禁不住佟姐的均匀起伏的鼾声。在这么美好的一个夜晚,在两人只隔着佟姐穿的丝绸材质的睡衣和他穿的棉质 T 恤,在两人的手交织着缠绕在一起,在外面下着好像永远都不会停的鹅毛大雪的夜晚,他居然困了,想要睡觉了。刚才是睡不着,这时又轮到自己集中注意力让自己不要这么快就入睡了。但就像没有办法强制自己入睡一样,睡意来袭的时候他也没有办法阻止这么快就入睡,特别是紧挨着她温暖的身体,鼻尖在她好闻的发丝间沉稳而有节奏地呼吸着的时候。

　　他不知道自己具体什么时候睡着的,但是当夺目的光线射进房间的时候,他知道自己已经错过了什么。

　　"抱歉,照醒你了吗?"

　　他揉了揉自己惺忪的睡眼,从床上坐起,看见一个娇小女孩的身影站在百叶窗旁边。

　　"我只是想看看今天天气怎么样,没想到是个大晴天。"

　　海博听说是个晴天,心里却像阴天一样,因为晴天就意味着雪停了,雪要化了,而自己也要回去了。

　　"我看看交通恢复了没有。"

　　海博抓起放在床边的手机,但是首先映入眼帘的,是自己又有一门课成绩出来的消息。他故作镇定地打开邮件,点击链接,登录成绩系统。是自己准备的那门。B。侵权法只有 B。

　　海博犹豫了一下,还是决定不告诉佟姐。他现在也没有什么心情去关心自己的成绩。他想让两人昨天晚上相拥而眠的那微妙的气氛再延续一点,哪怕一点都好。

　　"怎么样? 恢复了吗?"

　　"恢复……什么?"

　　"交通啊。"

　　"哦,我看看。"

　　海博又拿起手机,感觉那微妙的气氛已经化为乌有了。

　　"大巴没有恢复,但是火车和飞机明天已经有票了。"

　　"火车? 我还从来没坐过火车呢,来美国以后。"

　　"我也没有,虽然波士顿和纽约之间有美国唯一一条高铁,但比飞机和大巴都贵。"

"要么你试一下，告诉我体验如何？下次我也想试试。"

海博于是从网站上订了第二天的车票，去南站坐阿西乐特快回纽约。

"那我们今天还去图书馆吗？"

"最后一天了，我们出去转转吧。"

外面的阳光过于刺眼，以至于有种夏天突然降临的错觉，让人想要脱掉厚厚的棉袄徜徉在这恩赐的阳光中，但随处可见的未化之雪提醒着海博如果脱掉棉袄，大概五秒内就会感受到昨天在地板上体验过的冰冻感。两人沿着查尔斯河步行，河滨公园里有人在跑步，吐着一圈圈的白气。

一路走来，海博不知道她对昨天晚上发生的事情到底是怎么想的，海博心里有点忐忑。他当然不希望佟姐装作没事人一样假装这一切都没有发生，但也不知道如果佟姐问他时，自己该怎么回应。目前看来佟姐好像什么反应也没有，他觉得有些胸闷，不敢多说什么，也许一切只是自己在多愁善感。

两个人沉默着走过两排沿着公园小径高耸的、还覆盖着皑皑白雪的针叶林的时候，佟姐指着冻住的河对岸说："那边就是麻省理工。"

"这么近！"海博看着河对岸著名的圆顶，"不过可惜 MIT（麻省理工）也没有法学院，不然申请的时候还可以试试。"

"还在为上的是普丹而烦恼呢？"

"当然了，我读法学院是为什么，佟姐你也知道的啊。"

佟姐叹了口气。海博突然觉得自己的目的确实非常的肤浅，只是为了学校的名气这种无聊的虚荣。

"你知道为什么我想上法学院吗？"

"从来没听你说过。"

佟姐好像要将刚才沉默了许久的一口气补回来一样，突然滔滔不绝地一个人说了起来。她提到自己的家庭，自己的父母，为了上法学院所付出的牺牲。海博只是听着，几乎没有说话，只有枯叶在脚下踩碎时发出的沙沙声。

海博不知道为什么这个时候佟姐会告诉自己这些。难道是因为昨天晚上两人肉体的亲密接触之后，她的心也向他开了一条小缝？很多年后，他还记得这段在松柏下佟姐的独白,他觉得自己有些更懂佟姐了,知道了她为什么延迟入学,为什么这么刻苦,这么有动力。原来这就是她改变命运的契机。

"所以我一定要当上合伙人。"

佟姐的独白以这句话结束。本来好像是在给海博打气,却让海博对自己的选择产生了新的质疑。他开始担心起自己的选择是否正确。如果发生在佟姐身上的那些事发生在他身上,他是绝对会第一时间放弃这一切,直接终止这一切无意义的努力,特别是几年后当他得知佟姐的遭遇时。

不过当时,他只是将佟姐的努力和自己的努力对比,感觉自己以为很累的第一学期,大概只是佟姐小脚指甲那个水平的努力。他既没有强迫自己每天只睡四个小时,也没有去图书馆把所有的大纲倒背如流,或者把所有网上能找到的例题全部限制时间模考。他只是无意义地追随着老师布置的阅读作业,并且囫囵吞枣地看了一遍便作罢,最后把不知从哪找来的大纲随便改改就上考场。即便自己确实只要醒着就把时间花在学习上,质量上绝对没有办法跟佟姐相提并论,更何况有时候自己也刷手机或者用电脑上网上个不停,而他缺少佟姐那种定力(当然也缺少她那种动机)真正把时间花在学习上。

听完佟姐的话,海博的心情愈发沉重,即便阳光还明媚着,可是在往日落的方向逐渐滑动,速度快到简直能用肉眼观察得到。两人离开河边小径,准备在日落前回到宿舍,这时正好经过一个电影院,在放一部伍迪·艾伦的电影。

"要看吗?"佟姐突然说道。

海博看着电影海报,是没看过的片子。虽然现在心情低落,不是特别想看,但反正明天才能回去,不管是要努力还是要放弃,暂时还是转换一下心情吧。

"嗯。"

电影开始了,就像很多部伍迪·艾伦的电影一样,背景设置在他再熟悉不过的纽约。两个在纽约上州上学的大学生是男女朋友,为了女一号的采访任务一起回到纽约市。结果女一号一开始采访就被好几个有名的中年男导演、男编剧和男演员牵着鼻子走,被媒体拍到和男演员一起成双成对,最后还差点和男演员上床,彻底为名利迷失了自我;男孩子这边本来以为女一号很快采访完可以一起在纽约度过浪漫的周末,结果等女孩左等右等也没等来,闲来无聊结果碰到老朋友正在拍电影,而且还正好是一出吻戏,顺势和女二号接吻。

电影里的人物在接吻时,海博也望向佟姐的方向,心里禁不住地期待起一些自己也知道应该不可能发生的事情,特别是知道佟姐读法学院的动机之后。但这种绝望在两人的手臂于座位上方的空间里接触时,让他又燃起一点点希望的幻想,甚至在佟姐调整方向朝他稍微靠拢了一点的时候也是如此。

后来男孩子和女二号一起聊天并且逛大都会美术馆,发现两人不仅对文学艺术都很热衷,而且还都很喜欢下雨的纽约。两人之后短暂地分开,男孩子和女一号会合,发现女一号全身除了雨衣什么都没穿,虽然她宣称自己什么错事也没做。其实她是准备和男演员上床时被男演员的女友捉奸在床,仓皇逃脱,所以什么也没穿。

最后触动男孩子的是两件事:她一点也不喜欢文学,所以男孩子说出最喜欢的诗句,并随口胡诌说作者是莎士比亚时,她也没发现;另外她一点也不喜欢下雨的纽约。男孩子立即逃离女一号,并且逃离自己在郊区大学的生活,和新认识的女二号在了一起。

看完电影,海博的心情简直跌到了谷底。他越来越觉得佟姐就像自己的女一号,虽然两人有共同话题,有亲密接触的机会,但两人在一起的时候并没有真正擦出火花。他知道电影里面拍的仅仅是演戏,但总是克制不住地想把电影套用在自己的生活上,不知道是为了让自己对电影更感同身受还是想用电影来指导自己的人生规划。如果是后者,那自己也太天真了。他把注意力移回现实世界。回去的路上,佟姐走在前面,海博走在后面,只能看见佟姐的身影在黑暗的橘黄色灯光下忽隐忽现。

不幸中的万幸是,今天她的宿舍来暖气了。

夜里躺在地上,黑暗中看着逐渐熟悉的带着刮出花纹的天花板,海博觉得自己的臂弯里格外地空荡。

第二天海博踏上南下的火车时,雪已经化了不少,这里那里还残留着灰灰黑黑的残雪。正当他看着窗外飞逝的风景,感觉到一丝恬静的悠然自得时,他的手机震了一下。他以为是佟姐关心他到哪了,结果打开发现是最后一门课的成绩通知。他在时断时续的手机信号中,连续尝试了好几次才打开成绩系统的界面,带着转去更好点的学校洗刷耻辱、去大型律所领取更高工资的最后的希望。

看见成绩的时候,他的心脏简直停止了跳动,大脑仿佛停止了转动。

他的刑法只有 C。

　　他瘫倒在厚实而舒服、有着宽大空间的火车皮质座椅里，感觉所有的希望、所有的生命力都正被抽离出自己的身体。

第六章

最后的逃生门

新学期开始了。还是那个学校,还是那群人,只是上的课和上课的时间有所不同。这个学期要上的是合同法、宪法以及联邦民事诉讼法。法律写作课还要继续,只不过换了个老师教不同的内容。

新学期第一节课,对于海博来说异常的尴尬,他不知道如果有人问他上学期成绩的时候该怎么回答,但他又觉得大家可能都已经知道了。

"你看就是那个刑法拿 C 的家伙。"

"听说他们学习小组全军覆没呢。"

他感觉自己在走进教室的时候,能听见空气中都弥漫着这样的闲言碎语。

他坐在最后一排,一点也不想坐到前面。他觉得自己的法学院生涯已经半死,救不活了。而且他也不想碰到学习小组的其他几个人,尤其是迈迈。如果不是这小子临时撂担子,也不至于其他几个人要牺牲考试之前宝贵的时间去搞这个刑法大纲。不过这么说起来,这个大纲本来就是个组装货,除了迈迈,其他几个人也都是责任人,严格说起来是不能只怪迈迈一个人的。但他还是气不打一处来,不想见到那几个家伙。

话虽这么说,他还是在人群中寻找那三个人,结果只看到阿伦和迈迈,没看见菅原的人影。

"唉。"下课后，阿伦从他身边走过时，他大声地叹了口气。结果阿伦也停住脚步，大声地叹气。两人一起来到法学院地下的咖啡厅。

"你也栽了吧，刑法。"

"是啊，我 B-。"

海博在心中再次大声咒骂了一声，虽然不知道自己到底在咒骂谁。没想到自己拿着同样的大纲，居然比同学的成绩还差。B- 也绝对是不可以接受的分数，但这个时候看起来比他的 C 还是好看得多了。

"迈迈呢，他怎么样？"

虽然如此，海博还是有点关心迈迈，不知道是关心他的成绩，还是关心他怎么还好意思回来上学。

"不怎么样，他 C-，大概是全班最后一名。"

海博心里哼了一声，有种幸灾乐祸的感觉，但他赶紧抹去自己那份不合时宜的喜悦。自己大概不过是倒数第二而已。

"对了，怎么没看见菅原？"

阿伦又叹了口气。

"听说他退学了。"

"啊？"

原来成绩出来以后，菅原受到的打击很大。听阿伦说，他的家族是东京一家大型企业的实际控制者，所以他回去让家里人给他安排个工作易如反掌，但是他对成为一名美国律师在纽约这个世界的金融中心施展拳脚充满了期待，只是现实给了他沉重的一击。他走之前联系过其他人，但海博那个时候在波士顿的图书馆里可能没接到电话，只有阿伦接到电话和他最后说了几句话。

"所以……他是回去继承家业了吗？"

"暂时是吧。"

"暂时？难道他还想做律师不成？"

"有可能哦。理论上来说，他是可以退学重考 LSAT 的，然后重新申请。"阿伦说，"只是要赶在第一个学期结束之前，因为如果读完第一个学期，按照美国律师协会的规定就不能再申请任何美国法学院的 JD（法律博士）项目了。"

海博没想到还有这种规定,他突然又好像看到了曙光。菅原可以,为什么他海博不行呢。

"不行,你想过没有,如果面试官问你,你怎么回答自己这一年的时间。"佟姐反问道,"说你因为第一年成绩太差,所以退学重考了一次 LSAT?"

虽然没有告诉佟姐自己到底考了多少分,但是跟佟姐这么一问,想必她也知道自己的成绩差到什么地步了。他本来也没有想要一直瞒着佟姐,毕竟纸包不住火,她也肯定会问的。

但给自己这个计划致命一击的是家里人,他们既不同意他从头来过,因为这样等于要白交一个学期的钱,包括学费、杂费和曼哈顿的住宿费,也不同意他退学,因为没有任何证据可以证明如果他退学了,下次 LSAT 能考得更好,或者他肯定能申请到更好的学校。

所以他只能抱着自己残缺的成绩,继续在这大概是世界上最贵的地方继续读自己的法学院,即便他从来就没有真的想要拿这里的毕业证。

但是他没有想到的是,这是他最后一次彻底摆脱整个法学院以及整个和法律、律师相关生活的机会。

很多年后,当他在律所加班到凌晨 4 点,想要下班却还有很多东西没有处理完不能走开的时候,他就开始后悔自己当时没有干脆地离开法学院。这个世界上有很多种不同的职业,完全没有必要非要在法律这条路上一口气走到黑。除非你已经读完了三年的法学院,自费花了一两百万的学费和生活费,以及还有正式的律师执照。如果有人听说你经历了这些还不想当律师,他们大概会用看见两条腿走路的马一样的目光看你。

三次机会,海博在心里默数着,整整三次机会,你都彻底地错过了。第一次是发现 LSAT 没考好没有申请到好学校的时候。第二次是发现自己成绩太差无法力挽狂澜,更加没有可能转学去别的学校的时候。他本来的目的就是上个好学校,现在却要在这种地方继续读书。他不甘心。

那么剩下他能做的,就是现在的第三次机会。利用自己的地理优势,在校园面试上尽量进入一家大所,拿高薪工资,如果没有实现,那么他应该赶紧卷铺盖走人,就像菅原一样。否则剩下的两年法学院生活基本上就是在浪费时间了。

法学院的时间很多,但是对于他来说正式比赛已经快要结束了,只剩下没有意义的垃圾时间。

　　第一年 1L,第二学期有了第一学期的教训,以及佟姐在寒假期间的言传身教,他多少调整了自己的学习策略。他没有再找阿伦和迈迈组建什么学习小组,也没有盲信什么所谓的秘籍。他把时间更多地花在阅读和整理上,另外一有时间就刷题。他希望自己总结第一学期的教训多少能起到一点作用。

　　作用可能还是会有的,但是第一学期的成绩实在太差,即便第二学期的成绩好了一点,最后总起来,也还是处于全年级后面的位置。毕竟重要的是整个 1L 的成绩,这影响着校园面试的结果。

　　校园面试发生在第一年结束后的那个暑假,但对于法学院的学生来说,大概是他们法学院生涯中最后一次真正重要且有影响力的事情,如果能搞定这个面试,后面两年的时间基本上就是休假,甚至课不上都可以。

　　所谓校园面试,就是以各大律所为主的雇主,也包括司法机构、政府机关以及一些公司,直接来到校园面试学生,其实就相当于国内的应届生校招。和普通的校招不同的是,法学院的校园面试对于大型律所来说是一个每年固定的流程,首先学生在第一年暑假的时候参加面试,在之后几个月里面试成功者会被安排去律所办公室参加二面或者三面,顺利通过者将会在第二年夏天正式进入律所实习。实习期间有非常高的实习工资,而且实习内容基本就是普通的打杂和律所安排的各种活动,包括一起喝酒、一起看百老汇、一起看棒球比赛、一起参观博物馆等轻松愉快的工作,实际的目的就是将实习生骗上钩,让他们对律所生活产生错误的判断和不切实际的期待,对律所建立起自豪感和依赖关系,如此一来他们在毕业后就会更加积极地为律所卖命。这里面至关重要的基本上就是校园的那次面试,后面的二面、三面甚至实习时候的表现都不是决定性的,只要不故意搞砸,最后都会拿到去工作的 offer。

　　“而且越是好的律所,就越是只从校园面试中招人。”佟姐曾经这么说过,“像纽约最好的沃奇尔或者柯史莫,如果你没在校园面试中拿到 offer,基本上这辈子就没有机会再去了。他们几乎不招有经验的律师。”

　　当然不是绝对的,如果你是其他律所的合伙人,而且有卓越的生意和客户,也不能完全排除加入的机会。但是沃奇尔（Wachtell）和柯史莫（Cravath）这样传奇性的律所，确实有这种挑剔的资本，前者发明的毒丸计划极大地影响了美国公司法的发展，后者基本上奠定了美国现代大型律所的雏形，甚至到今天律所的工资还是跟随后者的基础，因此称之为"柯史莫薪资"。沃奇尔甚至在收费的时候不是按照律师的工作小时计算，而是按照交易金额的比例抽成，一般大项目上是百分之一，一个十亿美元的并购交易，他们可能会要求抽一千万的律师费。这两家律所甚至只有纽约办公室或者最多外带一个伦敦办公室，不像有的律所为了显得自己国际化，满世界设立办公室。

"这种律所是跟我完全绝缘的。"佟姐叹息道，"他们基本上只招哈佛、耶鲁、斯坦福的，而且还要成绩最好的学生。我们这种学校大概只有年级第一名才会有希望。"

连你都没有希望，更何况我呢。海博这样想道。他也只是听听。看着自己的成绩，大概他连一个面试的机会都不会有。

"这个时候就是你们学校地理优势展露的时候了。"佟姐说，"最好的两家没希望，还是有很多大所甚至白鞋所会去你们那儿面试的。"

原来校园面试，如果是非常荒凉的学校，除非那个律所有高级合伙人是校友或者有从那个学校招聘的传统，否则律所可能就不会派人过去面试了。去进行面试的一般都是所里的正式律师，去了当地还要住宿和接待，比较影响正常的工作。而他们学校就在纽约，面试的律师可以直接从办公室过来，面试完了还可以直接回去工作。

佟姐进的就是一家白鞋所。这种所就是美国对经常做大项目律所的称谓，但具体是哪些律所又不像英国的魔术圈或者中国的红圈所那么固定，反正有那么几家律所肯定是白鞋，有那么几家可能是，还有几家自己说自己是。称之为白鞋，大概是因为当年美国有钱人喜欢穿白色的鞋子。

不幸的是，海博觉得这些都只听听就好。他早就知道校园面试基本上都是看成绩的，甚至学校似乎还通过某些特殊渠道流出了一份内部表格，里面将所有来面试的机构对于学生成绩的要求都标注清楚了，而这里面最低一档的要求就是处于全年级前50%。

"也不要太灰心丧气，面试的机会应该还是有的，到时候好好表现吧。"

也就是说，每个来校园面试的机构，除了满足他们要求的人，还要面试一些学校硬塞给他们的人。越是排名高的好学校越是有资本向面试者塞更多的人。所以也不排除纸面上不满足要求,但是面试的时候让面试官感觉很好的人会拿到二面乃至三面的机会。

毕业后,佟姐已经拿到了大所的正式工作 offer,正在准备律师牌照的考试。对于身经百战的她来说那个考试应该不难,稍微准备一下就行了吧。等她考完就可以去律所正式上班了。她基本上已经经历了所有这些难关,披荆斩棘过五关斩六将,只剩最后一个"小点心"一样的菜鸡大老板,整个法学院的游戏就通关了。

那年夏天,因为要在第二学年 2L 开始之前留两个星期的时间参加校园面试,海博没有找实习律所。他回国之后除了在家待了段时间,和家人团聚,和亲友吃饭,其他时间就是休息,试图从 1L 紧张的学习中恢复一点体力和精神。他经常一个人坐在家附近公园的水池边,看着水面被风吹拂后皱起的波澜,波澜扩散开又在池塘边的荷叶上反射出新的波纹。如此循环往复。他为这个世界上还有这么平静的景象感到赞叹,觉得自己过去的这一年相比而言简直是在地狱的岩浆里疯狂扑腾过来的,而且这么折腾下来也没有什么成果。

回去之前,他再次和家人确认自己是否可以就这样离开法学院。他可以回到家乡,听从家人的安排去考公务员,考国内不需要读过法学院也可以考的司法考试,或者找找工作,甚至做家人安排的任何工作。他可以留在家人身边,钱不会多,但是可以每周都见到他们,周末回家吃饭。如果需要他去相亲,他也愿意去。他可以像他那许多的小学、中学同学一样,拿着很低的工资,做着单调的工作,和不怎么相爱但是可以凑合过的老婆生个孩子,然后慢慢地守护着家人变老。这么多人这么多年大概也都是这么过来的吧。

但是不行。他不能中途退出。家人吹出去的牛皮已经收不回来了:自己的孩子是在纽约读法学院的人了,要去美国律所拿超高的工资了。所有那些他说的存在不确定性的事情,到了他们口中都变成了绝对斩钉截铁、铁板钉钉的事情。反正他们只是为了吹牛,反正需要为吹出去的牛真正买单的人也不是自己。

他有点寒心,但也没的选。他又坐上了返回纽约的航班。在回去之前,他已经确认拿了几个面试。这肯定都是那种学校硬塞给面试官的,因为这些律所本来是学校内部分发的那个表格里面高不可攀的那种,面试官一旦看到他的成绩大概就已经确定这位面试者是来打酱油的了。

面试的时间到了。他穿着家人给买的便宜西装,打着又宽又丑的塑料领带,线头已经提前剪掉了,准时来到面试的场所。他的心情很放松,基本上就是来跟不认识的人聊聊天而已,肯定也不可能面上任何机会。学校提前给他们发了可能的面试题目,让他们自己准备好符合标准的答案反复背诵,他只是扫了一眼就扔到了一边。

面试的地方就是学校的几个小教室。他到教室的时候,门口已经有一个女生穿着西装套裙焦急地等在外面,她充满血丝的苍蓝眼睛在一圈黑色皱纹里显得异常的明显。

"不好意思,请问你也是来面……"他说出自己要面的律所的名字,确认一下自己没走错。

"是的,"女孩咬住了下唇,蓝色的眼睛里释放出塞壬般勾人魂魄的魔力,"能让我先跟面试官说两句话吗? 就两句。"

"你这是要干吗?"

"听我说,我没拿到这家律所的面试,没你这么好运气。但是我真的很想去这家律所。你知道吗? 每场面试之间他们有五分钟的休息时间,我就利用这五分钟时间,跟面试官快速介绍一下我自己。"

"你刚才不是说就两句吗……"

"我会很快的,谢谢!"

这时面试房间的门开了,一个也穿着西装,但是看起来还像高中生的男生走了出来,头发乱蓬蓬的,瘦削的脸上有点晒伤发红的痕迹。海博看着他,心想也许他成绩很好,是个天才,穿成什么样都能拿到 offer;也许他跟自己一样,成绩太差,面试只是重在参与,没抱什么希望。不管哪种,都跟眼前这位蓝眼小妹不太一样。

"不好意思,能快速跟您聊一下吗?"女孩向房间里探出半个身子。

"你是……海博?"

"不是,我是……"女孩报上名来,然后也不管面试官到底同没同意,径自走进了房间,带上了门。海博只能听见里面传来闷闷的交谈声,声音逐渐变大和尖锐,但听不清具体说了什么,不知道里面到底发生了什么。

"哐"地一下门突然开了,把离门很近正侧耳细听的海博吓得往后一回弹。定睛一看,是蓝眼小妹出来了,但是她抿着嘴,眼里明显带着泪光。

"她让你等两分钟再进去。"

说完她就大踏步离开了。海博看着她颤巍巍离开的瘦削身影,不知道她是不是整个 1L 都没睡过觉,一直在疯狂学习,连面试这种机会都要充分把握。也许她是那种借了一大笔钱来上法学院,一定要去大所工作才能解决债务问题的人吧。

海博看着手机,数到两分钟整的时候,重又敲门。门里传来"请进"的声音。

房间很简单,就是一个讲台,几把椅子,一面黑板,以前他在研究生院上学时那种小课一般都是在这种教室里进行的,但是人数越少上起来越累,因为经常会轮到自己发言,而不多看看阅读材料,连胡诌也会有编错的时候。现在为了面试,讲台稍微挪到了靠近窗户的位置,而一把椅子直直地摆在正对讲台的地方。一个看不清到底是三十岁还是四十岁的女人坐在讲台后面,背对着窗户。

"坐吧。"那女人这样说道,但还没等海博坐下就继续说了,"下次碰到那种插队的麻烦帮我提醒一下他们好吧,这种加塞的肯定是拿不到面试机会的,至少我还是面试官的话。如果那么想拿到这个面试,就麻烦好好学习把成绩抬到符合我们所条件的水平。"

看起来蓝眼小妹刚才的突袭大概是失败了。

"好吧。你先来介绍一下自己吧。"

海博把自己的简历背诵了一遍,大学在哪上的,读的什么专业,参加了什么社团活动,随后是硕士研究生的时候,再来是现在。他没有参加过什么实习,也完全没有工作经验,所以没两句就说完了。

"你的成绩……哦对,在这。"

看来所有面试官都有面试者的成绩,海博在心里叹了口气。面试官看到他的成绩,大概也松了口气,没必要认真面了。

"来吧,说说你为什么想上法学院。"

为什么想上法学院?还能因为什么,不外乎想要去一个名头好一点的学校,再去一个能给高工资的大所。不过直接这么说,大概有点滑稽,这连海博也能感觉出来。他只能瞎说自己是怎么在之前留学的学校观察到美国是个法治国家,法律制度如此健全,所以想要学习一下美国的法律,云云。

"唔嗯,"面试官似乎对这个答案还比较满意,又转到下一个问题,"那你认为自己上法学院最大的收获是什么?"

海博说自己很开心能学到这么多法律、这么多案例,而且还认识了很多志同道合的朋友。特别是他有机会能来纽约上学,他感觉很激动,因为之前所在的城市虽然不小,但是去哪都要开车,完全没有城市的感觉。

"好吧,但你知道其实我们面试的这个岗位不一定是在纽约的。"

海博愣了一下,心想自己连这么简单的背景都没看清就来面试了,也太粗心了一点吧。他赶紧又给自己打圆场,说自己其实去哪工作都可以,也喜欢开车,只是希望体验一下纽约而已,以后不一定要留在纽约工作。

其实他也知道自己完全没机会去这家律所工作,不知道如此逢场作戏有什么意义。

面试结束后,他突然为自己如此不上心地准备面试感到悲哀。好不容易凭运气拿到了蓝眼妹梦寐以求的面试机会,结果自己如此糟蹋这机会,太过意不去了。他知道法学院有些人是借钱来上的,如果到时候不能拿到那种高薪的工作,可能这辈子都要深陷债务,永远没有机会翻身过正常的生活,买自己想要的东西了。他无非是靠家人的资助,没有感受到这种压力,比起蓝眼妹可能需要借钱,甚或佟姐那种家人没办法提供稳定支持的,自己已经极端幸运了。

回到宿舍后,他把剩下几家律所的资料仔细看了一遍,还跟也回来面试的阿伦一起模拟面试。虽然拿到任何机会的可能性接近于无,至少重在参与,也要好好参与一下吧。

整个校园面试的环节结束后,新学期就开始了。第二年还有一些必修课,比如公司法,但大部分课都可以随便选。海博也选了几门自己可能感兴趣的,不过如此一来他就跟阿伦和迈迈彻底分开了,因为他们选的课和自己不一样。

新学期开始没多久,他在上课的时候收到了一封邮件,来自当时他面试过的一家律所。他以为跟收到的其他几家律所的邮件一样,只是一封通知他面试没有成功,感谢他的参与的邮件,所以打开的时候没仔细看,随便扫了一眼就关掉了。但那封邮件的内容好像有点不一样。他又打开来仔细看，发现这居然是一封通知他参加二面的邮件。信里还让他提供自己的个人背景和确认二面时间，所里会为他专门订酒店和商务舱机票。他已经住在纽约了，所以没有这个必要。

他的脑子开始嗡嗡地旋转。他居然通过了校园面试！

他很想高声尖叫，但是现在人在课堂上，他只能把头埋在胳膊里，在黑暗中默默欢呼。

他把这好消息告诉了阿伦，也告诉了佟姐。两人都为他的成就赞叹。阿伦说他自己和迈迈都没拿到任何二面，即便两人参加的校园面试都比海博多。海博这学期还没跟迈迈说过话，他们两人的信息大概都是通过阿伦传递的。

"我跟你说不能放弃希望的嘛。"佟姐高兴地直接视频了过来，那个时候他已经回到了宿舍里，"没什么好着急的，只要你成绩够好，不转学一样可以进大所。"海博其实还没告诉佟姐后面自己的成绩，也许如果她知道的话，就不会这么说了。不过她说得也对，无论如何自己的成绩也把自己送进了大所面试的范围。

海博知道拿到二面并不意味着自己就稳了，就肯定可以拿到最后的实习 offer，甚至能拿到毕业后去工作的机会。但是他也知道如果不出什么岔子的话，这两者都是十拿九稳的，往后的人生恐怕都能顺风顺水地继续下去了。他大概能拿到工作签证，拿着律所高薪，然后在美国从此留下来，也许还能找一个女孩……或者某个认识的女孩，在这里成家立业。

他一想到自己能心想事成地迎娶白富美，走上人生巅峰，梦里都能笑醒。

因为知道自己大概率能进入大所工作，他在选课上也变得随心所欲起来。他把已经选上的"证券法规"和"公司金融"课都退掉了，改选自己比较感兴趣的"法律和文学"以及"太空法律概念"。后者都是小课，有很多阅读材料要读，但海博觉得反正也只是随便读下就行，成绩对于他来说已经是不重要的了，反正以后也没人会关心他成绩如何，只要看到他是大所要的就行了。

海博还去学校附近买了一套名牌西装，花了好几万，并且和学院里一个老师联系。她专门为所有拿到二面的学生修改简历，组织模拟面试。

这家律所的纽约办公室在曼哈顿中城黄金位置的一栋写字楼里，一楼外面就写着律所的名字。海博经常路过这里，但从来没有注意过，可能因为大堂的玻璃从里面往外看时正常，从外面往里看时有一层朦胧的磨砂效果。一楼就是写字楼大堂，完全透明的空间，大概有三四层楼的挑高，里面除了接待访客的前台，就只放有绿植和长凳，乍看像是科幻片《银翼杀手》里有钱人布置在室内的精致私家花园。海博在前台报上姓名，坐在里面西装没有一丝皱纹的女人就递给他一张名牌。在闸机那里刷卡，电梯立即知道他要去的楼层。电梯门无声地打开，在尽头处挂着一大幅红绿杂糅抽象油画的电梯间里洒下一片白光。

律所的大堂丝毫不比一楼的逊色。整个接待大堂除了电梯间、前台以及这里那里放置的沙发、椅子、咖啡桌和报纸杂志置物架，四面直到建筑物的墙壁都没有任何间隔，曼哈顿东西南北四个方向都可以从这里一览无余。看着这宽阔的空间，在这样昂贵的位置里有这么豪气的布置（或者不如说是豪气得什么都没布置），他不禁为能有机会进来这里这件事本身感到骄傲自豪起来。

"请您在那边的长椅上稍等。"

海博向律所的接待小姐点点头，踩着蓬松而有扎实回弹力的地毯前行，更加感觉到这名牌新皮鞋还很硌脚。长椅那边有好几个看起来年轻的少男少女，也像他一样穿着西装，像他一样没有穿熟自己的西装，好像只是穿着别人的衣服进来扮演着别人的角色。

到他们了。接待小姐从前台里出来，领他们搭乘另外一部电梯，来到所里另外一层。这一层仿佛只有会议室，看不见也听不见其他律师来回走动交谈、在走廊里匆匆擦肩而过。他们被领进一个小的会议室，在这里继续等待有人来叫他们的名字。

海博已经进来有三十分钟了，对窗外鳞次栉比的摩天大楼已经开始感觉到习惯了。但是远处哈德逊河上有一艘帆船，白色的帆影在清晨的阳光中徜徉在蓝蓝的河面上，是海博的目光无法移开的焦点。小船在水面上静静滑过，留下从他这里看不太清的白色波澜。

"海博？"

一个穿着西装、胖胖的眼镜男孩推开了房门，叫他去旁边的会议室。

旁边的会议室明显比他们这个大很多。一张能坐二十人的椅子，一边只坐了三个年纪很大的白人男子，其中两人头发花白，另外一人则没有头发。其中两人正在小声笑着讲些什么,希望不是在开刚才那个面试男孩的玩笑。

"海……博?"那个刚才没有讲话的男人问道,"我没有念错吧?"

"没有没有。"

面试又是从自我介绍开始,就好像他们手上没有自己的简历一样。海博按照学校辅导老师的意见,从法学院的生活开始介绍,其中重点介绍了一下自己可能会上的与他们律所业务有关的课(包括已经退掉了但成绩单上还能看到的公司金融和证券法规,也许后面几个学期还是会上的吧,谁知道)以及学校会给他们提供的各种实习机会(在公司和在法院)。他没有按照学校的建议提到自己的成绩,因为如果提到了大概只会起到反效果。

"那你……到目前为止的人生中,经历过的最大挑战是什么?"

海博顿了一下,不知道该回答什么才好。这两年他经历的挑战实在太多了:想读博士,结果没读上;想考好 LSAT 去名牌法学院,结果没去成;想考出好成绩,结果没考好;想来纽约大型律所……这个目前还算是实现了一半吧。犹豫再三,海博还是没想到什么值得一提的事情,只好顺口说起自己写硕士毕业论文时候的事情。

那是在已经确定知道自己继续读博没戏的时候。本来他可以通过考试结束自己的硕士生涯,但是他想写论文。他已经积攒了很多可以写论文的题目,并且为这些题目读了很多书籍和刊物,做了一些笔记。他本来是想写博士论文的时候再用,但既然读不了博士,他就把这些用在写硕士论文上。

确定自己要写硕士论文的时候,他从图书馆借了很多书,坐在图书馆里用木头隔开的位置上,把要读的书又从头读了一遍,碰到有意义的地方就用带颜色的标签纸标注出来,再用手机拍下,作为写论文的素材。把这些书都看完,他花了一个多月的时间。

真正动笔写论文也是这个时候的事情。他发现用英文写论文没有自己想象的那么简单。过去用中文写论文或者用英文写普通课程的作业的时候,信笔胡诌几句看起来像论文的字句,再随便标注一个引用就能蒙混过关,没有人会认真检查。但是当他把第一章交给指导教授,也就是那个通知他博士项目没有录取他的导师的时候,对方居然指出他的很多段落没有引用,或者引用的来源和他写的内容有所出入。他这才意识到这回是来真格的,不是过去那么随便就能混过去的。他不得不把已经还掉的书又借出来,同时又借了新书作为引用材料,反复修改补充之后才开始写后面的内容。

但是他现在写得更为艰难,因为不知道自己写的东西有没有内容能作为参考,他总是要思索再三才写下几句话。而当他找不到能作为参考的书籍时,又不得不倒回去修改之前写下的内容,以至于无法推导到后面的观点,就好像少了几张扑克牌的塔楼,导致整个扑克牌搭起的建筑一瞬间完全崩塌。这样的事情每天都会发生几次,他开始陷入完全的抑郁,面对空白的电脑屏幕一行也写不出来。他开始逃避进手机游戏的世界,本来只是为了转换心情才开始的,现在简直停不下来。他坐在图书馆里自己的位置上,戴着耳机,任时间流逝。

等到论文离提交初稿还剩一个星期的时间,他才写了不到一半。

他知道自己不能再这样下去,要振作起来。截稿日既像死神,又像天使,将他从拖延的泥沼中拯救出来,再给他致命的一击。他买了很多红牛和怪兽饮料,开始在图书馆里熬夜。他也不管自己写的东西是否能找到妥当的引用,重又回到想到哪里写到哪里的写法,任由思绪自由地流出。等到初稿截止日当天凌晨,他才真正完成他的论文。他知道老师肯定又会提出很多修改意见,但他不管了,后面再慢慢改吧。他在图书馆里将论文初稿打印出来,放进牛皮纸袋,踩着晨曦走进老师办公室所在的教学大楼,将纸袋从老师办公室大门下面的细缝里塞了进去。

当然面试的时候他不是这么说的。"我的时间极为有限,而论文的长度又有最低限制,"海博侃侃而谈,"我在图书馆借了三十多本书,每本都通读,做好笔记,光笔记本就用了五本。"

他只说了自己遭受的苦难,而没有提到造成苦难的人其实就是自己。本来不用写论文就能毕业,本来如果自己没有陷入拖延的泥沼,也可以有富裕的时间来好好写完。至于最后被导师叫到办公室去臭骂一顿,说他写的东西狗屁不通、要大幅修改的部分当然没提。

三个面试官似乎都为他的回答而折服。没有人交头接耳,没有人提出问题,只是侧耳静听着。回答完毕,那个光头中年人点了点头,继续问下一个问题:"你觉得自己5到10年后会变成什么样的人?"

这是一个有标准答案的问题。"我想在贵所做到合伙人。"实际上能不能做到合伙人是一个问题,在美国的律所里非白人男性要做到合伙人非常困难,同时取决于律所的政策,有的律所工作五六年就有机会,有的律所十多年都不可能做到合伙人;佟姐在宣布自己要做到合伙人的时候这么说过。而他自己想不想则是另外一个问题。他既没有学生贷款,也没有佟姐那样的压力。他想起那个想要插队得到面试机会的蓝眼小妹,不知道她是否如愿以偿拿到了二面,也许跟他比,她更应该得到这个二面的机会。

"既然你这么想在律所做到合伙人,但刚才你也提到自己对……"一个有花白头发、长得有点可笑的面试官拿起似乎是他简历的纸张,"对比较文学的研究这么投入,我们很好奇为什么你会选择法律,来读法学院?"

这是一个在一面的时候就被问到过的问题。他后来没有再细想过,还是按照一面的说法,说自己是因为读研的时候接触到了美国法律,对美国法治社会产生了兴趣,进而想要深入钻研。

"哦?那你来说说,你在读研的时候怎么接触到了美国法律。"

他没想到对方会接着问,也没想到前面的回答会给后面的问题挖坑。他来不及思索,只好硬着头皮说起自己曾经跟室友老王去解决签证危机的事情。他没有细说老王是因为成绩太差才有签证危机,也没有说老王后来不得不因此离开了美国。他只说自己接触到的那个律师给他留下了强烈的印象(真话),非常专业和敬业,很快就利用自己的专业知识和经验解决了朋友的问题(彻头彻尾的假话)。

三个人在椅子里挪来挪去,有点如坐针毡的感觉。另外一个有头发的合伙人张了下嘴,犹豫了一下后又闭上,这时还是刚才那个发问的有头发律师继续问他。

"我们不想问太细,可能有一些私人的细节在里面。但是你刚才说到的那种律师,主要是解决私人事务的小型律所,跟我们这种专门为大型企业服务的大型律所不太一样。如果你是对那种小型律所的作业方式感兴趣,可能我们律所未必是最符合你期望的地方。"

不知道为何,海博感觉面试正在往不妙的方向滑去。

"我觉得……"另外那个有头发律师终于忍不住了,"你刚才说得不是很有……"

没有想到这些家伙会对面试里随便问到的问题这么斤斤计较。幸好这时房间里一个像闹铃的声音突然响了,打断了他的话。三个应该是高级资深合伙人的面试官面面相觑，然后通知他面试到时间了，叫他回去等通知。离开的时候，对方叫他通知下一位面试者进来。

离开写字楼，海博发现自己喉咙嘶哑干涩，全身肌肉僵硬，而且出了一身的汗，仿佛刚才进的不是面试房间，而是桑拿房一样。他觉得自己应该是搞砸了，但是应该也没有很糟糕。他只是没有想好一个自己为什么要读法学院的回答，一个符合自己过去的经历、符合自己定位的答案。不是说大部分参加二面的人都会拿到暑期实习的机会，最后会拿到工作 offer 的吗？他不觉得自己有那么糟糕，所以用本来只是带来假装成熟的手帕擦了擦汗。手帕还没洗过，簇新而僵硬，擦得他脸疼。

他那个时候已经彻底迷失在了能否拿到大所 offer 的期待里，没有意识到这其实是三次机会里，最后一次离开的机会。

第七章

冲刷上岸

他把手机里的邮箱 APP（程序）删掉了。

严格来说，不是邮箱 APP，因为那个 APP 是手机自带的，删不掉。但是他把自己设定在 APP 里的邮箱账号删掉了。

自从那次二面回来，他就陷入了深深的焦虑。他不停地刷新邮箱，即便他的邮箱会自动把新邮件推送进来。他不知道自己到底面得怎么样，没有人可以问，只有佟姐和阿伦会时不时过来关心一下，毕竟当时自己傻乎乎地第一时间告诉了他们。他只能强颜欢笑，假装一切都进行得很顺利，正在等待最好的结果出来。实际上他自己也知道自己没有表现得很好，所以结果并非那么确定，不过是在冰块上钉钉子那样，要么一挥锤，冰块就碎裂成几块，要么即便钉进去了，冰块也会融化。

他发现自己又开始失眠，就像发现自己没有被博士项目录取的时候那样。

他在脑海中反复回放那次面试的经历，说过的每一句话，吐出的每一口气。他不确定到底是哪句话说错了。可能是最后一句话，可能从一开始就错了。可能没有任何一句话说错了，只是他不适合这个机会，说什么都没用，说对每句话一样会被淘汰，只是他们想要拼命挖坑找出哪里说得不对。

他以为自己只是没有经验，如果以后多几次面试，他肯定会表现得更好，不会有卡住甚至说出错误答案的时候。

　　这以后他又经历了很多次面试。有时坐在像上次一样宽敞的会议室里，隔着长长的桌子应试；有时在逼仄的会议室里，与很多人交谈；有时则在视频会议软件里侃侃而谈。当他有经验了以后，他才知道，经验这种东西对于面试没有什么帮助，因为每次面试的面试官都在寻求与其他人显著不同的地方，所以他们的问题也很有可能非常不一样。有的会问那些面试中经常问到的东西，比如你为什么要转换工作，以后想干什么，最大的挑战是什么。这时需要你根据自己的情况和面试的岗位做些调整，不能总是套用同样的答案，而且这种问题往往说明面试官其实不太懂这个岗位到底是干什么的，只是为了完成自己的面试职责才问的。

　　另外一种面试才是可怕的，那种面试的岗位有具体要求，比如背景或者经验。这种面试在往后的日子里一旦碰到，海博就会脑壳疼。如果多少知道点什么，能稍微答出来，即便答案不是很对，气氛倒还比较融洽，至少在面试结束前是这样。碰到完全不知道只能老实回答，或者以为自己知道但实际上不知道，答出来的东西驴唇不对马嘴，面试间的空气就沉重得好像凝固了一样。这种时候他就怀念起刚毕业时经历的那些面试，没有多少会对经验和知识提出特别的问题。

　　甚至有些律所还会安排笔试，这以部分所谓的"魔术圈"英国律所为主，就是五家总部在伦敦市中心、合伙人人均创收最高的英国律所的总称。他们总是自诩历史悠久，训练有素，连怎么写邮件都有专门的要求，但其实在薪资方面完全比不过美国律所。这些律所在面试比较资深的职位时也要加笔试，这就非要另外安排整块的时间从现在律所溜出来参加面试。有时候是用电脑，有时候还是用纸笔。如果说面试时还能用不完整的知识蒙混过关的话，笔试就是见真章的时候了。他总是觉得时间不够，或者知道得不够多，答得不够完整，以至于看见笔试就觉得自己的面试悬了。

　　在往后的日子里，他甚至有机会作为面试官，为自己工作的单位面试其他人。确实存在那种什么都不知道的面试者，连自己简历上到底写了什么、上的学校学的专业都答不上来，这种感觉脑子都不太清白的可以直接请他回去了。他也终于知道为什么每次面试开始的时候，总是会让面试者简单介绍一下自己。有时候所有来面试的人都很优秀，回答问题对答如流，实在没有办法在面试者中分一个高下出来，只能从简历上对他们过往的工作单位和读书的学校来区分。这种时候，他也后悔自己没有能够上一个名头稍微响一点的法学院，不知道自己到底跟多少好机会失之交臂。

但不管怎么说,他还有两年的法学院要上,三次彻底离开这个行当的机会就这样都错过了。

法学院第二年,确实整个气氛就好像跟第一年不一样了。2L 开始的成绩没有那么重要了,因为再也没有校园面试这种专门看成绩的场合了。2L 开始的课也基本上不会强行适用分数曲线了,不会特意规定多少人能拿 A、多少人必须拿 C,只要成绩好,全班全拿 A 都可以。也就是这种情况下,海博狠狠拿了几个 A,以至于最后毕业的时候成绩看上去也还过得去。

他也没有非要把所有的课程资料在上课之前看完,拣自己感兴趣的看就行了。班上的同学也有很多为了其他事情直接逃课的,就好像自己当年上大学本科的时候一样。

2L 他参加了很多活动,包括进期刊编辑部。美国的每个法学院都有几本这样的期刊,由学生编辑,但能担任编辑还要看学生的成绩,一般学校里名头最响的刊物,比如直接用学校的名字命名的《普丹法律评论》,就只招全学院排名前三分之一的学生,而有的刊物只招前二分之一。海博参加的刊物不确定到底是招多少比例,但至少自己达到了那个分数线。

另外他还参加了亚裔学生会,这个学生会专门组织各种聚餐活动,而也就是在其中一个这样的活动中,海博再次遇到了迈迈。

"还好吗?"

海博首先开了口。迈迈也尴尬地一笑。一年级结束后他开始留胡子,头发也专门上了发蜡,看起来比过去精神了不少。

"还好还好。你呢?"

两人终于冰释前嫌,开始交谈,毕竟两人都没有菅原那样壮士断腕彻底重来的勇气。迈迈第一年的成绩也不行,没通过校园面试拿到任何 offer,现在也基本上处于放弃的状态。现在他在积极寻找第二年暑假实习的地方,随便什么地方,都比无事可做要好。这一点海博也是一样。他们都把学校提供的一个专门找实习机会的网站上所有的律所都投了一遍,中间间或也会收到几封拒信,大部分都石沉大海没有回音。

海博二面的那家律所也是一样,都过去一个多月了,还是没有消息。他在会场听说有人已经拿到暑期实习 offer 了，自己的心情也随着时间的推移，逐渐从越来越沉重到越来越释怀。他想起之前没有拿到博士就读机会的痛苦，感觉自己现在伤口愈合的速度也越来越快了。

海博一个人捏着装有啤酒但渗出水珠的玻璃杯，看着迈迈和身边的人聊天，并不想参与其中。他环视整个房间，所有人都在和其他人热烈地聊着，空气中充满了他们的嘈杂和喧哗，就好像所有这些人都处于炼狱里的一层，必须一直说话才能保持自己的生命；而海博就处于另外一层炼狱，必须一直忍受这些人的交谈而自己并无交谈对象，否则就会失去生命。这时他反而最想一个人静静，他想起自己的"心灵绿洲"，想象自己正身处那片宁静的树荫下，但草原远处有大片的阴云即将笼罩，下着暴雨打着闪电，而自己的身边没有人，也没有遮风避雨的帐篷，更没有温暖全身的火盆。就连自己惯用的避世心理游戏都不起作用了，海博想，看来整个 2L 搞砸校园面试又找不到暑期实习机会对自己的打击比想象的还大。他只好用最原始的方法，直接把自己灌醉。这时反而是迈迈过来找他说话。

"我刚才在那边吧台位置碰到一个女生，比我们大一级，她跟你一样，也是从国内直接过来的哦。"

他们学院的外国人很少，每届三四百人里面外国人加起来不到十人，且大部分是加拿大的。所以能碰到一个中国人实在难能可贵。

"是吗？那我过去打个招呼。"

他们吃饭的地方是一个全玻璃透明的空间，其中一面墙有个吧台，其余位置是餐桌，大概介乎酒吧和普通餐厅之间。玻璃外面是熙熙攘攘的曼哈顿中城，正值下班，穿着鹅黄色及黑色风衣的行人像跑龙套的背景板匆匆走过，对里面热闹的人群视而不见。

海博走到吧台那边，有好几个亚裔女孩，但没有人是从国内直接过来的。只有一个乍看跟其他学生差不多年纪，但细看眼角和嘴角有着丰富的细纹，年龄介乎三十到四十岁之间，妆容趋成熟稳重的女人。她那稍稍上翘、不大不小的眼睛涂着黑黑的眼线，脸上扑了均匀细腻的白色粉底，深红色的嘴唇细细地抿着，她没有与其他人交谈，仿佛若有所思，面无表情地一个人喝着放有一串三个橄榄的马丁尼。果然是她。

奎因是她的英文名，不知道中文名是什么。她确实跟普通的法学院学生不太一样。法学院的学生虽然并不都是大学本科一毕业就来的,但大部分是在律所里做法律助理或者其他行当后,攒好了学费再来读书的。但大多本科毕业不会超过五年。奎因不只是在律所工作过,还曾经在国内的律所做过合伙人,已经有了十几年的律师经验,只是不知道为何突然放弃一切要来美国从头开始。按理来说,如果有国内法律学位的话,可以去读那个相比较法律博士而言容易录取的法律硕士。因为法律硕士主要是招外国人,说不定她可以去排名比这儿好得多的学校。

"我就是想读个正经能学到点东西的学位。"

海博并不觉得自己正经学到了点什么,但确实经常能看见他们学校的法律硕士学生在图书馆里看电视连续剧,而这时读法律博士的学生正在为期末考试焦头烂额。

"你知道有什么能实习的地方吗?"

"我还想让你给我介绍呢。"她说。

但其实奎因已经通过熟人找到了个实习的地方,是一家中国律所在纽约的分所。不过据说中国律所在这边运作的模式跟美国律所不太一样,主要做的都还是中国人的生意。奎因建议他继续找美国律所的机会,实在不行了再找中国律所。她认识一些这边的华人律师,如果他不介意做移民离婚之类不是很高大上的业务的话,可以帮忙。毕竟美国每年有这么多从法学院毕业的学生,大部分都是美国人,很多都找不到工作,为什么一个雇主会想要雇佣你一个英语都说不流利的外国人而不雇一个本国人呢,肯定是你要有一些过人之处。除了一些歪门邪道的原因,大概无非就是能专门做本国生意(如果国内生意好到经常要找美国律所的话)或者能做本国人生意(移民之类的),这样才能发挥你的特长。

海博刚进法学院的时候,当然是冲着能去做大型项目的所谓大所去的。他幻想的是做公司并购,或者资本市场之类,一单就几千万上亿的大项目。实在不行,只要能进大所就行,做什么无所谓。但是移民这种跟个人客户打交道的事情他没想过。现在连实习的机会都没有,他当然没什么好挑的。

"好,我喜欢你这个态度。"奎因冷淡的脸上终于出现了一点笑意,"只要能留下来,做什么都可以。我也是这么想的。"

海博并没有这么想留下来。他只是默认自己已经在美国待了这么多年,大概顺着留下来会比较自然。不过他不敢这么跟奎因说,万一她听了不高兴,改变主意了就不好了。

"现在想留下来,比前几年难多了。"奎因叹了口气,好像一念之差错过了彩票头等大奖的那种叹气,"前几年只要你能找到个工作,就能给你办工作签证。现在我们这种外国人,办工作签证还要抽签,而且一年比一年难抽。"

"抽不中怎么办?"

"抽不中,那就换个法子留下来,比如找个学校继续读,随便什么专业都行,或者转行做码农。又或者……"她又以极微弱的幅度笑了一下,"找个有身份的人嫁了。"

"就一定要留下来吗?你如果回去,也还是可以找到律所继续执业的吧。"

但话一出口他就后悔了。

"国内……怎么说呢,很多事情很复杂,没有表面上看起来那么简单。"

他赶紧刹车,转而聊起学习的事情,请教她自己应该选些什么课。但她到底为什么离开,成了他想要寻根究底的谜题,虽然这完全是她的隐私。

从酒会回来以后,他试图在网上搜索她的名字,但找不到什么东西,也许应该至少问下她的中文名是什么。不过奎因似乎从来就不回国,有时会让海博回国的时候帮带点什么,寄给国内的一个地址。从包装上看应该是玩具。海博从来没有问过收件人是谁,但估计可能是她的儿子之类的。

自从酒会上遇到奎因后,海博对自己能否找到暑期实习的事情感觉更加绝望起来。他之前没有向那些小型律所申请实习机会,因为并没有很想做那些小业务,现在他把那些小律所也都投了一下,包括很远的加州律所。他不知道如果真的投中了该怎么办,去哪儿找一个正好能住两三个月的地方?那种地方也没有地铁,大概还要专门租一辆车。但即便有这些令人脑壳疼的问题,他也还是硬着头皮投了,最终拿到了几个面试,而其中有一家已经同意让他过去实习,只是薪资极低,大概够买个往返机票而已,实习期间的开销还要他自己掏腰包。

最近的日子就好像来到了沙丘的顶端。他已经爬了很久,似乎通往天堂的楼梯就在沙丘顶部,但真的走到了以后才发现楼梯什么的都是海市蜃楼,而他只能从这里开始往沙丘的下面滑,滑的过程中满脸满嘴的黄沙眯得他睁不开眼来。

如果说最近有什么令人开心的事的话,那大概是有天佟姐跟他说,她要来纽约了。

"你不是要去波士顿办公室吗？"

"我也以为是啊。结果突然收到一封邮件，说他们纽约办公室也有空位，那我当然愿意来纽约办公室啊。"

海博知道佟姐去的律所跟自己面的不是同一家，但也许是受迫害妄想症，对于佟姐这突如其来能来纽约的机会，他感觉跟自己失落的面试有关。他有时候做梦还会梦到自己去面试，然后刚面完就收到拒信，在梦里也能感受到那种仿佛冰凉的利刃穿过胸膛的失败挫折感。他趁佟姐看泰国餐厅菜单的时间里轻轻拍了拍自己的脸，让自己振作一点。

"你呢，上次跟我说过有个二面的机会？"

那份挫折感刚刚赶走，又杀了个回马枪回到了海博心头。海博深吸了口气，告诉佟姐，大概率黄了，已经很久没收到任何消息了。

"要么你跟进一下？有时候这种情况要稍微主动一点，才显得你有兴趣，有进取心。"

佟姐说得也许没错，有时候人是需要有一点进取心的。不过她是在说那天晚上两人在床上共枕而眠的事吗？难道说她特意调来纽约也是为了……没可能的。海博转而开始构思该怎么催那家面过的律所。

"可是……我好像不知道该怎么写。"

"就说你有别的机会了，但是也很想去他们那里，希望能尽快收到回复。"

海博按照佟姐说的，用手机随手打了一封简短的邮件，发给了那家二面的律所。两人随后继续吃着面前的冬阴功汤、沙爹烤串、炒通心菜。听佟姐的语气，她似乎整个人都因为来纽约这件事焕然一新，海博想起自己刚来纽约的时候，大概也像佟姐一样对什么都感到新奇激动。

吃完饭，海博陪佟姐走了一遍高线公园。这个公园是建在一条废弃的铁路高架桥上的，有好几公里长，中间穿越了很多建筑物，其中也有一些现代派建筑。高架桥上生长着不少野生植物，让人生出都市丛林的感觉。不过海博之前就来过了，这次陪佟姐，只见她一个劲兴奋地叫喊，拼命拍照，似乎能窥到她内心里女孩的一面。

天色渐晚，佟姐和别人约了饭，海博一个人坐地铁回到宿舍，看着窗外夜空中光鲜亮丽璀璨夺目的曼哈顿中城，却没有自己的容身之地，自己不过是纽约这个都市彻头彻尾的局外人，新鲜劲过去之后只留下舌苔上的苦涩。

第二天早上，海博就收到了那家律所发来的邮件。邮件的语气非常冰冷，只有一句"请见附件"，所以大概不会是什么好消息。打开附件，里面是一封非常格式化的拒信，大致就是我们面了很多人，有的很优秀，但是名额有限所以不得不拒绝。至于他是不是那个很优秀的，这个就只能凭想象了。另外有面过他的一个合伙人的签名，或者说是那个签名的截图。

海博觉得一整天都被毁了。他不想去上课，不想出去吃饭，甚至不想离开自己的小房间，去套房里的厨房煮一碗泡面，怕碰到阿伦，如果他也问到自己面过的律所是什么结果该怎么回答。他该撒谎说还没收到结果，还是老实告诉他拒信今天已经来了，而且是在自己撒了另外一个谎催他们后收到的。这难道不就是标准的自作自受吗？

其实还都是因为佟姐。她干吗非要他催。如果不催，让时间和遗忘自然地抚慰，也许自己都不会这么难受，又不是她被叫去二面，结果还收到封语焉不详的拒信。她可是一直顺水顺风拿到校园面试，正常第二年暑期实习，随后毕业进入这家律所正式工作。而他就像法学院里多余的粗大垃圾，没有任何意义还不好随便处理，甚至这整个上法学院、留在法学院、憧憬大所的思路还不都是拜佟姐所赐？他开始感觉到一阵恶心，既对自己轻易地信服了他人甚至没有好好研究思考就做出如此重要的人生决定感到恶心，也对因为身陷绝境就开始乱怪罪别人感到恶心。

他一直躲在自己的房间里，听着蓝调爵士乐，看着自己过去拍的照片，突然很想喝酒，想喝威士忌。他打开房门，左右环顾，确认没人以后溜出宿舍。他走到稍微远一点的专门卖烈酒的商店，买了一瓶便宜的肯塔基波旁威士忌，又去附近的便利店买了点冰和苏打水，以及一大包盐味薯片。等他抱着这些东西在阴暗得快将落雨的天空下走的时候，电话响了。

他把这些东西放在旁边一个医院门口小花园的长椅上，接听电话。是一个陌生的号码。

"你好，请问是海博吗？"

"我是。"

"我们是……收到了您的简历，想问您这周五上午是否有空，可否来我们律所参加面试?"

海博尽量压抑自己兴奋的心情,因为他不知道自己最终是否可以拿到机会,如果拿不到,现在的兴奋和激动只会变成日后苦涩的回忆。

这家律所在曼哈顿下城临近下东区一栋看起来破旧的办公楼里,外面是褐红色的砖瓦,一面墙上有大幅的涂鸦,里面稍微新一点,但电梯暴露了楼龄——电梯的铭牌写着是 1913 年制造的,那个时候第一次世界大战还有一年才会爆发。整个律所占据了这栋不大的办公楼的一层,一打开电梯门就是律所的标志,旁边是前台,再往里就是几间会客室。会客室很小,但也是那种玻璃墙,好像刚装修好。桌椅大概是在宜家买的,很新,新得跟这家律所的创立时间差不多长。海博喝了一口穿着牛仔裤的接待小姐端来的咖啡,感觉应该就是速溶的。

"你好。"

会客室的门开了,一个矮胖矮胖的中年亚裔男子和一个稍微高一点的黑人女子走了进来。他们自我介绍是这家律所的合伙人,现在他们有二十多名律师。他们两个主要做消费者诉讼和破产,简单来说就是代表客户在法院里和银行讨价还价,尽量少还点钱,实在不行就申请破产,这样一来,客户的所有债务就可以一笔勾销。除此之外,他们也做移民。因为他们律所临近中国城,所以有不少客户是需要会讲中文的律师的,而这也是他被叫来面试的主要原因。

面试的问题很简单,没有什么刁难他的地方,甚至问题也不是太多,主要是他们在介绍自己的业务。面试完了之后,合伙人说他们也才刚起步,所以实习的工资不会很高,但这个数字比之前海博了解到的小律所的薪资还是好一点,一个月还有几千美元。而且虽然也要做移民,但如果主要做消费者诉讼,说出去似乎也不是太低端。唯一的问题是他们平常也需要他来帮忙,但根据学校的规定,他只有放假的时候才能打工,所以平常上班是没有工资的,他们只能给他发点亚马逊的礼品卡一类的东西。

面试结束对方就问他愿不愿意来。他很果断地说愿意。合伙人似乎很满意,说会再联系他。

不管怎么说,这比什么都没有要好一些,而且也不用大老远跑去加州,还要另外租房子租车。在曼哈顿,他直接申请夏天继续住自己的宿舍,然后坐地铁来就行了。

他从老旧的办公楼里走出来时,感觉迎面而来的风都似乎清新了一点。

　　自从找到了这个实习后,海博的生活突然一下子忙了起来。他每周要去这家律所两次,星期二下午和星期五全天。如之前面试时候的合伙人所说,他的工作其实主要是在翻译,一方面在有中国客户或者华人客户来的时候负责接待和沟通,再把他们的问题翻译成英文给合伙人让他们解答,另外一方面是逐步把所里的各种材料翻译成中文。他觉得自己做的并非律师所做的事情,但他还只是个实习生,做这个也无可厚非。

　　阿伦最后找到了一个在纽约市政府的暑期实习,负责审查一些快要过期的建设合同,主要是各种建筑的"凌空权",即每个建筑还能往上建多少的空间。因为凌空权可以出售给同一个街区的其他建筑,用来在这个街区建设更高的楼,同时也可以让隔壁的建筑直接建在本栋建筑的上方(纽约有挺多这样的例子),所以凌空权非常重要。

　　"不过工作的场所就真的无力吐槽。"阿伦在喝酒的时候说,和海博以及迈迈在他们的宿舍里。"我坐在一个地下室一样的房间里,没有任何窗户,几个大柜子塞满了发黄发皱的合同,一张桌子上坐好几个人,都是我们这种实习生。我现在一想起来,满鼻子是那种尘土飞扬的发黄纸张的气味。"

　　海博直接就着瓶子喝了一口啤酒。说实话他还挺喜欢闻旧书的味道,有种"历史"具象化的感觉。不过每天在密不透风的房间里闻这种气味大概很快就会厌恶的吧。

　　"那他们都是哪些法学院的,那些实习生?"菅原在电脑里问道。

　　他们正在视频连线。菅原突然说很久没联系,要么哪天他们晚上一起聊聊天。海博、阿伦和迈迈于是带着两提啤酒来到他们宿舍,在宿舍客厅的沙发上和菅原连线。

　　"都是纽约一些我以前没听说过的法学院。"阿伦笑着说,"我以为我们已经够烂了,没想到还有那么多比我们还烂的。"

　　"是啊,我们都还算好学校了。"菅原说,"我现在好后悔第一年还没结束就回来了,抛下你们。"

　　"怎么会,我们都羡慕你毅然决然割肉的勇气,"海博说,"你看我们,没有一个拿到像样的暑期实习,没有谁能进大所,都是只能找一些边角料。"

迈迈最后也只能找到一个华人移民小所实习。两人当面都尽量避免讨论去哪里实习的事,毕竟会想起第一年那个悲惨的冬天,四人拼尽全力补迈迈遗留的锅,结果成绩还是栽在了那一门。迈迈去哪里实习这件事也是靠阿伦中转海博才知道的,相信阿伦也告诉了迈迈海博实习的场所。

即便是在他们这种法学院渣渣的世界里,还是会关心起谁去哪里实习这种事情,但说出来也很好笑,毕竟不是大所,还有什么比较的意义呢。

"如果让我再来一遍,我也会像你一样,当机立断地退学。"迈迈说。

"哎呀,我真的不是想要重新读法学院才退学的嘛。"菅原说,"我是因为家里的变故,所以不得不赶紧回来。"

"家里的变故"是一个听起来很严重的说法。当菅原突然这么说的时候,加上他说会回去继承家业,大家的反应自然是比如父亲母亲去世这一类的大事。

"哪里哪里,不是那种事情。"菅原突然不好意思起来,就好像为了组建学习小组,刚认识他的时候。"其实是因为这个。"

突然,菅原在画面的那边举起一个婴儿,就像举起一只小狗一样,全身柔软,头发稀疏,穿着白色衣袜和粉红色马甲。

"是因为我女儿要出生了,所以就干脆回来继承家业,顺便成家带孩子了。"

"你已经结婚了?"迈迈问。

"现在是已经结了。"菅原举起左手,上面能看到戴了婚戒。"当时还没结,其实我都不知道女朋友怀孕了。"

海博很想问下他有没有确认女儿是自己的,比如做个 DNA 检测什么的,不过也许他本人比谁都清楚吧。他还是憋了回去。终于知道什么场合该说什么不该说什么了。海博为自己暗自鼓掌。

"所以等我孩子大一点,能带着一起来美国的话,也许我还会去读个书的。"菅原把女儿放下,她立即在榻榻米上爬走了。"JD 就算了,实在太累了。我可能会读个LLM。"菅原一边说一边整理了一下自己的和服浴衣。

"你不是已经继承家业了吗,有必要非要来读个法学院吗?"

"我的家业就是律所啊。有个海外律师的资格有助于我以后升合伙人呢。"

"纳尼?"迈迈用日语回应道,"没听说过啊。"

海博掏出手机查了一下,结果日本的前几大律所里,确实有一家名字里有菅原这个姓氏的。海博看向阿伦,因为最早是阿伦告诉他菅原事情的。但是阿伦努努嘴,指向迈迈的方向,原来他才是始作俑者。

"你说大型企业的时候,我还以为是家公司。"迈迈又说,"比如松下东芝三菱那种,什么都做。"

海博看了一眼迈迈,欲言又止,只是在心里想迈迈就是个不靠谱的家伙。

"希望我去读书的时候你们还在纽约,这样我们林肯四重奏又可以开张了。"

"是哥伦布……"不过海博刚发出声就打住了。视频这头的氛围有点不对,三人都陷入了某种沉默,可能是因为没人知道自己能不能留在纽约,在菅原回来的时候。海博看着他们,感觉到更深一层的悲哀。他连自己能不能留在美国都不知道。

视频结束了,三人各自拿着自己的啤酒,还想说点什么,但又累得什么都想不出来,意兴阑珊,只是一边抿着酒一边微笑点头致意。

"真没想到他才是我们里面的人生赢家啊。"海博总算想到了一些话,"又有事业又有家庭,女儿还那么可爱。"

"你也想成家了?"阿伦问。

"我倒是想呢,连女朋友都没有。"

海博想起了佟姐,但坚定地将她移出了范围。

"话说,"迈迈突然说,"我女朋友要来纽约看我,到时候大家赏脸一起吃个饭吧。"

"你有女朋友?"阿伦又问。

"是啊,在澳大利亚的,"迈迈揉了揉鼻子,"太久没回去了,也没怎么通话,我以为我们俩算黄了。"

阿伦和海博对视了一眼,大概都各自在想"不会连你也有女朋友吧?"。海博倒没有很注意找女朋友,一来大学的时候已经谈了几个,但自从来美国读书以后就发现变得困难起来,暂时不做这些不切实际的幻想;二来眼下正在烧钱读书,还是好好学习重要,法学院的生活比之前研究生院的充实很多,有点忙到没什么时间想这些事;并且到了这个年龄,多少要考虑一下恋爱之后两人怎么办,而自己能不能留下来都不知道,找了结果最后要分开,还是很打击人的。

阿伦倒是一直都在找女孩约会,时不时也会带回宿舍,但似乎甚少有带回同一个女孩两次。他说自己一直在找那个对的人,并且所有流行的约会软件都尝试过了,但碰到的都是奇葩。海博建议他多留意一下身边的人,因为普通人大概还是会先建立朋友关系,再深入发展。

阿伦似乎把这话听进去了。

迈迈的女朋友来后,迈迈提出聚餐,佟姐正好也在约海博吃饭,所以在征得同意后海博带佟姐一起去了。

五人约在了中城东边的一家日本餐厅,位于地下,所以海博并没有期待进去的时候会有如此震撼的场景:这个餐厅里面居然有一条人造的河流,大概一米多宽,静静地从餐厅的一头流向另外一头。河流里的水源源不断,大概有什么管道从下面把水又抽到了起点。一条红漆的拱桥从正中横跨小河,两岸摆放着很多日式的装置,比如石灯笼、松树、长满青苔的石凳,两岸是碎石铺就的小径,再往后就是吃饭的位置,也用草席隔开,头顶还搭着茅草的屋顶,仔细看仿佛还有星星点点的繁星在屋顶上闪烁。

“这地方……简直像来到了日本。”

不知何时,佟姐抓住了海博的手。海博也没有退缩,两人看着这震撼的日本夏夜河滨画面,久久说不出话来。

两人找到了吃饭的位置,只有阿伦一个人先来了。海博简单介绍了两人,就转向这个奇妙的餐厅。

“谁找的这地方?”

“当然是在下了。”阿伦狡黠一笑,“所以你说你没有女朋友? 这位是……?”

“啊,我不是他女友了。”佟姐自己说道,“虽然我们两个关系很要好。”

听到佟姐这么一说,海博有种万箭穿心的感觉,不过自己也确实没有什么表示,佟姐那边也没有,除了那个寒冷的夜晚。

后来海博也多次想起那个夜晚,特别是每天晚上一个人入睡的时候。他总是后悔第二天没有趁热打铁问起佟姐,也许多少有点尴尬,为什么会允许他和她两人如此紧贴着睡了一个晚上,两人的关系能不能更进一步什么的。也许如果他问了,现在也不至于要听佟姐如此评价两人的关系了。

当然佟姐现在是有正经工作的纽约律师,自己连个正经实习都还没搞定,有什么资格厚着脸皮问佟姐这种事情。他只是顺其自然,让佟姐和阿伦聊着天,自己坐在旁边装作看菜单。

"哈啰三位,抱歉我们来晚了。"

迈迈还是穿着平常的装扮,白色的T恤外面穿了格子衬衫,长袖卷起来到手肘,像个大学男生。他的女朋友则穿着明显很高档的鹅蛋黄成衣套裙,踩着不知道法国哪个牌子的裸色红底高跟鞋,拿着可能跟他一个学期学费一样贵的鸵鸟还是鳄鱼皮的手袋,像刚从香奈儿的T台上走秀出来顺路来吃个饭的模特。她的脸也化着模特那样的浓妆,黑黑的眼线和长长的睫毛,眼睑上涂着淡紫色发亮的眼彩,脸上的粉很均匀,不知道她是不是每天要花三个小时化妆才能出门。

"这个地方真的好棒,我们悉尼都没有哦。"迈迈女友一坐下来就说,具有穿透力的声音一下子打断了所有其他正在进行的对话。

阿伦又转而向她介绍这个地方,而佟姐就跟迈迈聊了起来。海博看着他们,再一次感觉自己就好像是多余的人,只能坐在一角静静观察别人。他端起酒杯,喝下一大口酒,转而观察起餐厅。

虽然这家店装修大概是最让人吃惊的部分,但各种日式料理都在水准线以上,并没有给人自己只是花了很多钱来欣赏装修顺便吃了点不知道什么东西的感觉。各种寿司生鱼片都很新鲜,甜虾是那种新鲜食材自带的甘美。天妇罗炸得清脆,和淡淡的蘸料一起散发出淡雅的酱香。更别说店里还有500多种日本酒,清酒烧酒威士忌一应俱全,众人都吃喝痛快。

吃饱喝足,迈迈的女友要去酒吧,不知道是蹦迪还是去喝酒。阿伦则建议大家去纽约特有的地下酒吧,就是那种看起来像热狗店或者冰淇淋店或者书店,却有一道暗门通往一个隐秘的酒吧。这种酒吧是一百年前美国禁酒期间出现的,当然现在只是玩个情调。海博却觉得今天已经喝够了,并且已经在日本餐厅感受过"地下"的部分,所以想直接回去。最后五人一合计,只有海博一个人想回去。

"不跟我们一起去?以后可能没人带你进去体验这种地方了哦。"

阿伦这么警告,但海博觉得自己去了也肯定是多余的那个,不如自己回去算了。

他偷偷看了几眼佟姐，希望她也能和他一起回去，但她似乎接受不到海博的信号。

"我这周累坏了，需要好好放松一下。咱们出发吧!"佟姐反而说。

四人叫了一辆的士，正好坐下四人，也幸好海博不去。

海博在回去的地铁上，看着基本上没人的地铁车厢，觉得自己真是冒傻气，干嘛非要一个人回去呢，跟大家热热闹闹一起去酒吧不行吗，为什么要闹脾气似的回家呢。但是自己是真的累了，不想再去酒吧被震耳欲聋的音乐闹得耳朵长茧和往胃里猛灌冰凉的啤酒了。自己的身体就是天生如此，没办法一晚上一直狂欢，也不知道其他人到底是怎么做到的。佟姐当然是一个成年人，有权做任何她想做的事。她甚至不是他女朋友，为什么要听他的。他希望佟姐一个人跟他们玩得开心点，但也希望她不要玩得太开心，以至于以后她会抛下他，自己去跟其他几个人玩。

他突然想起前段时间他给阿伦的建议，希望阿伦不要在佟姐身上尝试。

夏天终于来了，法学院第二年也正式结束了。即便海博没有很认真地读书，但是因为没有固定的分配比例，他很轻易就拿了好几个 A，还有很多 A-和 B+，从绩点的角度看已经有了起色，当然这种成绩也没有什么意义了。他要去实习的这家律所甚至没有要过他的成绩单。

实习也正式开始了，在最后一门考试结束后的一个周一。他穿着西装，打着领带，知道自己平常去帮忙的时候都没有穿得这么正式过，但不管怎么说自己也算是正儿八经去实习的，这样穿也是应该的。

不过去了律所，他就开始后悔了，因为他还是坐原来帮忙时候的位置，而合伙人们都穿着普通的衬衫甚至 Polo 衫（马球衫）就来了，即便他们可能在自己的办公室里放了套西装，以防万一。

实习的内容也跟原来差不多，还是以翻译为主，偶尔接待下客户。男合伙人开始给他一些无聊的法律研究的内容，可能只是怕他闲着，比如研究下邮件结尾的那个提醒对方保密的签名应该怎么写。他上网一搜，发现有很多五花八门互相矛盾的建议，其实是一个没有标准答案的问题。他东抄一点西抄一点，拼凑出一个看起来很长很专业但实际上有没有用自己也心里打鼓的文字，发给了男合伙人。很快，他看见大家在发送邮件时后面的签名自动带上了他的研究成果，他又开心又忐忑。

实习的日子一天天地展开,他也逐渐习惯了这种生活。每天早上随着闹钟起床,简单洗漱后出门坐地铁,早上的地铁人特别多,有种在国内挤公交的感觉,和其他人都是前胸贴后背,很难保持个人的距离。纽约还经常有人在车厢的门关闭后用手把门扒开,每次看见这种人害得整列车都开不出的时候,海博的心都有点焦躁。但其实他们实习的地方也不打卡,他每天到的时间也越来越晚,只有时而碰到男女合伙人的时候有点羞愧。

早饭是在出了地铁站去往办公室的路上在路边的餐车里买的面包,一般是贝果这种很实在但是有个空心的面包,海博会让厨师把贝果切开,里面涂上果酱、花生酱或者芝士奶油,再稍微烤一下,和咖啡一起吃下就一直能到中午都不饿。中午他会在附近闲逛一下,看哪里人少就去哪里吃,有时候是附近相当不正宗的寿司店、比萨店、汉堡店、沙拉店、赛百味,如果不忙(大部分时间都不忙)他也会步行到附近的中国城,那边几美元就可以买个四菜的盒饭,或者也可以买点煎饺之类的东西。

五点半就可以下班了。这家律所虽然也给大家配备了躺椅,还安装了一个淋浴间,好像会有很多机会要留在律所里熬夜加班的,但其实大部分人都是到点下班,对于海博这种实习人员更是如此。只有偶尔因为要帮某个律师改合同,改要提交给法庭的文件时,他才会稍微晚一点下班。他不介意晚点回去,因为反正也没有人在家里等他,他只能顺路买点吃的回去充当晚饭,或者干脆回去吃泡面。阿伦似乎非常忙,很少能看见他准时回家,所以也没办法和他一起吃晚饭。有次居然看见他凌晨两点才回来。

"这么忙?看来毕业后的工作稳了。"海博暂停正在看的电影——《梦之安魂曲》,跟阿伦说。

"没有的事,只是把我们当韭菜而已。"阿伦苦笑着说,很快回到了自己的房间。海博听见房门咔嗒一声关上,只能自己继续看电影。

阿伦的房间就在海博的房间旁边,墙虽然不是薄到一举一动对方都能听到,但如果音乐声大一点也是会传到隔壁的。和阿伦住在一起没有任何不便之处,反而是那个像幽灵一样很少出现的第三个室友经常会霸占厕所,让两人憋得去其他同学房间借厕所。

"对了,周末有空吗?"

"有。干吗?"

"陪我去看房吧。"

"要搬出去?"

"是啊,我弟弟要来纽约上学了,想跟他一起住。"

"你有个弟弟?"海博再次暂停电影。

"没跟你提过。"阿伦说,"其实我不喜欢他。不,不是不喜欢,可能只是我妈更喜欢他一些。"

海博没有兄弟姐妹,无法体会这种感受,只能想象。

"总之别忘了,周末。"有气无力地说完后,阿伦又关上了门。

海博不知道到底是阿伦这种又累又没着落的情况糟糕,还是自己没什么事做但也没着落的情况糟糕。但不管怎么说,阿伦是美国人,即便毕业没有工作,他也可以留在这里继续找。海博却最多只能办一个实习签证,继续留下来找两三个月的工作,再找不到就只能卷铺盖回国。

临近实习结束,他也跟男女合伙人提起过毕业以后的安排,但两人都语焉不详,最多只是说到时候再说吧。所里有时候搞活动也会带上他,比如去保龄球馆或者去海滩团建,但他和所里的其他人都没什么话好聊,总落得个郁郁寡欢。

实习结束了,为了领实习工资,海博还向学校申请了工作授权,结果被迫要多写一篇论文。最后实习的地方也没有给个准信,到底毕业以后会不会招他进去工作。他们反而继续叫他去实习,就像上个学期一样,但同样没有报酬。海博觉得这样有点过分了,但碍于身份问题确实收不了钱,同时毕业求职上还有求于人。直到最后,律所也没有说海博毕业了要不要他,海博觉得势头有点不对,开始考虑毕业后的去向。

"回去也不是不行。"佟姐说,"比起在纽约随便找个小所,我觉得如果回去能进大所,对你未来的事业发展好得多。"

因为在纽约,海博想问佟姐事情的时候,直接去她工作的地方附近找家咖啡馆就行。遗憾的是她工作的地方地段过于黄金,只有一些没有桌椅的连锁咖啡店。两人拿着纸质咖啡杯,索性坐在附近街边水池的边缘。

"小所做的事情和大所是完全不一样的。假设你是个大公司,除非你跟小所的人很熟,否则为什么要找一个名不见经传的小所?"

"嗯，"海博耸耸肩，"便宜？"

"便宜没好货的。"佟姐喝了一大口咖啡，结果太急被烫到了。"大所做的业务量大，经验丰富，光模板就一大堆，正常的大公司都会找大所做事，甚至有的大型银行，绑定纽约前几名律所中的某一家，其他一概都不用。"

"这样啊。"海博回想起自己面过的那家律所，又有点泄气的感觉。对于佟姐如此坚持他要去大所，他觉得只是她从自己的角度考虑问题的结果。

"纽约那些好的律所，如果你能进他们其他地方的办公室，将来还是有机会回来的。"

原来美国的工作签证有好几类。主要他们会用到的那种 H1B 以前是随到随签的，现在却要抽签，存在抽不到的风险，所以为了保留好不容易招来的人才，那些顶尖律所会将律师安排到伦敦或者香港办公室这种工作签证不用抽签的地方，让他们一边在海外工作一边继续抽美国的工作签证，什么时候抽到什么时候就可以回来美国。除此之外，如果在海外办公室工作一段时间之后，还可以用一种调动工作的签证回到美国。

"但是前提是要能去这些律所才行。"海博试了一下自己的咖啡，还是有点烫。"你不都说了，是要先能进这些律所才有可能的吗？"

"这就是回去的意义啊。你去投他们亚洲办公室，不通过纽约这边的校园面试也是有可能的。"

佟姐提到自己有个同事，就是先从香港某家律所做起，后来通过跳槽去到一家大所的香港办公室，最后成功调到纽约办公室。现在已经拿到了绿卡，并且在新泽西买了带游泳池的大房子，妥妥的人生赢家。

"那你的意思是，我也开始投亚洲的律所？"

"对，不要管做什么，只要是大所就可以投。投他们人力部，投合伙人。北京上海香港新加坡，都投。"

海博点点头，他回去会看看简历，然后上网找一下这些地方的合伙人的邮箱，给他们的邮箱发简历过去试试。

"作为兜底，"佟姐又说，"你也可以投投中国的大所。万一进不了外所，用中国所过渡一下也可以。"

"中国律所？没听说过啊。"

"哎，是你找工作还是我找工作？"佟姐看了眼手机，"你自己回去查查吧，好像有红圈所什么的，我有点事要先回去了。"

"好的，我回去查查。"海博说，"有什么问题我周末再问你。"

"周末？我可能没空哎，具体什么时间？"

"具体没定啊，不过我要跟阿伦看房子，等我们看完房子我问你吧。"

"看房子？跟阿伦？"佟姐不知为何脸上出现奇怪的表情，"哦，你们要搬出去吗？"

"是啊，听说他弟弟要来。"海博说，"突然跟我说他还有个弟弟。这真是个点头之交，之前的法学院同甘共苦的日子都喂狗了。"

佟姐什么都没说，连电话响了都被她按掉了。

"你怎么了？"

"没怎么。"佟姐恢复了过来，"喂，我说，你还是住学校吧，搬出去住多不方便，还会影响学习的。"

"都 3L 了，成绩什么的无所谓了吧。"

"那是对于那些通过暑期实习找到毕业后工作的人的。"佟姐说，"你这种情况，还是抓紧时间，争分夺秒地学习，到时候回国找工作，成绩单上每一点进步都能在关键时刻把别人 PK 掉几个的。"

"那好吧，"海博点点头，"我跟阿伦也说一声，他也得好好学习才行，叫他弟弟自己住学校宿舍得了。"

佟姐又没说话，一副欲言又止的样子，似乎是她咬住了一边下唇才没说出来自己想说的。

周末的时候，阿伦约了一个地产中介带他俩看房，一个看起来眉目慈祥的中年大妈，但说话非常犀利，也经常"口吐莲花"说脏话，很有纽约本地土著的感觉。第一个房子在离他们学校较远的北边，离纽约唯一的常春藤大学哥伦比亚倒是很近，可惜他们并不是那边的学生。街道两旁长着绿树，在道路中间连成一片，形成一片深绿色的穹顶。道路两旁是古色古香、不同深浅褐色或灰色的砖石联排别墅，打开其中一栋镶着玻璃的木门,走上两层吱呀作响、散发着檀木香味的楼梯就是他们要看的房子。

房子很大,有三个房间,正好一人一间,不过其中有间非常的小,还没有窗户,看起来貌似过去给用人睡的房间。而且这套房子还不便宜,比他们之前住的学校宿舍贵了百分之三十。

之后他们又去了另外两家。一家在离学校稍近的地方,比较新的公寓,而且还是复式,三个房间里有一个位于客厅的上方,价格也稍微合理一点。现在的租客还没搬走,他们看着客厅里毛茸茸的地毯和大大厚厚的高级沙发,感觉确实比宿舍里那个布织木头沙发要舒服得多。

最后一家离学校最近,也最便宜,环境就稍微差了点,在一个看起来好像是廉租房的小区里,都是红色砖墙的塔楼,不过并不像廉租房那样便宜。这套房子最大的问题是只有两个房间,虽然都比较大,但意味着有一个人要么和另外一个人挤一个房间,要么在客厅里搭个屏风凑合一下。

"有看上的吗?"看完三家后,中介大妈好像有点累了,带着轻微轻蔑的语气问他们。

阿伦和海博互相看了一眼。第一家太贵,又远。第三家少一个房间,所以目前看来大概第二家会比较合适。他们跟中介这么说了。

"看来你们也是有眼光的,第二家我个人也觉得最适合你们,不过其他人也是这么想的,所以你们可能要给房东开出好一点的条件,才比较有可能竞标选上。"海博咂咂舌,没想到租个房子还要竞争才能选上,真不愧是纽约。

"这里还有个问题,"中介继续说,"你说你们俩……还有你弟弟,都是学生对吧?"

两人点点头。

"你们知道纽约租房市场的规矩吗?"

两人之前都住宿舍,必然是不知道的。

"你们要向房东证明你们合并的年收入是月租金的 40 倍。这个我想……你们应该做不到吧?"

阿伦瞪大了眼,海博耸了耸肩。两人的年收入几乎都是零,除了实习拿的那一点钱。阿伦的弟弟刚来上学也更不可能有任何收入。

"看出来了，没事。你们两个只要找一个保证人，能提供收入证明满足这个条件，让他在租约上作为保证人签字就行。"

海博在美国基本上不认识任何能提供这个程度收入的人，甚至正在工作的人他都想不出。除非家里人或者关系特别铁的朋友，谁愿意冒这个风险呢？

两人向中介告辞，但中介从鼻子里发出明显的一声"哼"，大概是觉得他们浪费了她宝贵的时间。

"真没想到租个房子这么难。"海博叹了口气，"还要收入证明，我这边大概是找不到的，又不可能从国内叫我家人过来签字。"

"没办法了，我问一下我父母，看他们这边有没有什么朋友。"

"那我们一起回去？"海博查了一下地图，离他们住的宿舍不远，走个七八分钟就到了。

"啊……我还有点事，你先回去吧。"

阿伦和海博在街边告别。海博走了没几步，发现这里有一家卖亚洲食品的超市。他进去看了一眼，大概是韩国人开的，有各种新鲜的泡菜和韩国泡面，当然也有很多亚洲人喜欢吃的蔬菜和日本米。他发现逛超市对于他而言是非常有疗愈效果的，一边品鉴一边想象货架上的食品时，他都忘了自己即将开始的没有前途的3L，同时要面对找不到工作和没有身份留不下来的双重打击。最后他还是买了很多泡面、速冻饺子和一些饮料，因为其他都很麻烦。

他向宿舍的方向走去。手上新买的食品实在太重，他后悔没要两个袋子，只好把那一个重重的袋子在双手间来回切换。等快到宿舍时，他把袋子放在街边，让双手休息一下。这时他看见阿伦从宿舍里出来。这小子，不是说还有事吗，怎么自己先回宿舍了？他正准备拎起袋子，向阿伦表示抗议，这时他又看见一个熟悉的身影，只有背面，但穿着好像跑步时才穿的衣服。这么看来阿伦好像也穿的运动装。两人一起小跑着去了中央公园的方向。

海博回到宿舍，不敢相信自己的眼睛，那个人的背影好像佟姐。虽然他没有实锤，没有看见她的正脸，但熟悉的人从背影的轮廓或走路的姿势就能看出来是谁，这好像是谁说过的。他当然没见过佟姐穿这身衣服，他又没跟她一起运动过。再说两个人一起相约去公园跑步，有什么问题吗？都是年轻的少男少女，不过那是佟姐……

海博脑子越想越乱。他后悔刚才没有在韩国超市买瓶烧酒,仰脖一喝一醉解千愁。

3L 开始的时候,阿伦还是自己搬出去了。他说找不到合适的房子。三个人的房子太贵,他父母有个朋友可以做保证人,但没有能保证租到三人间公寓的收入。因为那个像佟姐背影的事情,海博也想远离阿伦一段时间,但还维持着表面的和平,不想和他撕破脸,毕竟他在这几百万人的城市里没有几个朋友。但如果自己喜欢的女孩被他捷足先登了,阿伦还能算自己的朋友吗?

当然海博也还是跟佟姐一起吃饭,虽然频率没有以前那么多,经常要提前几个星期约,但也可以解释为她越来越忙吧。她还在她住的地方组织过聚餐,叫上了海博和阿伦,同时还叫了其他认识的女孩。海博和这些女孩互相交换了联系方式,但都没有下文。

海博一直在纠结,到底要不要直接问佟姐,那个时候她是不是到他们宿舍来了。如果她真的来了,应该不至于不告诉自己的吧。他本能地觉得最好不要问,但还是没能克制住。

两人刚少有地看完一部最近大热的电影,由大表姐珍妮佛劳伦斯主演。因为电影太过精彩,佟姐也好像不忙,两人步行到一家附近的老咖啡馆里,各自点了一杯咖啡坐下来慢慢喝。海博点的是带酒精的爱尔兰咖啡,刚端上来的时候,服务生还特意把咖啡用火点着了。

"你最近还跑步吗?"也许还是靠着喝了点酒,海博于是问。

"跑步?"佟姐一边看手机一边心不在焉地说,"我不怎么跑,怎么了?"

"没什么,就是看见有个人的背影,在中央公园里跑步,以为是你。"

佟姐眯起眼来看他。

"是不是有什么话想跟我说?"

海博想说的是,你是不是最近跟阿伦一起跑过步,甚至在约会?但是问她这种问题又有什么意义呢。他还是不知道的好。犹豫了一下,最后他还是改换了话题:"我快毕业了,有点自己想不透的问题,想找你帮我参考。"

海博快毕业了。他实习的地方到最后也没有给他准信,但是说如果他想办实习签证,他们可以按照去年暑期实习的标准继续让他过来。至于工作签证帮不帮他去抽,抽到会怎么办,抽不到会怎么办,两边都没有细谈,毕竟不确定性太大,对方也不愿意承担任何风险。海博问佟姐,自己是否应该答应过去实习。对方也暗示如果他不赶紧同意,他们还有很多人选。纽约还有很多法学院,排名不是那么高的,还有很多中国毕业生,随便一抓就是一大把,大概有很多人会希望去的。

"我觉得你还是都看起来吧。"佟姐说,"之前也说过,去正经大所做事比硬要留在美国强。你一个人,在美国待着开心吗? 我是没那么开心的,如果不是为了这个工资的话,可能我已经回去了吧。"

海博在心里叹了口气。如果双方愿意,两个人一起不就没这个问题了吗? 不过看样子,她也许已经很接近要解决这个问题了。

海博开始确实地往亚洲的大所投简历了,不仅投了名头响亮的外资所,中国律所他也投了。很快有一些律所想要远程面试。海博又翻出穿过的西装,在夜深人静的凌晨和国内的律所面试。一个没想到的问题浮现了出来。

"你现在是在美国的法学院学习,"一个看起来油光满面、戴着厚底眼镜的男人问,"有中国法背景吗?"

"呃,没有。"海博本科跟法律完全不沾边,那个时候甚至都没想过自己有朝一日会从事法律这一行。

"那抱歉了,我们现在基本上只招有中国法背景的,"画面里的男人扶了下眼镜,嘴角露出不耐烦的微笑,"要么你考过司考,要么你上过国内的法学院并且有学位。"

又要重读国内的法学院? 海博一下子大脑充血,只觉得耳鸣。考国内的司考也是很头疼的,听说通过率很低,有些年头只有个位数。他一点中国法的基础都没有,学起来肯定很吃力。

"也可以一试哦。"佟姐却觉得没什么,她倒是本科的时候考过了。"那个考试对专业没要求,你有国内的本科学位就行了。再弄一份电子版的三大本,一些名师的讲课视频,历年真题网上都有。"

海博查了下,发现确实这个考试对本科的专业没有要求,没说一定要法律,但也有传闻说很快会改成只有法律专业的学生可以考。时间上而言,考试一般安排在每年九月底,而自己七月底八月还要考纽约的律师执照。国内的司考可以有空看一下,但没必要跟纽约的考试放在一年,时间上肯定来不及。

海博去网上下载了一些讲义和录音,在图书馆打印了出来看。但他看这些东西的时候被奎因看见了。奎因很急地把他从图书馆里拉了出来。

"你……是准备回去吗?"走得太急,她气喘吁吁地说。

"有这个打算,所以想早点开始看起来。"

奎因突然龇牙咧嘴地哭丧着脸,用手指猛点海博的胸。

"你真是糟蹋父母的钱啊,来美国读这么贵的法学院,现在居然要回去? 你是哪根筋搭错了啊!"

"可是……我确实是没在美国找到什么像样的工作啊。"

两人在图书馆外面的褐色皮沙发上坐下来。这里相当于是法学院的正门,旁边还有一个纯装饰性的壁炉,和一个在建的法学院新楼的模型。海博以前没有跟奎因细聊过自己过往的经历,包括自己的学校背景和暑期实习的情况,现在跟她说了。

"我是觉得说,如果找不到美国的大所,还不如回去算了。"

他也意识到自己好像只鹦鹉一样,只是在学舌佟姐的说法。

"但是回去有很多问题你是想不到的,特别是你这种在国外漂了这么久,从来没在国内工作过的人。"

"总不可能比现在还糟吧。"海博觉得自己惨透了,一个人,没工作,而且如果联想起刚才跟奎因讲过的经历,在浪费了三年时间后,还是没有实现自己的目标——进入有名气的法学院,再转进美国大所。

"回去有可能会比留在这里糟得多。"

"那只有回去试试才知道吧。"

这么说着奎因就走了,懒得再跟他说话。海博走之前又试图约奎因出来喝酒,也许她会多告诉自己点什么,可以作为自己悬崖勒马的最后一根稻草。但是没有。海博觉得她应该是对于海博居然产生回去的想法这件事本身感到失望,以至于再也不想跟他多说一句话了。

很多年后,海博已经回去了,在多年后的某个节点上发现奎因当年说的是有道理的时候,他也对她的事情产生了兴趣。他从校友名册里找出了她的真名,然后在国内的网络搜她的名字时,看到了一些端倪。

她曾经也是国内一家大所的合伙人,但后来不知为何注销了,并且没有转入别的律所的记录。网上有一些只言片语的内容在经历了这么多年后还残存着,大意是她经手的一个股权纠纷的案子出了问题,具体是什么问题,文章没有细说,但只说不是法律问题。为此她的客户和她,甚至她的律所都遭了殃,使得她不仅失去了几乎所有的业务,她也没有办法继续在国内执业。

也许就是从那个时候开始,她离开了原来的律所,再后来可能就出国了,来到海博的法学院继续深造,并且寻找机会留下来。

海博关掉浏览器,不想继续看有关奎因的新闻。他想象她可能本来有成功的事业,有美满的家庭,有慈祥的父母。她本来在自己的赛道上稳健地疾驰着,却被不知道从哪里蹿出来的家伙将她撞出了跑道。无怪乎她如此竭力地想要提醒海博,但却不能说出她的故事。她需要的不是同情,她需要的是理解。

但那个时候的海博对这一切都无法理解。他只能也只愿为自己思考,专注在自己找工作这件事上。直到最后他也没能找到一份理想的工作留下来,国内那边倒是有一家北京、一家上海的中国律所伸出了橄榄枝,愿意回去后再见一面,可能会给他工作机会,但具体给他什么待遇,现阶段没有明说。他知道现在回去可能要面对各种各样的疑问,比如为什么花了这么多学费都上了美国的法学院了还要回去,还要回中国律所。

毕业典礼前,学校给每个人发了五张票,但他没有邀请任何人,甚至没有告诉自己的父母和佟姐。他只是默默地走上讲台,收下了院长递给他的硕大的一张毕业证,在围绕着他的灿烂的微笑和夺目的镁光灯里,面无表情地和大家合影。毕业典礼一结束,他就自己拎着毕业证步行回到了宿舍。因为毕业证太大,他把毕业证揉成一团,放进随身的塑料袋里。路过路边的垃圾桶时,他甚至想把毕业证就那样直接扔进去,是理智告诉他即便现在扔掉毕业证,也肯定会有需要重新申请一张的日子。

他知道不是学校的错。很多人进来这所学校,通过校园面试或者其他机会找到了大所的工作。学校是好学校,跟纽约甚至美国的众多法学院相比,肯定不算差的。但是他还是后悔至极,在毕业这天终于降临的时候,他才终于意识到,自己从来就没有喜欢过这所学校。但他还是禁不住想,如果自己上的是另外一所学校,是自己理想中的学校,是不是自己的人生会有所起色。

也许不会。他只是一直在逃避自己的问题罢了。他不够聪明，又极为懒惰，还总是生活在不切实际的幻想里。也许他应该像菅原一样，一早就离开。也许那样他还会后悔自己离开，甚至会有点喜欢、有点怀念自己短暂的法学院生活。

他没有去下载自己的毕业照，因为肯定拍得很糟糕。他收到通知自己下载毕业照的邮件时，直接把邮件拖进了垃圾桶，然后点下了清空。

第八章

只带走一片云彩

夏天大约是纽约最美好的季节,大部分时间都只有二十多摄氏度,绝少超过三十。走在学校附近的中央公园里,看着绿树的枝叶和 T 恤的衣角随着干爽而清凉的风一起摇摆,躺在一片能停得下星球大战里死星那么大的草坪上,晒着温暖但不炙热的骄阳,闻着新鲜脆嫩的草香,感觉全身都吸满了平静的幸福。这里简直就是海博心灵绿洲的具体体现。但跟他上次闭眼时看到的景象一样,万里无云、蓝得仿佛透明的天边却潜伏着一团不祥的阴云,是因为海博总是不经意间会这样想到——这可能是他这辈子最后一个在纽约的夏天。

法学院是毕业了,但海博还不能走。他需要参加纽约的律师资格考试,也就是俗称的 bar exam。一般安排在每年的 2 月和 7 月,而绝大多数人会去考毕业两个月后 7 月的那场。如果没毕业,在纽约是没资格去考的。

虽然考过纽约这场律师考试目前看来已经没有任何意义了——他又没有找到正式的工作,不可能留下来,如果回去,这资格看起来也不会有什么用;但所有从法学院毕业的人基本上都会考,会花上几千美元报名培训班,每天听课刷题,然后在两个月后去考试。他觉得这考试应该不难,毕竟要考的东西都学了三年了,他们学校超过百分之九十的人都是一次就考过的,当然也有少数考了几次的人。虽然没有意义,但他也希望自己只考一次。

现在补习班还没开始,学校的课和考试都结束了,毕业证也到手了。他回到宿舍后,还是小心翼翼把被自己弄皱了的毕业证展开,找同学借来了熨斗,夹着旧衣服烫了正反以及两边,尽量弄平整。

他现在的心情就像这张毕业证,虽然经历了三年的苦难和折磨,但既然现在一切都结束了,他的心情又趋于平静,仿佛一艘逃过了太平洋上狂风暴雨、惊天巨浪的帆船,正在风和日丽的海面上静静漂向彼岸。

海博正在一个人享受纽约最后的夏天。他去了好几次附近的大都会美术馆、自然历史博物馆、古根汉姆美术馆、现代艺术美术馆。以前总是跟别人一起来,想看的东西没有足够的时间,不想看的东西却要迁就别人停留很久。他不再坐地铁,而是徒步穿过街道和公园,和街上摩肩接踵的行人擦肩而过。形形色色不同国家不同肤色的游客、流浪汉、兜售自己制作的音乐的黑人、穿着平底鞋风风火火赶往办公室的白领,所有人都和这座城市完美地融为一体,尽情享受自己的人生。而他自己就像一个多余的人,即将踏上离开的旅程。

为某个特定的目标学习似乎是海博的特长。很快他就收到了培训班寄来的一大箱十几二十本厚厚的习题集,开始了每天上午听课、下午刷题的生活。题目不难,即便是他没有学过的内容。他成功地限制住了自己玩电脑和手机的时间,带着习题集去图书馆刷题。

也就是这段时间他和阿伦、迈迈分别见了最后一面。他们都为海博即将离去感到惋惜,但也只是合适程度的惋惜,就像普通的朋友一样。

佟姐也和他吃了最后的晚餐。海博有点担心佟姐会问一些让他有点难堪的话,比如问他是否最终觉得来读法学院是正确的选择,幸好她没有说这些。如果她问了,他不知道自己该实话实说,还是假惺惺地说他很享受这里的生活,也是很好的经历云云。

吃完饭,海博和佟姐在夏夜的公园水池边坐了一会儿。佟姐突然牵起海博的手,但海博的心却没有一丝波澜。他知道她不可能对一个终于要走的人产生任何的感情。但是她说:

"你走了,我会好孤独的。"

"不是还有其他朋友?"

佟姐摇摇头。

"你跟其他朋友不一样。"

怎么不一样？但是海博没有问。也许这样就好。这样就刚刚好。反正一个月以后，他就彻底从这个国家这个城市这个西半球彻底消失了。她也会从他的人生中彻底消失。

考试比他想象的要难一点，除了选择题，还有很多写作的部分。考完后他有点不确定自己到底分数及格了没有，但这要两三个月以后才能知道，那个时候他已经回国了，过了或者没过，应该都跟他没什么关系了。

考完后，他一个人收拾好了行李，把大部分带不走的东西都扔进了垃圾桶。牙刷、浴巾、穿旧的衣服、用过的床品，还有文具。这些东西回去以后重买都比寄回去便宜，但扔的时候，他还是有种抛弃自己身体的一部分的痛感，毕竟很多东西都跟了他好久，是之前读研究生的时候买的。有很多厚厚的书，他已经提前卖给了亚马逊，以后它们就像以前他从亚马逊买的二手书一样，还能在新一代进入法学院的人手里发光发亮。

一大早，他带着作为行李的两个大箱子坐上了地铁，紧紧地扶着。离开曼哈顿之后，和地铁一起钻出地面，慢悠悠地往机场的方向沿着洒满阳光的斜面前行。

到了机场，他把行李办理了托运，又回头看了一眼从机场一整片玻璃的墙外穿透进来的纽约的阳光，叹了口气，然后准备走进安检去登机。

"海博。"

一个不太熟悉的声音叫住了他。他回头一看，发现是奎因。

"你这是……?"

居然还有人来送他，海博突然鼻子一酸，有点想要流下几滴感动的眼泪。他还以为不会再看见她了。

"有几句话想跟你说，结果发现你要走了。"

海博昨天在网上发了空空如也的宿舍的照片，纪念在这个房间住了三年的时光。奎因应该是看见了。

"以前……谢谢你了，经常帮我带东西回去。"

"没有了，就带了一两次好像。"

"这次回去，还准备再出来吗？"

海博听着一愣。他当然是准备就这么回去了，以后除非非来不可，大概也不会再来美国。不过谁知道呢，以后的事情。

"也是，现在问这个，也许有点太早了。"

"你呢？准备留下来吗？"

"当然。我也考了纽约律考，等过了就去宣誓成为纽约律师。"

"好啊，到时候我可能也会回纽约宣誓。"当然是说如果自己过了的话，海博在心里想。"不过你找到工作了吗？之前没听你说起过。"

"我……不用找工作。"

"这么好？难道说，是以前在国内做合伙人时已经实现财富自由了？"

"那也有一部分吧，不过我主要在做这个。"

说着，奎因从斜挎的墨绿色小皮包里摸出来一个有着交叉斜线的小钱夹，从里面摸出来一张名片，递给海博。上面写着一个美国公司的名字，而奎因是这家公司的执行董事。背面写着这家公司的业务范围，大致是各种有关移民的咨询。

"公司我开了有段时间了。等律考过了，我再去开家律所，可以一条龙服务，肥水不流外人田，不用找外面的律所了。"

"谢谢，如果有需要的话我会联系的。"

海博收好了名片，谢过奎因，推着手提行李进了安检。安检排队的时候，他想着奎因家可能发生过的事。离开国内的孩子和家人，一个人来美国靠结婚打拼，现在小有成就，还想通过法学院重新捡起自己的法律事业。她的干劲原来如此强烈，海博自愧不如，如果换作自己遭遇了这么多挫折，可能干脆找个没人知道的破房子静静躺平算了。

回国后，海博回到久别的家。父母当然是热烈欢迎，但一听说他还要去北京、上海找工作就脸色一沉。他们当然是希望自己的孩子留在身边，总是希望自己老了以后，孩子能像他们带大孩子那样抚养自己，不过转念一想这么多年在外留学的开销，当然也希望去北京、上海试一下看能不能找到较高薪水的工作，也不算愧对自己在教育上的投资。

海博倒是觉得留在家乡也无所谓,首先肯定是不用出房租和伙食费,另外家里的菜应该比较合口味,而且有什么事可以依靠父母,心理上负担比较小。至于被人问起来为什么去纽约留学还读了个所谓的博士还要回来时,顺口说两句因为爱家乡想回来建设家乡什么的空话应该就能蒙混过去。不过,海博很快就发现两个不应该留在家里的理由。

第一是这里的工作大部分都非常简单。海博跟着认识的当地律师转了两圈,发现他们法律文书基本上是随便写,找个模板来套用一下就行,没人认真看写了什么;跟客户聊天的时候不是说自己的实力有多么强,而是要强调自己有什么认识的关系。有时候案情比较困难,需要做的事情不是研究法律上有没有什么可以突破的角度,而是看有什么人可以疏通一下。

第二是相亲。回家几天屁股还没坐暖和,父母就开始疯狂安排相亲,有时候一个晚上还要安排好几个。海博知道自己跟佟姐大概不会有什么缘分了,但他还是希望跟一个有感情的对象相处。相亲这种事情在他看来更像是在商业谈判,两个人坐到一起就开始互相介绍,内容却跟工作面试差不多——自己在哪里读书、哪里工作,上的学校、工作的地方,有名的就加分,工资高加分,愿意多出钱给彩礼办婚礼买房子的加分,等这些都聊完了才开始聊对方有什么兴趣,但不外乎那些听起来就很不像是真的,比如陶艺烘焙画画,其实都只是偶尔为之,不像是真的感兴趣的样子。这种时候还是那些老实承认自己其实没有兴趣,只是闲下来喜欢玩手机看电视剧的女孩让人觉得稍微放心一点。

海博一开始还勉强去了几次,到后来感觉浪费时间倒是其次,最悲伤的是对男女关系这件事感觉寒心。好像应该商业谈判的时候谈感情,拼命送礼送钱请客吃饭,喝酒喝到肝疼;应该谈感情的时候商业谈判,一见面就开始聊彩礼多少钱,婚礼花多少钱,婚后买多大的房子。到头来没有人是动了真感情,全是表面上的谈笑风生,背地里都是斤斤计较。如果跟这样的女孩结婚……不,海博连想都不愿想。如果被父母逼疯了,他还是找个小地方藏起来算了。这个计划反而在他回国以后变得具体了起来,坐着绿皮火车随便找个没人知道的小城,找个便宜的单元房租下,买台便宜的电脑,每天除了外出随便找点事做,赚够吃饭的钱以外,其他时间都用来打游戏、看电影。这反而成了支撑他生活希望的"逃跑计划"。

不过他还没有那么绝望。他终于鼓起了干劲,和之前联系过的北京、上海的律所再次联系,希望他们能安排一下面试。当时他想面试,但是对方说等他回国了再说,他们想要见到他本人。而他也买了车票,说是要去两地面试。

面试出乎意料地顺利,两边都说他可以过去工作。不过因为他没有国内的律师资格,所以开始的时候只能安排他当律师助理,但据说工资跟律师是一样的。海博打听了下工资,两边都没有说得很具体,只说会有很多"数额不确定"的奖金,能肯定的是固定工资的部分是很少的,跟美国律师的薪水比就差得实在太远。幸好跟纽约比北京、上海的物价也算便宜,所以海博觉得总比待在家里好,至少不用不停地参加应酬和相亲,能落得个清静。

到底去北京还是去上海,他没想好,但至少两边都去了。北京天地开阔,街道宽敞,但交通不便。他抵达上海的时候正值初秋,天朗气清,广植法桐的街道两旁是历史悠久的西式建筑,很多都是二十世纪三四十年代流行的装饰艺术风格,徜徉其中有种在老电影里跑龙套的感觉,好像时空穿越了。上海的衣食住行好像也更有格调一些,人们在街道上不疾不徐地走着,每个人似乎都过着体面的生活,至少在市区表面上看起来是这样。

当海博来到要面试的律所,坐在房间里等面试官来时,突然走进来一个眼睛大大圆圆的少女。她留着长发和齐刘海,穿着孔雀蓝的连衣裙,看起来不过二十出头。

"你是……"海博不敢相信要来面试自己的人会如此年轻。很久之前在视频电话里简单聊过,不过信号不好对方长什么样子完全没看清,面试者的名字也记不太清了。

"你好,我叫肖妙妙,"少女从桌子那头伸过手来,和他握手,解除了他想不起来名字的尴尬,"叫我妙妙就好了。"

对方非常地镇定自若,也许她就是显得年轻也说不定,海博想起了奎因,如果不是有人跟他说过她的事情,不仔细看真的好像也就二十多岁。

"我叫海博,幸会幸会。要么我先自我介绍一下?"

海博从大学时代以来的经历开始说,在哪里读书,读的什么专业,中间有过什么实习也简单都提了一下。

"不过这些都没什么,我相信接下来开始的才是最重要的。"

妙妙点点头,也开始自我介绍了起来。她似乎就是本地上的学,只念了个法学本科。大概也正是因为如此,所以才本科一毕业就来了律所,然后早早就升上了合伙人,看着才这么年轻吧。国内律所升合伙人的制度似乎很随机,有时候看实力,有时候看关系,有时候看着顺眼就行了。

"那么你还有什么问题想问我的吗?"妙妙说。

这么快就进入了反问问题的阶段?不过之前面试可能那些套路性的问题都问过,所以就跳过了,直接进入正题了吧。

"那么,想请问一下团队的情况。"

"团队?我记得大概有 5 个人,不过具体情况可能还要再确认一下。"

国内律所的合伙人确实很轻松,海博想,连自己团队有几个人都记不清。

"因为我也是听人说的,具体情况不是很清楚。"

海博有点迷糊了,为什么作为合伙人,还需要听人说自己团队的情况?他实在无法想象一个律所到底要烂到什么程度,合伙人才有这种需要。他开始怀疑自己正在面的这个律所属于律所里最松散的那种。

他回来以后才知道国内有些律所是公司制,类似美国律所,合伙人和律师的薪酬由律所统一决定,收到的律师费也放在一个篮子里后再分,而律师的工资也按照所谓的 lockstep 制(某一年资的律师的收入是全所划一的,为了鼓励律师之间加强合作,同时避免律师内部无效竞争)。有些律所类似联邦制,不同的团队各自为战,以某一个或几个合伙人为中心,不同团队之间可能会有一些合作,可能收入的某个比例需要上交所里,其余的合伙人可以自己留着作为自己的收入。有些律所则基本上是加盟制,大家只是每年付个固定比例的费用就可以借用律所的招牌,在不谙世事的新客户面前撑一下门面,或者律所不过就是个房地产中介,把整栋楼租下来后,再分租给不同的合伙人团队。

"不清楚的话有点困扰啊。"海博勉强着挤出笑容说道,"我其实也想知道一下团队其他律师的情况,看看有什么互相学习的机会。"

"我们团队的话,应该没有律师的吧。"妙妙也露出了诧异的表情,"我不是在面行政人事团队吗?虽然我是学法律的。"

海博和妙妙似乎发现了这次面试的问题之所在,两人皱起眉头,互相凝视,等着对方戳破真相的时候，会议室的门突然开了。

"抱歉，客户那边有事，稍微来晚了一点……"

一个短发、戴着眼镜的年纪稍大的女人走了进来，穿着凸显线条的衬衫和皮裙，看着面试间里的两个人，一时愣住了，说不出话来。

"那个……我叫海博……"海博只好打破僵局，再度自报姓名了起来。

"哦哦，对的，海博，我还以为自己走错了会议室。"女人想要坐下，但是看着妙妙，犹豫不决，"请问这位是……"

"啊。"妙妙瞪大了眼睛，看看女合伙人，又看看海博，对海博说，"所以你也是来面试的?"

海博点点头。妙妙赶紧掏出了自己的手机，看了一眼，然后嘟囔着抱歉自己走错了的话语，离开了会议室。

等面试结束，海博被女合伙人带着参观办公室，并和其他团队成员打招呼的时候，海博又看见了刚才见到的妙妙，她似乎正在被一个中年女人训话，也许是因为她走错了房间错过了面试的时间。参观完这家律所装修比较现代的办公环境后，海博借口想上厕所，溜到刚才看见妙妙的地方。

"挺厉害的啊，"海博趴在妙妙坐的办公室小隔间半高的墙上，"我还真以为你是面试官。"

"你坐的那个位置让我以为你是面试官。"妙妙吐了下舌头。

"驴唇马嘴的居然还能聊这么久，服了。"

"你要来这里工作的吗?"

"应该会来的吧。你呢?"

"如果他们对我走错了房间没意见的话，应该会的吧。"

两人于是加了联系方式。海博随后就告辞了，因为当时他还没想好到底去北京还是留在上海。

不知为何，一想到如果再也没有机会见到妙妙，海博就感觉有点空虚。

现在想来，在上海的这段时光大概是海博毕业以后最开心的时候了。

他并不很忙，但明显比在美国实习的时候要充实得多。他干得最多的事情不再是简单的翻译,而是确实地要进行法律检索和研究分析,起草法律文件,根据客户的意见修改,最后发出去。虽然要处理的大部分都是中国法的文件,但中国法并非判例法,所以实际上有法律效力的只有那些成文的法律法规,一般都写得很简单,稍微查一下就知道大概能写成什么样。有时候实在需要知道些法律上没写的情况,就只能查一下判例看有没有帮助。偶尔也会有一些用英语起草的文件需要他们从中国法来审阅,这种情况一般都发给他了。因为每个人的工资都不高,所以每个人分到的工作量也不高,每天工作几个小时后几乎都有可以稍微喘息一下的时间,下班之后一般也不需要加班,可以自由安排之后的活动。

　　他也听说在中国所里有所谓的鄙视链一样的存在,就好像英美所也有魔术圈和白鞋所一样,中国律所也有红圈所,就像之前听佟姐说过的一样,其实是 8 所由美国一家介绍律所的杂志评选的,标准也是合伙人人均创收比较高的中国大所,忽略了一些人均创收可能更高但是规模较小的精品所。这样的律所一般给的工资会高一些,但跟外所比还是很便宜,不过工作强度就无分伯仲。剩下的律所就是在那些加盟制和多少有一些公司制的律所之间鄙视。加盟制的认为自己灵活,而且分给合伙人的钱多;公司制的觉得自己更专业,因为每个团队有个基本的业务领域,适合培养专长。

　　海博刚来上海,人生地不熟,也没什么朋友。他们团队于是组织了很多活动,正好填补了海博的空闲时间。他们几乎每个月都要聚餐一次,在某个民国老建筑里吃看起来昂贵的食物,喝据说上万一瓶的红酒。偶尔会去某个周边小镇或者景点游览。每年还会组织一次国内旅游一次国外旅游。可能是因为给律师发的薪水不多,合伙人喜欢用团建的方式笼络人心吧。

　　一开始海博对这些经常在晚上或者周末举行的团建有些不适应。大部分时候参加者都要喝到烂醉才罢休,有的酒量不佳的律师可能直接就会扑倒在桌上不省人事,或者要反复去厕所吐酒。特别是平常文质彬彬的高年资律师有的喝了酒性情大变,当着一桌子人对异性的身材和长相评头论足,也有的律师会玩起与其他律师“亲密接触”的闹酒游戏。后来因为见的实在是太多,他已经见怪不怪了。只是每次喝醉回到家里,他会觉得这种喝酒方式对健康不好。

　　除此之外,团队的高年资律师喜欢中午叫大家一起去吃饭,而不是各吃各的。一到吃饭时间,一个戴着眼镜的律师就会站在团队律师聚集的区域,大声地问谁要去吃饭。然后众人(接近十个人)就一起浩浩荡荡前往附近提供午餐的餐厅。这种餐厅的午餐并不便宜,海博有时想去便利店买便宜的盒饭或者买两个包子凑合一下算了,不过碍于情面还是只能跟大家一起去了。

少数的一次例外,是因为他负责的一个合同出了问题,引起了合伙人的不快。她当众批评了他,然后限定他中午吃饭之前改好。因此他错过了和大部队一起吃饭。

改好合同发出去,海博走进电梯,按下 1 楼,准备出去找点吃的。电梯门正在关闭时,有人走了过来,海博按下了开门键。是面试那天见过的妙妙。

"出去吃饭?"他问。

"是呀。"妙妙笑着说。

两人朝着门的方向,沉默不语。"要么一起吃?"在海博的嘴角打转,回旋了好几个来回,却一直没有说出嘴。在谈恋爱这件事上,他并非从来没有主动过,只是每次主动最后都落得个被拒绝的下场。

门开后,两人一起走出电梯,刷卡走出闸机。来到外面,初春的阳光穿过树叶的间隙,刺眼地洒在门口池塘的小花园里。

"今天天气不错,你要去吃什么?"她问。

"没什么特别想吃的。"海博说。风还有点冷,吹得他直缩脖子,无意识地拉紧了围巾。

"我饿死了。我们去喝点暖和的东西。"

海博心存感激地跟着妙妙,两人沿着弯曲的街道进入附近充满烟火气息的民居小巷,在一家卖生煎的店里坐下。两人各点了四只生煎,妙妙点了双档汤,而海博点了咖喱牛肉汤,没想到上海这边也会吃咖喱。汤上来以后,海博看着自己碗里薄薄的牛肉,再看着妙妙碗里的百叶包和油面筋,有点后悔自己没点一样的。

"想吃我的是吧?"妙妙又笑了起来。

海博有点不好意思承认,但也没有否认。

"来,我给你尝一个吧。"说着,妙妙把一个油面筋挪到海博的碗里。海博吃了一口,发现面筋里还有肉馅。这边好像什么东西都是肉馅的,包括粽子和月饼。

"谢谢。"海博说,"怎么对我这么好?"

"哎呀,还不是看我们同病相怜。"

海博有点困惑地看着妙妙。

"你看,我是学法律的,却只能去做行政;你是学美国法律的,却要来做中国法。不是都有点屈才吗?"

虽然她说得有道理,不过听妙妙这么一说,海博心情有点沉重,只好埋头喝汤。汤里漂着薄薄的一层油,咖喱的味道也不很重,还是属于清淡范畴的。

"啊,我不是说你一定要做美国法的,也许你喜欢做中国法也说不定。"妙妙夹起一个生煎,小心地咬了一口,怕被里面的汤汁烫到,"我是真的来应聘律师的,谁知道他们只愿意给我个行政的岗位。"

"为什么不给你律师的岗位?"

"因为我还没过司考。"她嘟嘴一说,"大学的时候考过,结果没过。"

"那个考试有那么难?"

"哎哟,要背30万字的材料,通过率不到百分之十! 俗称天下第一考的哦。"她把已经不烫的生煎整个放进嘴里,慢慢咀嚼起来。

"看来我也要早点准备起来了。"

"没有那么难啦。我身边的同学大部分都过了。考试这方面我不是很行的。"她又拿起一个生煎,这次一口气全部放进嘴里,"高考我考了两次,英语四级也一直到毕业之前才考过,差点没能顺利毕业呢!"

海博笑了。妙妙这人真是一点也不忌讳告诉别人自己的缺点,也算是在这个圈子里非常特立独行的了。律师总是非常喜欢堆砌一些虚的实的头衔,不管到底有没有用,比如某个虚晃一枪的青年联合会,或者什么欧美同学会,从来没有认真学过的各种商科硕士博士。甚至海博本人刚来的时候就发现自己的名片上面还印着自己是所谓的"美国法学博士",实际上他那个学位正式的翻译叫"法律博士",但到底能不能算博士他心里没底,国内则肯定是不管三七二十一尽往夸张的方向写。

"那你有什么复习的计划吗?"海博吃了一个生煎。皮有点太厚太硬,他觉得还是上海的小笼好一点。

"就看看书,刷刷题就行了吧。"

"唔嗯,不用上个补习班什么的?"海博想起自己考纽约律师资格的时候是认真上了培训班的。至少要看什么要学什么培训班都把材料准备好了,按照计划按部就班地来就行。他觉得确实是有用的,因为纽约那边去年已经通知他通过了律师资格考试,剩下的就是找原来学校的老师签字确认他已经完成了必要的公益活动,让雇主再找两个认识的纽约律师确认他品行端正,可以当纽约律师。材料正在一点点地汇拢,但没有那么快。

"不用,我从来都是自学的。"

所以你才总是要考好几次才行的吧。海博在心里叹了口气。

"要么我去上个补习班,然后把材料给你看看,录音给你听?"

海博随口一说,妙妙却很快答应了。从此海博有了固定见她的机会。

中国司考的补习班费用跟纽约相比便宜很多,但跟海博的工资比还是不便宜的。为了保证自己(当然也包括妙妙)一次考过,他报了个业界最知名的面授课程,很多老师都是类似网红一般的存在,讲课的方式和技巧都是听课学生一代代自发推荐出来的,这种以民意为基础的选拔方式一般都比较靠谱。这些上课的老师确实讲课都很风趣,讲解深入浅出,加上中国法相对比较简单,海博听了觉得受益匪浅。为了让妙妙也能学习,他还买了一个有定向录音功能的高级录音笔。

上课占用了他周末的两个白天,地点在市区北边某个破旧的会议讲堂里。他没想到上海还有这么破旧的地方,房子像被轰炸过一遍似的残破不堪。不过一起上课的人非常多,有不少人已经考过很多遍了,抱着一种现代人考公务员的心情,混合着古人想要利用科举一口气出人头地的觉悟来准备考试。

周日晚上他就去找妙妙,把这个周末的录音和讲义材料带给她。妙妙住在离市区较远的近郊,要坐一个小时的地铁才能到,海博问过房租后觉得不值当,因为不比他住在市区便宜多少,而且她住的地方附近没有什么像样的地方见面,只有大片的住宅楼,所以两人只能在附近的公园里就着昏黄的路灯光,一边交换讲义笔记和录音笔,一边随便聊上几句。

"今天上课讲了什么?"妙妙拿着讲义问。她说她会找个复印店复印一下,免得自己还要一页页地翻着印。

"又讲了一堆笑话。"海博说,"他们可算是发现了,不讲笑话就没人听讲,也就没人捧他们。"

"哦,今天的笑话是……?"妙妙露出期待的眼神,眼睛反射的路灯光一闪一闪的,映着身后黑洞洞草坪里初夏的虫鸣。

"录音里有的啊,你自己听不就好了。"

"等不及了,赶紧的。"

"就是说最近有个司考的题目,如果母亲和女友都掉到水里了,应该救哪个。"

"嗯。"

"法律上讲,应该救母亲。"海博说,"因为母亲是家人,民法上可能有救助义务。女朋友当然也应该救,但如果没有订婚或者结婚,其实只相当于是路人,比起母亲来讲,救助义务弱一些,不救可能良心上过不去而已。"

"唔嗯……"妙妙发出猫咪生气的声音。她似乎很擅长学动物的叫声。

"当然了,如果不想变成单身狗的话,还是应该救女友,特别是考虑到现在的男女比例。淹死一个女朋友,大概以后别人知道了都不会找你了。"

妙妙听了开始傻笑。海博觉得自己好像没见过这么喜欢笑的女孩。

"那你呢? 准备救哪一个?"

海博听到这里心里一惊,后悔自己扔出这个会打到自己的回旋镖,不过心底里又有点开心她会这么问。如果是你的话,我大概会救你吧。海博在心里默默地说。不过这么一想,又觉得很对不住母亲。所以他说:

"我妈会游泳,所以应该会救另外一个吧。"

"哼,狡猾地躲过了。都要多谢你妈会游泳。"

没说话的时候,两人坐在长椅上吹着宜人的凉风,闻着清新的草香,整个人的心情都变得舒畅了起来。这时候海博总是会想,要是两人正在约会该有多好。

平日的某个中午,妙妙会把录音笔和讲义笔记还给海博。

"谢谢,有空赏脸吃饭?"

她总是会问,海博也总是答应。两人会探索周围小巷或者高楼里的隐藏餐厅,有些是比较高档的西餐,有些是有着独特口味的面食或者日料,偶尔也会踩雷吃到两人都不喜欢的,但探索的过程本身就非常有趣。

除了上班,以及每个周日晚上和妙妙的见面,海博把所有时间都花在刷题和复习讲义上。虽然中国法的法条很简单,但考试所涉及的范围就实在太广了。相比起来纽约律师考试更注重的是分析能力，死记硬背的内容不多。他复习累了，经常会想起妙妙的笑脸，希望能用自己的成绩证明自己的实力，特别是要避免万一她过了自己没过这种尴尬的局面。

"对了，我要去上强化班了。"有次午饭，他目光越过自己面前的印尼炸鸡椰浆饭和她的龙利鱼青咖喱说。

所谓强化班，就是要在考试一个月前脱产去郊区的某个地方住宿大概一周，每天除了上课和做题之外什么都不做。平常那些讲课的老师会来再点一下重点，然后透露一下他们猜测的今年会考的题目，每次都会吹得神乎其神，好像那些题目是从某个有关系的内幕渠道泄露出来的，当然很快就知道准不准了。

海博已经请好了假，一个人坐地铁转巴士，花了两三个小时抵达强化班的所在地。这是一所排名不算特别高的学校，但是因为用了上海冠名名头很响。站在校门口的金字招牌下，海博叹了口气，觉得如果自己当时在美国的时候也报了几个这样性价比高的法学院就好了，比如美国大学、华盛顿大学（大学名字不带后缀的那所反而平易近人）、加州大学（有个旧金山的法学院门槛不算高）、旧金山大学、首都大学的法学院等，至少回国后别人问起来的时候比报出普丹法学院要强。他回来一段时间以后，一般闲聊中被问起的时候已经用"反正是你没听说过的大学"来搪塞。

因为好歹是个正经大学，学校里的设施一应俱全。他们住在学校自营的宾馆里，吃饭办了学校的饭卡，但也可以去校中心一个有很多餐厅的地方下馆子。海博反而喜欢吃食堂的饭，因为不用思考今天要吃什么。思考这个问题感觉比碰到难吃的饭菜更让他心累。实在不想吃的话，校内还有便利店，可以买盒饭甚至泡面吃。

强化班的学习很累，但幸好时间不长，转换心情的时候还可以在校内闲逛。海博有种又回到了大学的感觉。看着这里的学生，感觉他们都在开心地生活，自己上大学的时候也没有想过以后要干什么，只是拼命地从十二年的填鸭式应试教育中解放自己放松自己，终于可以不受拘束地活出自己想活的样子，而对于海博来说就是去图书馆借所有想看的惊险小说侦探小说悬疑小说，然后躺在校园中央的草坪上晒着太阳听着音乐看书了。当然也谈了很多次恋爱，中间也有惊心动魄或者耐人寻味的，当然最后都归于了平淡。

转行法律，他又走了很多弯路。没有去成想去的法学院，没有在校园面试中斩获任何成果,甚至没有能够留在美国,随便什么地方。结果现在回国又要重新开始学习,考取新的资格证。他知道现在与自己最初进入法学院的期望还有很大的距离,但至少性质上差不多。现在只要考过中国律师资格,取得律师证,自己也是正儿八经的执业律师了,从某种意义上讲,也不算是偏离了初衷太多。

坐在考场里的时候,他是这么想的。他不能再这么想了,时间不够了,一道题只有一分多钟的时间,他要紧张起来,把时间都花在读题和答题上。不会的题目他在答题纸上画个圈,先把会的都做出来,然后填在答题卡上。他已经参加过那么多次考试了,从小时候到出国,从中考、高考、四六级、GRE、托福、LSAT,到法学院的考试,再到纽约律考。当然司考里最有挑战的其实是需要手写的卷四,因为已经很久没写过中文,刷题的时候也很少刷卷四,所以写中文反而成了他最大的挑战。他写得快了字就潦草起来,但写得慢了就来不及把所有想到的可能算分的内容写出来。最后写是都写出来了,但就担心他这类似归国华侨的汉字,判卷者是否能够识别出来。

四门两天都考完,他拖着疲倦的身体,打的回家。

第二天上班,他见到妙妙。她也刚考完,不过感觉状态不太对。他不敢多问,只能静待结果出来。这期间里,除了一个人独处,他还和妙妙见了很多次面。以前一周一次的夜晚交换笔记的时间,现在成了两人聚餐、看电影、逛街的时光。他终于又有了约会的感觉,虽然没有人挑明什么,但办公室的同事都默认他们是男女朋友了。他听说过有的公司可能禁止办公室恋情,但至少他们的律所没有这样。

另外在等待司考结果出来的时间里,他终于搞定了纽约律师宣誓的材料,几个月以后的初春时分,他又要回到纽约了。

也就是这段时间,是后来的海博经常怀念的时间。他没有再申请什么新的学校、新的工作,只是静静地等着结果出来,在此之前不需要采取任何行动。没有事情被确定,只有简单的期望。他和她的关系似乎也取决于结果,所以在此之前只要保持固定的频率继续相见,并且保持若即若离的距离。工作也逐渐熟稔起来,他知道自己需要做什么,开始轻车熟路起来。

工作的量也不大,周末和节假日的时间基本上都是自己的,平时上班也并非需要一直忙碌。除了和妙妙看电影,他又重新开始逛书店买书,甚至有时间捣鼓出来几个短篇,投给他新发现的惊险小说爱好者的公众号,甚至参加爱好者在上海举办的各种活动。见面的时候甚至有他的老读者。他们鼓励他重新出山，写点带劲的大部头，不过他总是用自己工作太忙推托，但回家不忙的时候，他总不自觉地开始构思。

他还发现上海有很多有趣的小店和餐厅，很多都是外国人开的或者为外国人服务的。其中有的餐厅所有的菜单都是英文，他和妙妙去吃过，他感觉水平跟纽约差不多。住的地方附近还有个超市里面几乎所有东西都是从国外进口的，他想买 Dr. Pepper(胡椒博士饮料)或者厚实而不粘的塑料保鲜膜的时候就会去那边看看，虽然比在美国的时候贵了大概一倍，但回忆本身就是无价的。他还在那里碰到了一个熟人，叫夏卫，是有次回国的飞机上碰到的。他也在美国留过学，也想买些美国的进口饮料，后来他还叫海博有空的时候去他在上海郊区的家里坐坐。

他开始探索这个城市的各个角落，一个人徜徉在老租界里，趁着冬日暖阳。他很满意现在的生活，希望能一直这样持续下去。

据妙妙说，结果会在一个早上出来，每年大概都是那几天。出来之前的几天会从各个渠道收到通知，到时候想躲都躲不掉，所以没必要特别关注。

话虽如此，到了那个成绩快要出来的时候，海博就变得非常焦躁，开始食欲不振，睡不着觉，进而精神涣散起来，唯一来劲的时候就是有事没事在网上查询是否有公布成绩的通知。

终于到了要出成绩的前一天，海博准备把自己灌个烂醉，用酒精来逃避现实。一下班，他准备去超市买点啤酒威士忌薯片的时候，妙妙突然出现在了他的面前。

"跟我去一个地方。"

"现在？"

"没错，就现在。"

海博和妙妙一起上了她叫来的车。汽车在路上开了很久，挤在下班高峰的车流里。海博看着高架桥外高耸的摩天大楼，几乎每一户都亮着灯，想着如果自己也定下来在上海，自己大概也会买一套这样的房子，成立一个家庭，然后为了还清房贷而卖命工作吧。这样的生活就是自己想要的吗？和谁成立家庭呢？不知为何，海博脑海里首先浮现出来的是佟姐的面孔。他已经很久没有和她联系了，国内的那些聊天软件她不用，国外的那些海博无法登录，发电邮过于正式，专门打越洋电话好像又有点没必要。他只能在心底希望她一切都好。

　　车终于到了，已经开了很久。在空旷的郊外，一座硕大的仿佛日式城堡的建筑，正在深秋萧瑟的黑夜里绽放出夺目的光芒。走进大门一看，这里是一家日式温泉酒店。海博和妙妙推开大门，很快就有穿着和服浴衣的服务员鞠躬致敬，欢迎两人办理入住手续。

　　"这是要……？"

　　"帮你放松啊。"妙妙说，"看你这几天魂不守舍的，肯定是因为要出成绩了，紧张得吃不好饭睡不好觉吧。"

　　一股暖意从海博的体内流过。没想到妙妙这么注意自己，也没想到她还这么体贴地为自己安排了这样的放松之旅。

　　两人走进了更衣室，各自换上了和服浴衣，然后准备去泡温泉。海博突然有点脸红，以为自己会跟妙妙一起泡。

　　"你去男汤那边，一个小时后我们在餐厅门口碰面啦。"

　　原来这家温泉是男女分开泡澡的，除非他们预约了私汤。海博觉得自己有点想多了。

　　男汤一进去的地方要先洗澡，把自己清理干净再去泡。其实不是先把身体泡酥了再洗会比较干净吗？海博想，不过也许日式的就是如此。他坐在矮凳上用店里提供的洗发香波和洗澡液搓洗了全身，又接了一盆水，从头上淋下去。水带着肥皂泡流入地板上安装的下水沟渠里。

　　他用一条毛巾挡住私处，来到室外温泉的部分。这里安装了假山和小瀑布，热气腾腾的温泉水从瀑布上流下来，轻柔地流入不规则的石头所围成的温泉池中。海博找了个人少的地方，踩进温泉里。水温没有他想象的高，但也很暖和。入秋以来天气已经越来越冷了，但是温泉跟游泳池冰凉的水不一样的地方在于，这水所蕴含的温暖会逐渐深入骨髓，让他最终一点也不觉得冷。他靠在石头上，仰望着只有稀疏几颗星的星空，觉得自己一直以来在担心的什么成绩，什么名声，什么执业资格，都是离自己很遥远很遥远，仿佛在几亿光年之外星辰上的事情，而自己终于可以放下这一切，好好放松一下了。

　　海博放空了自己的思绪，脑海里只剩下旁边的人小声交谈的声音，以及瀑布里缓缓流下的水流声。他能听见旁边的人讨论这里的温泉是哪里来的。上海有温泉？一个人问道。当然没有，只是烧热的水再加点矿物质罢了。另一个说道。说着两个人就开始嫌弃起这里的温泉，然后讨论起在日本的温泉体验。在覆盖着白雪的北海道能看见大海的位置，和浑身光滑溜溜的漂亮女孩一起泡私汤……海博也不禁在脑海里浮现出这样的场景，突然他想到了自己的心灵绿洲，这个已经好久没有浮现在他脑海中的概念，现在居然已经有点忘了。他想起自己曾经幻想过在雪原的大树下露营，搭着帐篷烤着火，在睡袋里好像有个女孩和自己一起睡。但是和哪个女孩？那个女孩一转过头来，却是佟姐。

海博惊醒过来，摇了摇头。他真是被温泉泡昏了头了，怎么还念念不忘那个人。两个人不过是在一个寒冷的冬天睡在一床被子下面而已，谁都没有说过什么做过什么过线的事情。再说他都已经作为彻头彻尾的失败者，灰溜溜地回了国，而她还在宇宙中心纽约曼哈顿打拼，穿着光鲜亮丽的西服套裙，化着精致的妆容，跟他不可能有任何结果。

这时他听见不知道哪里传来钟声，仿佛教堂的洪钟，在以规律的声音反复发出，好像在报时一样。他在心里默默数着，一共九下还是十下？他不确定，不过没想到自己已经泡了这么久了。他突然想起了自己要和妙妙碰面的事情，于是赶紧从水里钻出来。一阵寒风吹过，但身上的余热让他一点也不怕冷了。

"怎么这么久了。"妙妙好像很生气的样子，但是海博稍微表示歉意，她就很快转为笑脸。"我们去吃饭吧。"

走出温泉区，没想到这里还有一个布置成日本村落祭典样式的室内大厅，看起来就像在室外一样，中间是一个有整个房间那么高的瞭望台造型的钟楼，刚才听见的钟声可能就从这里传来，路边都是小摊，可以点各种日式料理。海博突然有种既视感，好像在哪里看过这样的场景，但一下又想不起来。

海博拿了猪排饭，妙妙端来了茶泡饭，另外还给了海博一瓶牛奶。

"这是……？"海博已经另外拿了冰啤酒。

"泡完温泉喝的啊，这是日式温泉的传统。"

海博一仰头喝掉了一整瓶。冰冷的牛奶瞬间浇熄了体内温泉的燥热。海博长舒一口气，感觉神清气爽起来。

"怎么样,很舒服吧?"

"真的,谢谢了。"

海博吃下炸得酥脆的猪排,蘸着略酸的开胃酱料,心中充满了对妙妙巧妙安排的佩服。一瞬间他想起这里到底像哪里,就是几年前在纽约和阿伦、迈迈,还有佟姐在一起吃饭的那家餐厅,也是把室内布置成日本室外的样子。他看着眼前的她,突然有种错觉,感觉坐在他眼前的不是妙妙,而是佟姐。

他摇摇头,不知道今天是不是精神错乱了,总是想起故人,而自己应该更注意身边的人才对。

"对了,想不想去旁边那个池塘,让小鱼吃掉你脚上的死皮?"

海博赶紧答应了,怕被妙妙看出他心里的慌乱。小鱼一群群地轻轻咬着两人的脚,并排在一起,不时会碰到她的脚。海博想起刚才泡温泉时候产生的想象,并试图想象自己是和妙妙在风雪中抱在一起的,但好像不怎么顺利。

"还在担心呢?"妙妙用关心的口吻说。

"嗯,担心什么?"

"成绩啊。"

"啊……是的。"海博说。但其实自己并没有在想成绩,这时他才意识到来这里转换心情效果真是出奇的好。

"对了,等下我们去喝酒吗? 这里还有个居酒屋。可以一边吃日式烤串一边喝调酒师做的好喝鸡尾酒!"妙妙笑着说,"当然是说你还吃得下的话。"

"喂喂,都几点了。"海博想看时间,却没发现钟表。"我们不回去吗?"

"当然是在这里过夜了,有床的。"

海博一下子脸红起来,没想到妙妙这么主动,两人在一起泡脚之前甚至都没什么亲密接触,现在就要一步到位吗?

"看你,一脸猥琐的样子,肯定想歪了。"妙妙又气呼呼地说,"这里的床是太空舱那种胶囊型的,一人一间。"

"哦。"海博叹了口气。

"不过如果你睡不着,可以来我的胶囊找我——"海博的心又提到了嗓子眼。

"说话,"妙妙坏坏地笑了起来,"是不是又想歪了?"

"没有没有。"海博试图否认,"我们还是早点睡吧。温泉把我泡舒服了,应该很快就能沉沉地睡过去。"

"好吧。那我们去喝一杯就走。"

两人离开了有小鱼的池塘,去喝了酒,然后就到了睡眠区。这里的所谓胶囊就是格子间,类似有挡板的火车软卧。海博和妙妙挑了在一起的上下两张铺。酒精的作用加上温泉的疗效让海博一碰到床铺就睡了过去,连挡板的门都没关。

"喂,海博。"

海博听见了这样的声音。他睁开眼,发现自己正在那片熟悉的草坪上,雪已经不见了踪影,草原又恢复了嫩绿的青色,只是空气中带着满满的雨意,好像用手一捏就能捏出雨滴。尽管天空里弥漫着一层薄薄的云层,哪里都看不见会下雨的云。

身边有一个女孩跟他躺在一起,透过树叶的缝隙看着多云的天空。女孩背对着他,但正要转过身来。他突然很担心转过来的是佟姐。他不想再想起她。

"为什么,你不想见到我吗?"

女孩好像知道海博的心思一样。这时不知哪里飘来一片厚厚的乌云,逐渐遮蔽了天空,树下阴得仿佛傍晚黄昏了一样。

"我可是穿越了时空,跨越了大半个地球才来到你的怀里。你就要这么将我拒之门外吗?"

女孩继续说,声音娇嫩,却没有任何抱怨的感觉在里面。不经意间,海博发现自己并不是在草原上,而是就在自己正睡着的太空舱里,那么她就更没有可能在这里了。

"不是……"海博试图开口说话,却发现自己的声音嘶哑得吓人。他咳嗽了一下,"不是,我当然想要见到你,甚至在我都没有意识到的时候。"

女孩却一直没有转过身来,只是将下半身靠过来,海博能感觉到自己的下体也逐渐变大,逐渐能接触到女孩的身体。他没有办法控制,不知道自己感受到的到底是什么,到底是谁。他逐渐希望女孩永远也不要转过身来,因为他也许并不想知道。不可能是她,不可能是她。海博想在梦里给自己一巴掌,让自己赶快醒来,因为他毫无疑问地确信这只是个梦。

"喂,海博。"

他再次睁开眼,这次没有女孩跟他躺在一起,只有一个女孩趴在他的床铺外面,刺眼的光线从她的黑影后射过来。

"怎么了……"他还想再睡一会儿,眼皮沉重得很,很难睁开。

"出成绩了。"

海博一个激灵,完全醒了过来。他从上铺爬了下来,和妙妙一起并排坐在下铺。

"我坐在你旁边好吗? 要不要我去旁边回避一下。"

"不用了。"海博摇摇手,不知为何妙妙在他身边,反而让他更加心安一些,即便这里面也还是有点尴尬的意思。

他打开手机,输入用户名和密码,但是手抖得厉害,按来按去都没法正确输入,他感觉自己的手像粗大了三倍一样。

"我帮你吧,告诉我密码。"妙妙接过手机,海博轻轻地说出,妙妙按下查询,画面上出现了一个表格,里面出现了一串数字,一下子看不出来到底是什么结果。

"太棒了,你过了!"

妙妙举起双手欢呼,海博也照样模仿,两人高兴地对视着,然后拥抱在了一起。

"我知道你肯定可以的。"妙妙兴高采烈地说,海博的手放在她细细的腰上。他突然想起来刚才那个梦,突然发觉自己其实希望睡在自己床铺里的人是妙妙。

"谢谢,太谢谢了。"海博太激动,不由自主稍微亲了一下妙妙的脸颊。这时妙妙突然松手,定定地看着海博,眼神里有些什么。海博突然担心是不是自己做错了什么。正在疑惑时,妙妙突然把唇按在了海博的嘴上。

那是一个蓬松、柔软、温暖而湿润的吻。海博已经很久没有和女孩接过吻了,大学时接过,但那都是些冰冷而僵硬的吻,已经和记忆一起石化。这个突如其来的吻可能就是海博长期以来所希冀的,但从来都没有得到过的,特别是在美国的这么多年,直到今天。

两人的唇像用塑料胶水黏合在了一起,再也不会分开了一样。海博觉得自己的脸大概红得厉害,因为烫得不行,就好像把脸伸到温泉里泡了很久一样。

这时这吻轻轻地结束了,就像悄悄地来的时候一样,只是一阵风的工夫。

海博环视四周,似乎刚才两人的欢呼吵醒了附近休息的客人,但没有人发声抱怨。众人只是微笑着看着他们两个在接吻。这时吻结束了,那些客人又关上了自己的太空舱挡板门,重又回到梦乡。

"那你呢,也过了吧?"海博突然想起来问道。

"没有,我没过。"

第九章
美梦成真?

　　成绩是出来了,结果也是好的。但他又陷入了新的烦恼。

　　"你国内司考也过了,纽约律师证你也快拿到了,为什么不试一下其他律所呢?"

　　有次吃饭的时候,妙妙说。两人自从那次吻以来,关系似乎更进了一步,但海博担心自己和妙妙经常约会是导致她没有通过司考的原因。他已经成功劝妙妙去报一个正式的培训班,每个周末像他以前一样去上课。为了监督妙妙确实去上课了,他会下课的时候去补习班接她,两人再一起吃饭。

　　妙妙说的找其他律所的事情,他也在考虑。他以前往其他律所的人事部门发过电邮,但大部分都是石沉大海杳无音信。他听说有的人找工作的时候会往所有合伙人的邮箱发电邮,他觉得有点羞耻,感觉自己还做不到这个份上;倒是在网上找到了一些猎头,有的来问过他的情况,但是建议他等正式成为纽约律师了以后再跟进。

　　海博于是去了纽约宣誓,拿律师身份。手续有点烦琐,但是一切顺利,面试也很简单,他叫来了还在纽约的阿伦来陪他,在法院里见证他成为律师的那一刻。现在阿伦已经找到了一份正式的工作,在曼哈顿一家银行做合规。问起他最近见过谁的时候,他有点闪烁其词,不过最后说谁也没见。迈迈好像在纽约工作了一段时间后,回澳大利亚了。其他有的人如愿以偿进了律所,有的在不同的职业间挣扎,甚至有的人把过去的小律所买了下来,自己当老板,还有的就直接回家了,似乎家里也不缺钱。

海博最羡慕最后这一种。

他当然也约了佟姐，希望至少能见一面。

本来海博也叫了佟姐来看他宣誓，但是她问了谁还会来之后，就说自己有事来不了。他们可以见个面，但希望他找个不太花时间的地方。海博不知道她是不是跟阿伦又发生了点什么，但自己远在上海，而且也算是有女朋友了，就算她跟阿伦之间发生了什么，他觉得自己应该不会介意了。

最后她突然说自己有空的时候，他正好在中城的现代艺术博物馆看展，于是约她来博物馆内一楼可以看着中庭花园的咖啡馆见面。他先去排队，不过他点的咖啡都凉透了她都没来，他只好尴尬地让服务员撤掉，在她来了以后又点了一杯。

"我好忙啊。"她还没坐下来就开始说。一坐下来，她就摘掉围巾，随便团了团放在桌子上，把大衣的纽扣解开，露出里面能看到胸部起伏的毛衣。

他等了一下，见她只顾喝咖啡没有往下说，就问："怎么忙？"

她把好像很烫的咖啡皱着眉头咽下去一大口，然后说："最近上了一个特别大的项目，客户也很有名，不过我不能告诉你。客户非常的龟毛，还总是催得很急，对方律师一发出来合同，客户当天就要跟我们开电话会，问我们什么意见。我又不敢只提自己的意见，所以还要催着合伙人再看一遍。每天都像催命鬼一样。"

"什么类型的项目？"他随口一问。

"当然是投资并购了。还能有什么其他的？这种项目才最有挑战性，最有趣。当然也最赶，最复杂。一般双方都会有固定的时间表，不按时间表来可能会有不利后果的。"

他想了想自己平常做的项目，大部分也都是各种投融资，不过好像时间表只是参考性质的，没有人真的会催着按照时间表来走。也许是他做的项目规模都太本地了，大家都不太介意时间。

"啊又来了……"佟姐的电话响了，她赶紧接了，"我在外面，买杯咖啡。"她对电话那头的人说。"你帮我盯紧点，如果 Peter 来了，就说我上洗手间去了，马上回来。"

佟姐打完电话，把手机直接往桌子上一扔，咚地一响。海博向她投去了关切的目光。

"哦，这个是我室友。"她说，"是的了，我们所有点 cheap（廉价），居然不是一人一间办公室! 虽然我们还算是 junior(级别低的,资历较浅者)了。可能下个月我就能升成中级,然后就可以一人一间了。"不过她没有解释 Peter 是谁,以及为什么要向他撒谎。估计是她的合伙人或者 senior(高级律师)之类的角色。

海博看着眼前的这个佟姐,感觉有点不认识她了。她现在说话的方式很有气场,很急迫,但也能看出她好像状态不太好,黑眼圈明显到不只是颜色,而是以立体 3D 的方式让她的眼圈肿了起来。她的头发也没有了什么光泽,乱蓬蓬的,不知道她是不是忙到连洗头的时间都没有了。

"你昨天睡……"

"对了,我要跟你说!"她用手指着咖啡,"下回别约这里了,算我求你。这里的咖啡好难喝——"她的话一出口,让海博有点担心会被服务员听到,不过幸好她刚才那句话用的是中文。她又开始皱眉头,好像额头已经有了明显的皱纹。"而且你知道吗,我来这里还要排队!"她指着入场的地方的一点人流,大概要排五到十分钟的样子,也许比刚才海博来的时候稍微多了一点人,可能也是跟海博一样来看柯布西耶展览的人。

"啊,你刚才是不是有事要问我?"她又喝了一口,结果发现咖啡没了。她马上举手让服务员再来一杯。

"没什么……"

"有话就说嘛。"她说,"我们什么关系,坦诚相见得了。"

海博呛了一口咖啡。他很难不想起那个冬夜,两人在床上的时候。他正想换个话题,这时佟姐的电话又响了。

"什么? Peter 来过了? 还问我尽调报告的事情? 好好,我马上回去。"

说着,佟姐就站起身,把围巾捡起来随便往脖子上一裹。

"抱歉,有什么事下次再说吧。"她又皱着眉头,"最好等我忙完这个 deal(交易项目),不过大概那个时候你都不在了。"

说着她冲了出去。这时她点的咖啡刚送上来,海博只好自己一个人看着中庭对面玻璃大厦旁的古风建筑,一个人感受时间的静谧和闲适,顺便把多出来的咖啡喝了。

宣誓结束,他一回到酒店,就拿出电脑修改简历,纽约律师加中国司考通过的信息写进去,然后发给之前联系过的猎头。他们的反应也很积极,很快就说上海的律所有几家有兴趣见他。其中既有内所,也有外所。

猎头所谓的内所,就是从海外视角看的中资所,其中又以红圈所和少数几家公司制的律所最为有名。他们提到的薪资比现在海博拿到的稍好,但没有好太多,不过因为他们在中国法领域的地位,能接触到的客户和项目大概都是大所等级的,其中不乏世界知名的企业和金融机构。

"你确定要投内所?"猎头问海博意向的时候,他说都行。其实猎头的意思是他还不如不要投内所,因为他没上过一天中国的法学院,虽然过了司考,在内所也未必能比得过其他国内名校法学院毕业的,特别是所谓的五院四系。内所里很少有像他这种没有国内法学院经验,只上过国外法学院的。

当然他更想去的是外所,就像以前在法学院的时候一样。他只是觉得一步到位可能不太现实,先用红圈所之类的内所过渡一下也可以。

结果猎头拿了他的简历,没有什么内所对他感兴趣,反而有一些外所邀请他去面试。他兴奋不已,开始畅想自己进入外所之后的美好生活。他当然会很努力地工作,让他加班到几点他都在所不惜,每天从早到晚就蹲在办公室里。他会穿着量身定制的高级名牌西装,打着温莎式领带,戴上袖扣,出门前好好刷一遍皮鞋。他还会在西装口袋里放一片洒了古龙水的手帕。他跟同事只说英文,而看的所有文件也都是英文的。他为考中国律师所付出的努力只是不幸走过的一点弯路,他会回到自己美国律师的路径上,学的是美国法,用的也是美国法。

当然在很多年后看起来,当时他的想法简直可笑到幼稚。海博每天一看天黑就非常想回家,不想继续待在办公室加班,反正加班也没加班费。如果不用见客户,他只会穿便宜的基本上是优衣库买来的衬衣,如果老板有事不在,他甚至会穿 Polo 衫来上班。鞋子也买了几双黑色的运动鞋滥竽充数,毕竟皮鞋穿多了脚疼。领带、袖扣和手帕则纯属想多了。唯一与他当时的想法一致的地方,就是看的文件确实大部分都是英文的。

当然海博面试的时候总是穿西装革履去,面试的地点一般是静安寺或者陆家嘴的高档写字楼里,很多地方都要提前一点到,在前台办理通行证才能上去。外所的办公室一般都装修得比较豪华,比他们内所看起来设计和材质上都更上档次一点,但没有他在纽约面试的时候看见的那种气派非凡的格局。面试者不知为何很多都是女性,偶尔也有男性。有时候是远程的,只有他一个人在会议室里面对一台电视机指手画脚。另外面试的时候绝大多数时间都讲英文,只有刚开始寒暄的时候可能会讲两句中文。

面试的问题也大体就是先简单介绍一下自己,然后根据介绍的内容提出一些问题,视情况而定可能会问一些对于当时的海博来说实在没办法答上来的问题,但真的要说刁难的话只有一次,一个合伙人像中了邪一样拼命钻牛角尖要海博把一个合同所有常见的违约情形当场背出来,同时还有针对性地问每个违约事件里各个细枝末节的条款。即便是当了几年律师的人恐怕都没办法完美地在不看文件的前提下说出来,更何况当时的海博。

偶尔也会有笔试,常见于总部在英国的魔术圈律所。为此海博要么需要另外约一个时间参加笔试,要么需要在面试之后紧接着进行笔试。笔试有时候是用外所提供的电脑,有时候则是手写。海博想起以前在法学院考试的情景,不过跟法学院不同的是,这些笔试的题目和范围都是事前未知的,所以能否答上来基本上要看运气。另外一个让海博担心的是,因为时间比较长,他有点担心老板会质疑自己怎么离开了这么久。不过有次面试加笔试花了三个小时,他回到律所也没有人问他干什么去了,他也就淡然了。毕竟律师也会在工作时间出去见客户或者处理一些别的事情。

这些面试的共同点是,海博最后都没拿到工作机会。

冬去春来,很快又到了夏天。海博不知道自己面试了多少家律所。中国司法部的网站上显示上海有一两百家外所,而他感觉自己可能已经面试了十分之一。他过于自信,每次面试的时候都觉得自己有戏,所以没有特别去记录自己面试了哪些家,结果面试了很多家之后,他已经忘了去过哪些地方,以至于新的猎头来问他是否有兴趣的时候,他又投了自己的简历,结果猎头回话律所拒绝面试的原因是他最近刚刚面过。

海博开始觉得自己大概永远都去不了外所了。妙妙没有来找他的时候,下班之后他就躺在自己租来的小房子里,看着天花板的吸顶灯静静地闪烁,一点一点地变得暗淡,逐渐连天花板上的几道裂开的油漆细缝也看不清。他准备就在现在的地方继续干下去。为此他去司法局领取了自己的法律执业资格证，然后跟所里说自己想要开始为期一年的实习。一年之后，他就可以成为一名正式的中国律师，可以拿着律师证出入法院，也可以去工商局调取档案了。工资虽然也不会增加多少，但自己也没什么特别花钱的地方，哪怕清贫一点也可以接受。妙妙也没有给他什么额外的压力，一开始她还帮他打要去面试之前的领带，后来她忙于应付自己即将到来的又一次司考，再也顾不上给海博打领带的事了。

这次面试跟以往的几次十几次大概也没有什么区别，海博想。他踩着已经穿得变软了的黑皮鞋，出门之前用小刷子轻轻刷过，还用软布涂了一层鞋油，变得锃亮锃亮的。进电梯之后，他对着电梯里的镜子调整了领带的位置，准备迎接又一场必败的战斗。

这家律所不是很气派，透过电梯间和律所办公室的玻璃大门，可以看见律所名字Armstrong & Church镶在了前台后面的墙上，下面还有一行小字，写着大概连自家都不记得的律所全名。这家律所他听说过，业界通称A&C，之前校园面试的时候也在名单里，属于虽然不是白鞋所但在市场上还比较活跃的一家，但那个时候他跟这家所无缘。海博按了门铃，响了一会儿也没人来应门，他稍微等了一下。但看着面试的时间快到了，海博还没能进入办公室的玻璃大门，只好电话猎头让他跟进一下。又等了五分钟，一个看上去很憔悴的中年女性过来开了门，手里拿着自带的大型水壶。

"你好，我叫Diana。"她居然少见地用中文跟他寒暄，"抱歉，前台的人有事走开了，我刚接到猎头的电话。我们就直接开始面试吧。"

原来Diana就是面试官。她似乎没有之前海博面试时见过的其他女律师那么精心打扮，穿的也是偏运动风格的衣服。海博看着就有点放松，希望她的面试风格跟她的衣着风格一致。

"我们是一家总部位于美国中西部的律所，总体来说规模是很大的，大概一两千名律师，但是我们在国内人不是很多，这你可能也看出来了。"海博转头一看，确实感觉这里非常的安静，好像除了他们两人以外就没有其他人了一样。

"我们在上海有十来个人，算上秘书。"她继续说，没有问海博任何问题，"主要的工作就是协助香港办公室处理一些涉及中国法律的问题，同时在香港那边忙不过来的时候帮他们做一些事情。对了,你会粤语吗?"

海博摇了摇头。

"没关系,你跟他们讲英文也可以。"Diana 说,"有几个律师也会说普通话,不过需要适应一下。"

海博看着她停下来,喝了口水,自己也想喝,但没有人给他端水过来。

"我们忙的时候会非常忙,可能需要熬夜加班,这个你应该没问题吧。"海博点点头。"不忙的时候也没什么事,不过你还是要来办公室。"海博又点点头。

"另外,你喜欢吃上海菜吗?"

海博被这个问题问到了。不是他喜欢或者不喜欢吃上海菜,而是这个问题在律所面试的过程中突然出现,让他感觉很诧异。为什么会问这个问题?

"还……可以吧。"

"那就好,因为我们中午会一起吃饭,一般是让附近的餐厅送外卖过来。"

居然会有一起吃午饭的设定? 不过这跟现在待的律所很像,反正大家都会一起吃午饭,也是互相增加感情建设团队的一环吧。

"我已经看过你的简历了。有什么简历上没写的东西你想告诉我吗?"

"没,没有了。"

然后面试就结束了,大概历时十五分钟。

面试结束之后,他走在室外夏日的骄阳下,感觉很热。这家律所靠谱吗? 这是他心中反复回荡的疑问。当然美国总部是正经律所他知道,但是这次面试从头到尾都是中文,问了很多奇怪的跟法律不搭界的问题,面试官穿着运动服来面试,整个办公室除了他们两人好像没有其他活人。他现在开始怀疑前台的人不是暂时走开了,而是从一开始就根本没人。不过管他的,反正这是家外所,而薪酬待遇在他来面试之前已经跟猎头确认过了,至少符合市场上一般上海外所的水平,比他现在的收入高个几倍。

他沿着原本的生活轨道照常进行。他继续在原来的律所上班,继续和妙妙每周见面,监督她学习。他继续拿到新的面试,但是已经不再像开始那样充满期待。他知道自己大概从内所跳到外所,有着鲤鱼跳龙门的难度,毕竟工作性质不同,工资差距也太大,但能拿到面试本身说明至少表面上还是符合要求的。

海博的中国实习律师证也办下来了，如果到时候等实习期满他还没拿到外所录用通知的话，大概率他会就这样和妙妙一起在现在的律所继续待下去，作为一名中国律师开始执业吧。他大概还是会想着如果自己在外所工作过会怎么样，但从来没有真正尝试过。也许以后某个时点他还是会觉得自己少了点什么，也许不会了。妙妙的司考也刚刚考完，希望她这次能通过，两人可以一起作为中国律师成长。

就在他抱着这样的心情每天过着家和单位之间两点一线的固定生活时，猎头又打电话过来了。

"喂，那个 A&C 的事情有进展了哦。"

"是吗？"

虽然心里总想着要安于现状，要过普通日子，但一听到猎头的电话，自己的心突然就跳得厉害。

"但是呢，还要再面一次。"

"面就面呗。"他也算是久经沙场的老将了，不会惧怕一次面试的。

"你要去香港，见他们亚太区负责这个领域的大 par。"

海博不知道自己接下来感受到的是恐惧、兴奋，还是两者皆有。要去香港，那他还要请假，还要办通行证和买机票。他有点畏惧，要做的事情太多，他可以说不吗？

"你不用担心机票和住宿。等你确定时间了之后他们会帮你订好的。"

"那……我可以带个人吗？"他不知道自己为什么要这么说，也许这会搅黄这次面试，也许他心底里就是想搅黄。

"你让我问一下那边。"他说，"是老婆吗？"

"算……女朋友吧。"他也不知道妙妙算不算女朋友，双方都没有人正式提出来。之前一直在等她考完试，既然现在考完了，也许这次香港之旅正好是把事情挑明的时机。

猎头回来反馈说没有问题，不过本来是准备给海博订商务舱的，如果两个人就只能坐经济舱。海博觉得无所谓，这么多年他来往中美之间坐的都是经济舱，自己的屁股已经长出了能十几个小时坐在经济舱窄小的空间里的"老茧"，去香港这才一两个小时，无所谓的。

"要我也去？"妙妙听到消息时似乎交杂着喜悦和惊恐。海博开始后悔自己的脱口而出,不过转念一想,如果她拒绝也无所谓,毕竟两个人还不是正式男女朋友。

"那你要给我买礼物哦,"她的惊恐似乎消散了,"在香港的时候,还要带我去吃好吃的。"

带妙妙去的好处之一,是现在律所的合伙人似乎觉得两个人只是去香港度假,因为正好也赶在妙妙刚考完司考的时机。两人一起请了假,办了通行证,登上了去香港的飞机。

海博不是第一次来香港,很小的时候来过一次,但长大后确实是第一次来。他只记得小时候来的时候,看见维多利亚港岸边笔挺的摩天大楼时非常震撼,但现在的他已经在纽约待了三年,又在上海待了一年多,看摩天大楼什么的已经有点腻味了,觉得这是没有什么历史底蕴的城市才会互相比较的东西。现在他反而觉得老房子比较有趣,这一点上反而上海留下来的老房子最多,香港留下来的少,大概地价太高留不起吧。

他们从机场出来时,律所安排的专车已经在等候,然后将他俩接到半山一家看起来比较像酒店式公寓的地方。房间很大,是个明显的套房,有客厅,还有厨房。不过只有一张大床,虽然有两床被子可以分开盖,海博有点担心妙妙会觉得有什么不妥。幸好妙妙一进到房间里就很开心。

"我们来做些好吃的吧!"

酒店房间的厨房比海博想象的要齐备得多,光菜刀就按照用途放了整整一个抽屉,锅子、铲子、盘子也是如此,甚至连基本的油盐酱醋等调料都有。

"我们是来旅游的,要吃就吃些当地特产吧,别忙活了。"

妙妙撇了撇嘴。

但是此行的首要任务是为面试做好准备。他们去了一家高级的西装成衣店,买了一套西装,对方表示可以在面试之前按照海博的身材改好大小。另外还买了新的衬衣、皮鞋、领带,为此海博专门申请了信用卡的临时额度,不然卡就要刷爆了。

面试那天,海博和妙妙一起来到了中环边缘一栋看起来颇有年头的建筑里。妙妙说她在楼下等,海博一个人办了门卡,去到楼上。电梯一开门,就看到了和上海办公室一样的 A&C 金字招牌。香港办公室比上海的大很多,这里有好几层楼都是这家律所的。虽然没有纽约面试过的那家那么气派,但这里的墙面和地板用的都是有着细腻花纹的淡雅的浅黄色大理石砖,会议室正面对湛蓝海水的维港,能看见摩天轮,对面繁荣但高楼不多的零售商业中心尖沙咀,还有两者之间的海面上徐徐漂过的帆船和乘风破浪的大船。海博穿着簇新的西装和没有一点折痕的衬衣,系着妙妙给他打好的领带,脚在新买的硬皮鞋里扭动,以此想在等待面试官来之前放松下心情。

面试官进来的时候,海博心跳得简直停不下来,只是感觉到自己唰地站起来,向进来的两个人生硬地打招呼致意。进来的一个是胖胖高高的老外 Gerald,另外一个是瘦瘦小小的香港人 Thomas,两人的头发都已花白,据说是这个业务领域的联席主席。不知道他们会问自己什么刁钻的话题,海博的心提到了嗓子眼,感觉都快从喉咙里跳出来了。

"那么,海先生,非常感谢您能从上海大老远地来香港见我们,"老外先开口了,"先自我介绍一下吧。"

海博刚准备开口,结果对面的大 par 们开始说起自己的背景,海博又把已经在酒店里跟妙妙准备好的一套说辞给生生地咽了回去。两人都是在这家 A&C 干了很多年的律师,都有二三十年的经验,现在他们需要的,就是一个像海博一样有英美法背景,但又能以中文作为母语工作的律师。两人还特别提到了经验的问题,于是希望海博能介绍一下自己专业领域内相关的经验。

他想起很多年前在纽约面试的经历,那个时候没有人问他有什么经验,但就算现在海博也只在中国律所干了一年多,能有什么经验? 他只能斗胆把自己描述成在专业领域里什么都做过的律师,但其实很多都只是浅尝辄止,没有深度参与,大概只是看了一遍别的律所起草的合同而已。

"嗯……"另外那个瘦小的香港合伙人想要开口问海博什么,但被老外合伙人先提出的问题打断了。见此情景海博想,大概老外合伙人才是真正的老板吧,毕竟这是外所。

剩下的面试时间里,两人问了海博几个专业问题,海博答上来一两个,其他的只能老实说自己不知道。问完之后海博出了一身冷汗,觉得自己这次专门从上海飞来大概是白忙活一场,大概又悬了。他趁两人喝水的时候掏出手帕,擦了擦汗。

"你也别太紧张了哈,"Thomas 微笑着说,似乎人很好的样子,"我们只是想看看你大概是个什么程度,看你能算几年级。"

海博一听到这个,又觉得自己有希望。他接下来被问了面试标准问题,包括三到五年后自己想做什么(当然还是继续当律师了),以后的终极目标是什么(当然是在你们家律所做合伙人做到死了),人生中遇到过的重大挫折是什么、自己是怎么克服的(海博随便编了一个并不存在的谈判,双方因为一个小小的条款陷入了僵局,而海博通过自己的所学提出了一个解决方案,最终使得谈判能够顺利完成)。

面试完后,海博来到楼下,看到妙妙正站着玩手机,身边还有一大袋东西。

"面试得不错吧。"妙妙发现了海博,笑嘻嘻地说。

"难说。"海博摇摇头,"不过这是……?"他指了指那袋东西。

"我发现这附近有家超市,里面卖的东西都是从日本、欧洲空运过来,别管面试怎么样了,我今天晚上犒劳一下你,给你做点好吃的。"

两人一起走过皇后像广场,海博帮妙妙拎着那袋东西去巴士站等车。看着喷泉和旁边和平纪念碑的草坪,不知道自己是否有一天会来这里工作,将这些东西视作日常的风景。

虽然海博说了不用她忙活,毕竟也算是旅游,但刚面试完自己有种虚脱的感觉,海博又想吃点自家做的东西,也许反而比下馆子更容易恢复心力吧。

说起来,海博好像从来没吃过妙妙做的菜。

吃完妙妙做的无比美妙的糖醋排骨、蒜蓉青菜、番茄蛋汤,海博就困了,两人躺在床上,嘴里还在回味刚才妙妙巧手做出的色香味俱全又有食材本味的三道小菜,唯一美中不足的是没有电饭煲,所以他们尝试直接用煮意面的不锈钢锅子煮米,水加多了一点,以至于饭煮成了黏糊糊的介于干饭与稀饭之间的某种物质。海博回想起回国后的这一年多,最幸福的部分大概就是和妙妙在一起了。

外面风雨大作,打得窗玻璃上哗啦啦一阵阵响,好像是台风要来了。他想起上次遭遇这种极端天气时和佟姐躺在一张床上的情景。不过那次雪下得再大也是轻轻的悄悄的,只有竖起耳朵细听才能听见簌簌的声音。海博想起自己的心灵绿洲,但是和妙妙在一起的时候似乎根本就不需要进入那里,只要躺在妙妙身边,心情就能平静下来。

他想起自己这一路走来,确实走了不少弯路,从不太成功的 LSAT 考试,到没有申请到心仪的法学院,虽然刻苦学习但第一年成绩还是不怎么理想,找不到任何像样的美国律所愿意收留他,使得他不得不回国找工作,以至于要先来内所并且还要参加中国司考。他越来越不确定自己是否走在正确的路上,不确定法律是不是适合他一生的职业。

但是如果他顺风顺水,留在美国,找到大所的机会,到时想要找到一个像妙妙这样可爱又体贴的女孩简直太难了。他大概要一个人一直过着。他一定要把握好这个机会,等明天醒来就向她告白,虽然现在两人应该已经到了不告白也没什么差别的阶段了。

外面的风雨还在继续敲打着窗玻璃,就像有人在他脑壳深处拍打着他的回忆一样。

他又回想起今天的面试。他不知道到底结果如何,有让人担忧的地方,也有让人心安的地方,特别是 Thomas 的那几句话,让他觉得自己已经基本上十拿九稳了,再说如果不是如此,何苦律所要出钱把他叫到香港来面试呢。

如果这次没拿到机会,他就继续在上海干,跟之前计划的一样,和妙妙在同一家律所一起工作也没什么。也许过几年两个人都成为正式律师了,工资可以稍微涨一点的时候,就可以构思一下怎样开始两个人的生活了吧。现在住在他那个又老又破的小房间里没有什么想象的空间。如果能去外所,那当然情况就不一样了。他的工资肯定可以成倍地增长,也许如此一来他可以在上海买房,那个时候自己应该有底气跟妙妙继续发展两人的关系了吧。

即便自己不是很喜欢法律这条路,但是总比当个研究生每天写论文要好多了。而且自己还读了美国的法学院,梦想着能去大所想了这么久,经历了校园面试没能拿到,毕业了也没能找到留下来的机会。现在大概是他距离实现去外所工作最接近的时候了。

他知道外所的工作比内所大概要忙得多,压力也大得多,但毕竟工资差距放在那里。也许等他去了,他会发现什么吸引他的地方,使得他可以一直待下去,说不定某一天他也会变成一个合伙人,就像今天面试的那两个人一样。到时候他出去递名片的时候上面就显示自己是个合伙人,比现在只是个普通小律师派头大多了。到时候他大概就可以把所有的活都交给手下的人去做,自己只要负责和客户打打电话,吃吃饭喝喝酒,逢年过节偶尔送个小礼物,就可以坐等大笔的钱汇入自己的户头。

风雨好像稍微停歇了一点,没有刚才那么响了。他翻了个身,试图换一个姿势,尝试着让自己入睡。

"还没睡着?"

妙妙在枕头旁轻轻地说道。

"太吵了,睡不着。"

"我也是。"

妙妙的手从她的被子里伸了过来,又小又暖的手,紧紧地握住了海博的。

海博不知道哪来的冲动,一下子钻进了妙妙的被子里。他没有和佟姐睡在一起的那种拘谨和矜持。他知道自己想要什么,也知道她想要什么。他紧紧地把妙妙抱在怀里,感受她单薄而纤细的身躯。两人的舌搅在一起,和着沉重而湿润的呼吸,和交织的两人的四肢。

外面的雨可能又下大了,但海博已经不关心了。他在脑海里和被子下都只想着妙妙,感受她的重量和肌肤,温度和湿度,和身体里许多未知的秘密。语言和思想突然都不知道飞去了哪里,只剩下两个本来就是动物的人。

完事之后,妙妙紧紧抱着他的手,好像他是悬浮于真空里,一不小心就会飘走的太空人。他也不再辗转反侧,难以入睡。

"我拿到了!"

从香港回来没几天,猎头就告诉了海博这个喜讯,而海博也赶快告诉了妙妙。自从两人在风雨交加的夜晚结合后,两人的关系已经不言自明地加深了一步。他们更加肆无忌惮地在所有场合出双入对,而妙妙也经常去海博租住的地方过夜,方便第二天再上班。

海博向内所正式提交了辞职信,当时招他进来的合伙人有些不快,但面对外所开出的待遇和可能接触的领域,没有多解释就同意海博离职了。

在等待入职的这段时间里,海博和妙妙试图找两个人一起住的新地方,条件是到单位可以步行,两人的工资又可以承担的。但是附近的楼盘大部分都是豪宅,两个人住显得太大了,剩下的都是海博正租住的那种老房子。两人又尝试外出旅游,但妙妙因为刚请假去了香港,她所在的行政部门的负责人不乐意她又请假,最后海博只好一个人在家虚度了几个星期。这期间他看了很多一直以来想看的书、电影,又试着写了点东西。

等做完体检,签好合同,秋天也快要结束了。

去外所的第一天,海博穿的跟面试的时候一样,全套西装,衬衣领带,擦得一尘不染的皮鞋。他上地铁的时候能感觉到有人看他,让他有点洋洋自得,觉得自己是要去外所工作的人了,穿得稍微正式一点也是应该的,不过又想自己大概跟房产中介的人穿得也差不多了。

电梯门一打开,一转弯,他又看到了 A&C 的金字招牌。他深呼吸一口气,按下了门铃,心想自己终于做到了,终于来到了这一天,他终于进入了大所,成了一名地地道道的外所律师。

前台的女孩领他来到了会议室,人力资源 HR 的人过来后,向他介绍律所里的各种规章制度和资源,之后还有 IT 部门的人来介绍电脑和内部网络等软件如何使用。这些东西需要占用掉两天的时间。他想起刚进内所的时候,没有任何人给他做过任何培训,所有的东西都是自己摸索出来的。内所里更没有外所这么多科技含量,包括能不受限制访问任何网站的网络系统,将所有文件按照客户编号和事项编号分类型分版本进行云存储的文件中心,按照不同类型、不同规模、不同适用法律分门别类整理好了的各种文件模板,当然还有一眼看去就能感觉到身体不适的按照分钟输入自己每天在哪个客户哪个项目上花了多少时间、干了什么事情的时间记录器,即用来记录所谓的 billiable 时间。

在内所的时候因为大部分工作都是一口价,花多少时间都一样,所以只要在截止时间之前做好发出去就行,国外律所确实有按照时间收费的情况,只是他们到了中国,也跟内所一样大部分都是一口价。可是内部计算不管是合伙人还是普通律师的效益时都需要参考 billable(可计费)时间,甚至还有按照 billable 的多少决定是否发放奖金的机制。他从 HR 那里听说了所里的 billable 目标,用手机里带的计算机一算,大概就是每天都需要至少能计算 6 到 7 个小时的 billable。他觉得这应该没什么问题,毕竟本来自己在所里也大概是要待 8 个小时的。

他来的第一个中午,Diana 就叫他跟大家一起吃饭。和之前听说的一样,他们的惯例就是每天中午叫外卖来办公室,然后一起吃。不是每个人各叫各的,而是从附近的餐馆里挑一家,每个人从菜单里选好自己喜欢吃的,由秘书统一下单,最后大家再向秘书支付自己点菜的金额。

海博来之前已经听猎头说过办公室里的情况了。这时终于在会议室里见到了所有的人,除了 Diana 以外,这里就没有其他带合伙人头衔的人了,只有一个高级顾问,不过他好像一般不来办公室。另外就是三个女孩,她们都是普通律师,也就是所谓的 Associate。另外还有两个女孩,是律师助理,其实她们也是中国律师,不过在外所里,只有中国律师执照的人拿不到律师的职位,必须有英美国家或者其他英美法系下的律师资格才行。海博突然有点希望那个顾问也来吃饭,因为现在身边全是异性,感觉有点特立独行。

海博找了一个边缘的座位坐下,桌上有七个菜,其中有看起来浓油赤酱的狮子头、红烧肉、熏鱼、鳝丝,也有清淡的蟹粉干丝、青菜芋头、白灼虾,所有的菜似乎都由秘书从盒子里转移到了盘子里,每个人面前还有餐具和一碗饭,更多的饭在会议室边缘突兀的电饭煲里。整个房间弥漫着菜味和饭味,说起来更像个食堂而不是外所的会议室。海博怀疑如果有客户约着吃完饭紧接着来开会该怎么办。他也奇怪律所里的几个秘书为什么不来一起吃。他也被分配了一个秘书,可以帮忙处理一些杂事,比如打印复印,填写表格,调整文件格式,或者帮忙跑腿拿个东西。

海博饿得不行,特别想快点吃,不过所有人似乎都在无言地刷着手机,从她们的眼神里可以看出大家都在观察着 Diana,看她什么时候动筷子。

终于,Diana 放下了手机,摘下了眼镜,然后说:

"你们先吃啊,别等我。"

说是这么说,但还是没有人动。Diana 于是夹了一筷子豆腐丝,放在自己的碗里,然后继续看手机。这时众人才开始夹菜,并且有说有笑起来,房间里恢复了一些烟火气。

"海博是吧?"坐在斜对面的一个圆脸女生笑着跟海博搭腔,"我们在内部邮件里看到你的简历了,真是厉害啊,美国 JD。"

"哪里哪里。"海博有点不好意思起来。

"我们最多也只有老流氓呢，你是我们中间的第一个。"

老流氓是 LLM 法学硕士学校在中国的戏称，说得多了，好像也没有什么贬义色彩在里面。因为只用读一年，很适合在国内读过法律学位的人去读。严格来说 LLM 其实比 JD 要高级一点，因为只有 JD 毕业或者有其他法律学位的人才能读 LLM，但因为 JD 读的大部分是本国人，而读 LLM 的大部分是外国人，而且 LLM 的成绩一般不会 curve（按照比例限制好成绩的人数），竞争压力稍微小一点。海博似乎从她的口吻中听到了一点戏谑的味道，毕竟前几年只有 LLM 毕业的中国学生会回国，而他不仅 JD 毕业，而且回来也没找到外所，在内所混了一圈才终于来到外所。

"对了，你结婚了吗?"她接着问。海博摇摇头。"那也没女朋友吧，我有个朋友……"

"啊，我有女朋友了。"虽然他和妙妙从来没有挑明过，不过现在也不言自明了吧。

"唉，那可惜了。"她又笑着说。"如果你没有了，记得告诉我啊。"她抛了个媚眼。海博尴尬着笑了一下。

海博再看桌上，三个大狮子头只剩下半个了，他赶紧伸出筷子，想要夹走剩下的半个时，Diana 又开始说话了。

"老规矩，大家都说一下自己手头上有什么事吧。"

海博缩回了伸出的手。不是吧，中午吃饭的时候还要汇报工作？但是大家都赶紧拿起手机，可能在查自己干了什么。海博今天刚来，没什么可汇报的，但是也只能看着剩下的半个狮子头望洋兴叹。

"我手头上的是……"坐在最远处的女生开始汇报自己的工作，而 Diana 不仅听着，还要点评几句，于是花了很久时间才结束这例行的午餐工作汇报，等汇报完了大家都没动筷子，海博也只好看着剩下的饭菜叹了口气，心里暗自决定下次吃饭的时候动作麻利点。

过了几天，开始有合伙人找他干活，基本上都是香港那边的。一开始只是看看简单的合同，虽然他并非没有经验，但不知道外所到底对合同有什么要求，也没有人教他，他只好硬着头皮乱改一气，然后交了差。

等合伙人的反馈回来，他打开一看，满眼都是各种修订标记，还有很多疑问句，打了很多问号，质疑他有没有查过章程，有没有查过基础合同，以及看不懂他到底写的什么。以前在内所的时候没有人会这么仔细地推敲每一句话每一个细节，他有点不适应，不知道改成这样对于客户来说到底有什么意义。不过他想到，可能因为外所要求每个人都记录 billable，所以多花点时间在各种细节上反而可以多 bill 点时间，到时候升职加薪评选奖金什么的时候也许能派上用场。

他花了很多时间把合同又改了一遍，并给每个合伙人提出来的问题都准备了一长段回复，但是再发回给合伙人之后，对方已经没时间看了，让他自己确定无误就发给客户。

等他发完合同，外面的天已经黑透了。他想坐地铁回家，结果发现地铁已经停运了，他只好叫了一辆车，等了好久才回到家里。

回到家时，妙妙已经睡了。自从从香港回来，她就彻底搬了过来，因为这里离工作单位比较近。靠近门口的灯没关，海博打开电饭煲，发现里面米饭正在保温着，而微波炉里放着两个用保鲜膜罩住的菜。海博鼻子一酸，静静地把饭吃了，然后悄悄地钻进了被窝。妙妙察觉到他回来了，嘴里哼哼着什么，转过头来抱住了他。

"同事都是女的？"

第二天一早，妙妙起床的时候，他也醒了。他不用那么早去所里，所以继续躺在被窝里，跟妙妙聊起昨天的见闻。半梦半醒之间，他点点头。

"那他们没有问你有没有女朋友？"

"问了，我说有。"

"哦，"妙妙皱着眉头说，"那还差不多。"

海博一方面觉得好笑，另一方面又觉得欣慰。这大概是头一次两人明白地确定了关系。

之后在外所的工作时紧时松，有时候非常忙，他要一直干到深夜，等地铁都收班了才能回家；有时候又非常轻松，他发出去的文件客户没有反馈，新的任务又没有进来，但是因为每天都要记录时间，他在填 billiable 的时候有点心虚，担心自己的活不够会影响自己的绩效，毕竟他也还没过试用期。

他跟 Diana 中午吃饭的时候说起过这事，她说业务是合伙人分配的，叫他自己联系别的合伙人看有没有什么可以做的,实在没有事干的话就看看系统里的模板,学习一下合同的写法。

没有事做的时候,海博开始回顾自己过往的日子,发现自己一路走来,虽然走了很多弯路,但最终还是抵达了目的地。他为了这个目标考 LSAT,申请法学院,在不理想的法学院拼命学习,参加面试又被反复涮掉,回国只能先找个内所凑合一下。他实现了。

就是这里,他想,这里就是自己的终极目的地。他可以在这里实现自己的梦想,每天西装革履地来上班,用英文修改合同和其他文件,和客户讨论自己在美国法学院学的那些概念,任何不确定性都因为英美法系不断发展的判例的力量而逐渐被填补。

他知道自己实现了长久以来的目标,即便不是在美国,但在上海他也实现了。

他突然想起来这一切都要感谢当年劝他转行学法律的佟姐。很久没跟她联系了,因为她基本不用国内的那些通信软件,而国外那些通信软件,国内因为限制使用海博也不能用。但是她的信息在他们律所的网站上还是能查得到的。很多外所都会把包括普通律师的信息放在自己的网站上。他在网上检索了一下,很快就发现了。他自己的信息据说在一个多月后就会更新到 A&C 网站上去。他用律所的邮箱给佟姐发了一封电邮,告诉她自己的现状,为此由衷地表示感谢,如果她来国内的话可以联系他,云云。

关掉网页之前,他看了一眼佟姐所在律所网站上的页面,发现她不在纽约了,地址显示她在香港办公室。

"哇,这么多钱?"

海博拿到第一个月工资的时候,给妙妙看了。她毫不掩饰自己见钱眼开的喜悦之情。

海博也很开心,之前虽然工资也够花了,但基本上存不下来什么钱。如果两人要有什么花钱计划的话,现在这个工资大概才有可能。

有次两人逛街,路过一家房产中介,门口挂着一些房子的价位和照片,看起来比海博他们现在蜗居的地方气派和舒适很多,而且就在地铁上盖,通勤很方便。正在看的时候,里面一位西装革履的年轻人突然出来搭话:

"对哪套房子有兴趣?"

海博又看了眼数字,感觉还是太贵了,他可能要回去算一下自己到底每个月要供多少钱。

"有的!"这时妙妙突然开口了,"可以带我们看一下吗?"

"稍等,我确认一下。"说着那个中介就进里面去了。

"请里面等。"另外一个女中介走了出来,将他们带到门口的椅子上,并且给每人用纸杯装了一杯水。"我们还有很多类似的房源,你们要不要一起去看看?"

"今天就……"海博吞吞吐吐地说。

"今天就算了吧。"妙妙说,"我们先看下这套,留个联系方式,下次再来。"

"好的。"说着女中介递上名片,男中介马上拿来钥匙,要带两人看房。

去小区的路上,中介不停地介绍这个小区的优点,其中包括写在门口的交通方便、楼盘新、设计高雅等,同时小区里还自带游泳池,以及一个国际幼儿园。不过这个小区倒不是学区房,如果有要求可能需要将来再置换,说得好像海博和妙妙已经准备要孩子了一样,但其实两人甚至都没结婚。他不知道为何妙妙突然要看房子,难道这是在暗示什么? 他还没做好心理准备,不过这个关系里本来就是妙妙比较主动。

"对了,请问您两位的关系是……?"中介好像知道海博在想什么似的。

"啊,我们……"

"我们是男女朋友。"又是妙妙帮海博回答了问题。

"哦,那你们看房子是准备结婚吗?"这个中介的问法真是直接,也许买卖房屋需要了解这些问题。

海博的心顿了一下,他能说自己还没想好吗? 这样会不会让妙妙听来是不妙的回答? 但如果说自己肯定要结,那将来订婚的时候是不是就没有惊喜了?

"我们只是看一下。"妙妙说,"其实我们也在想租房,如果这个小区好,也请你们介绍一下。"

"好的好的,这套房子也可以租,还有其他类似房型,你们也可以做个参考。"中介的语气里似乎没有太多遗憾的成分。

可能因为家具颇为老旧且是浮夸的欧式镶金风格,房子看起来有些颓唐,海博和妙妙只能想象房间里换上自己挑选的家具的情形。另外小区确实很好,有各种绿地和水池，海博心里已经有和妙妙两人在周日午后躺在草坪上看书晒太阳的图景，可以的话最好再养条狗，可以直接在楼下大片的绿地上遛狗了。

"怎么样，两位？"看完房后，中介问。

"我们回去考虑一下吧。"

回去之后，两人决定约个时间再看看这个小区的其他房子，如果没有合适的就跟今天看的房东见面。具体什么时候搬，两人没有讨论过，但是妙妙的司考成绩应该马上就要出来了。等成绩出来了再考虑也不迟。海博有时候回家早点，会看见妙妙自己在网上看各种家具，她似乎对宜家那种大路货没有兴趣，想要一些看起来更清新一点的日式风家具。

在外所上班的日子海博渐渐习惯了一点，他也开始逐渐不穿西装，而是穿普通的布裤和衬衣及外套，跟之前在内所上班的时候差不多。他也开始看见天黑就想回家，最好能跟妙妙一起吃晚饭。有时候周末或者假日让他做事，他都不像一开始那么情愿那么兴奋了，因为本来是他需休息的时间。他感觉来外所以后最大的牺牲，就是自己好像变成了电子邮件的奴隶，24小时只要醒着就要看电邮收件箱里有没有新来的邮件，如果有的话，就要赶快回复然后处理，否则过不了多久，合伙人就会打电话过来催。这种压力加上经常要加班的工作强度，他开始确实地感受到了，就好像在健身房运动的时候在日常习惯的重量上又加了一倍的负重一样。

有一天中午，海博正要出去吃饭，一个电话打来。海博一看是香港的号码，心里一沉，心想不会又是什么合伙人要他在午饭时间饿着肚子处理什么事情吧，但他还是接了。

"喂喂，哪位？"

"请问是海律师吗？"

"是我，请讲。"

对面爆发出一阵笑声。

"没听出来是吗？"

"佟姐？"海博突然醒悟过来，"是你吗？"

果然是她。其实刚听见声音的时候，海博就想这个声音怎么好像很熟悉。他也会想为什么自己发给佟姐的邮件一直都没有回音。按理说律所的邮箱一般是不会被屏蔽的。

"你怎么样?"佟姐停止了笑,"对了,还没恭喜你呢,终于来外所了。"

"谢谢,都是你的功劳了。"

"跟我客气什么。"佟姐说,她今天似乎心情很好,"怎么样,忙吗?"

"刚来的时候比较忙,最近好像又好点了。你呢?"

电话那头突然一阵沉默。

佟姐又开口了。她问:

"你知道我来香港了吧?"

知道,因为海博上网查过了,但是他不知道为什么佟姐在纽约待得好好的,却要来香港。对他们这些在美国读法学院,拿纽约律师执照,领纽约律师薪资的人来说,最好的工作地点就是纽约了。香港虽然也是金融中心,但还是差点意思。各种项目的规模都小,能做的领域更窄,薪资可能要跟本地香港律师看齐,有时候还会被他们把活抢走。

"其实我也不是自愿的,不过没办法。"

佟姐没来得及细讲,只听见开门的声音。海博估计那边是有人进来找她,准备听一会动静就挂断,但佟姐又开口了:

"下次有机会见面再说吧,太过复杂。"

"好的,下次我去香港的话再找你。"

"对了,海博,你是在 A&C?"

"没错。"

"你知道吗? 听说他们准备把北京上海办公室都关了,"佟姐带着关切的语气说,"你不会受影响的吧?"

海博突然感觉脑袋一蒙,上海办公室要关? 不会吧。

"也可能是谣言,谁知道呢。往好了想,说不定会把你调来香港或者去其他地方都有可能。"

佟姐说完,海博上网一搜,没想到还真有各种媒体的报道,标题说是因为业务不够,准备撤离中国内地市场。

他全身开始发冷,手抖个不停,根本没办法集中看文章的细节。

他不知道自己会怎么样,但是事情居然会这样?他刚来外所才几个月,他们就要关闭这个办公室?

他知道现在国内经济形势不好,很多外国的媒体都说国内不会再有什么业务了,但是那些外媒,他们都不在境内,怎么会知道这里的经济好不好?海博和妙妙他们在国内过得好好的啊。该吃吃该喝喝,怎么会有外媒说得那么不好?房地产是不行了,怎么也涨不上去,还有一些怎么也都盖不完,但大家还是要买房的啊。如果两个人一切顺利,他还准备和妙妙在上海买房子呢。

现在这一切都要化为泡影了。海博呆坐在办公椅里,注意到时,发现邮箱已经好久没有进来新邮件了,就好像要印证上海办公室即将关闭的说法一样。

他想起刚来面试的时候,所里弥漫着的那种世界末日的气息。没几个人,极度安静,一点也不像个忙碌的外所。他是刚来的时候接了几单,但都是些短平快、小修小补的业务,没有什么正儿八经的大项目,反而不像在内所的时候,来一个大项目,从起草条款摘要,到起草主交易合同和一堆附属合同,交割前提文件,公司股东决议董事会决议,准备法律意见书,和境外律师协调,最后在某个晚上留在办公室开夜车将所有文件打印出来装订成一摞摞大厚本。这种事情来了外所反而没有了。

趁自己冷静了一点,他又看了一遍网上的几个报道。没有说他们会被调去香港,反而说 Diana 会加入上海某家内所。

他觉得完蛋了。如果她叫他跟她一起去内所,他肯定会拒绝的。好不容易从内所跳出来,怎么能几个月就回内所呢?

那就只有一条路,就是被辞退了。

虽然下班的时候天还没全黑,地铁上还有很多人,但是海博还是叫了辆车,靠着车窗无力地看着自己每天上班的摩天大楼逐渐消失在车窗外。回去的路上,他试图回想自己的心灵绿洲,果不其然那里也是阴云密布,像黑夜来临前的时候。草原已经被连日的降雨弄得湿乎乎黏嗒嗒的,大树上新长出来了果实,但好像养分过量一样,已经烂在了树上,连树本身好像也开始腐烂枯萎,绿色都变成了褐色、黄色。他睁开眼,现实世界的摩天大楼里还有很多灯亮着,也许是还在加班的人,以前他也是其中一员。

"我过了!"

一开家门,妙妙就笑容灿烂地来迎接他,手上还沾着面糊。她好像在做天妇罗炸虾,一副普天同庆要好好庆祝的样子。但是海博的脑子简直就跟灌了水泥一样,怎么也转不动了,不知道该说点什么。

"我说我过了,你没听见吗?"

"你……过了什么?"海博听见自己的嗓子极端沙哑,好像连续不停地抽了一整包烟。

"司考呀,你个猪!"妙妙气得直嘟嘴,反而自己像个小猪,不过她也逐渐从海博僵硬的脸上意识到了有什么不对。

"你怎么了? 发生了什么?"

"妙妙,"海博吞了下口水,"我可能要失业了。"

第十章

回光返照

　　海博坐在自己的办公室里，看着晚霞均匀地涂抹在墙上的橘红色越来越红。他觉得自己只有在昼夜之间的这个时刻才能意识到时间的流逝，意识到自己确实的存在。只有这个时候，他才会停下手上的一切，像任何平常的人那样感受空气和光线。不，平常的人这个时间应该已经结束了一天的工作，火急火燎地冲下地铁或者在公交车站来回不安地等待，等待回到那个有着温暖的家人和热腾腾饭菜的家，从工作状态转换为居家状态，恐怕那才是工作的意义。

　　而他只是暂时休息，可能点个外卖送来办公室，可能回家随便弄点什么吃的，然后继续工作。他要一直工作到深夜，才有可能积累足够的工作时间，填入系统，算billable。如果不够，他听说会有各种严重的后果，被合伙人训斥，被取消奖金，甚至被开除。而且现在经济不好，一连几周没有任何像样工作的日子也是有的，所以在有工作的时候多干一点，积累一点 billable，也是不得已为之。

　　他看着自己身边的一切。宽大的办公桌，两台并列放置的大显示屏，残留着咖啡水渍的马克杯，以及随处散落的文件。他对这一切已经习以为常了，甚至到了感觉厌恶的境地。但曾经有那么一段短短的时间，他甚至想要保住这一切，希望这一切不要离他而去。那个时候他真的觉得自己完了。

　　在上海新律所的最后一个月,海博上班的时候感觉自己像是行尸走肉。出门之前他不想出门,收到邮件不想打开看,看了以后也什么都不想做。中午不想去吃饭,晚上也不想回家。他不想面对妙妙,两个人本来说好了要搬家,要开始新生活,结果海博找的这个野鸡律所居然在关键时候掉了链子。

　　所里还没有正式宣布,但是大家在走廊上相遇的时候,光是眼神就能交流这件事。一个眼神过去,你知道吗?另一个眼神回来,知道。但我们怎么办?那个眼神闭上,摇了摇头,我也不知道。

　　有天中午吃饭的时候,Diana终于开腔了。

　　"你们大概也听说了,A&C要关掉上海办公室了。"她的嗓音里不知为何居然有些兴奋的震颤,"我呢,也许有些人也听说了,要去一家内所,名字也是很响亮的,如果你们有兴趣,可以私底下告诉我啊。希望我们还有机会做同事。"

　　海博听说过那家内所的名字,在内心里苦笑。那是一家著名的出租办公室位置的律所,基本上稍微懂行一点的人都不会想要去,更别说海博。这比他一开始去的那家律所还差。

　　他感觉自己噩梦一般的诅咒又回到了自己身上。他就是不能拥有任何像样的东西。他不能按照最初的设想读好学校的博士,甚至自己正在读硕士的学校也读不上。他的LSAT分数不够他申请好的法学院。他将就读的学校没办法把他送进美国大所,而自己兜兜转转回国一圈终于进了外所,却没干几个月就面临律所关门大吉的窘境。

　　他也在想佟姐说的会不会有可能,就是所里安排他去香港。他确实做了一些香港那边的业务,之前面试的时候还见过两个香港的合伙人。

　　每天都生活在虚妄的希望和焦灼的等待中。他想象中枯萎的草原已经变成了一片彻底的沼泽,树木也已经彻底枯萎,好像被闪电击中了一样烧得只剩下个树桩。他已经无法找到任何的心灵平静了,不论是现实世界中还是想象里。他就像忘了如何飞行的鸟一样。

　　他不知道什么时候会有人找他,每次有香港的号码打来时,他都会激动一下,很快又因为跟调动无关而陷入更深的焦虑。他吃不下什么东西,也睡不好觉,看不了任何书或电影,也没心情打游戏。他做得最多的事只是躺在床上,看着天花板,任由空气从自己张开的嘴进入气管,又从气管排出来。他没办法像以往那样充满激情地早上起来,感觉自己又多一点变得更像外所律师了一样。现在他只是一条挂在房檐上的咸鱼,随时都可能被割下来烹熟当菜吃了。

妙妙看着他的变化,好几次都说:

"怕什么?工作没了,大不了再找就行了。"

海博摇摇头。他知道妙妙说的没错,只是这种提心吊胆的日子让他连找工作的动力都没了。不知不觉地,他似乎认为自己唯一的出路就是某一天有顶着光环的天使张开洁白的羽毛翅膀从天而降,其带来的镶金卷轴上告诉他,香港办公室愿意接纳他,他可以去香港了。

所以,当所里香港办公室问他是否愿意去香港的时候,他没问妙妙就同意了。他知道这样做可能把自己和妙妙的关系置于险境,但他感觉自己别无选择了。他会想尽一切办法来弥补的,他对自己暗自发誓。

但是妙妙很明显不能理解海博的想法。

"你要离开上海?"

妙妙放下手机。这意味着事情对于她而言很严重,否则她的眼睛现在绝大多数时间除了闭上睡觉就是盯着手机。

海博点点头。"今天他们问我了,如果我愿意,他们就帮我办手续。"

"我知道你担心自己失业,但是你不在上海再找找吗?上海还有很多外所啊。"

"你也见到我找了多久才找到一家。像我这样的半吊子货色哪有那么容易再找到一家外所愿意收我。"

"你就那么一心要去外所吗?内所不行吗?你也过了司考可以做中国律师啊。"

"我已经答应他们了。"

海博话音刚落,妙妙的眼里就像溃坝的洪水一样,流下两行眼泪,海博从来没有见过人的眼睛里可以流出这么多泪水。他走到正坐在床上的妙妙身旁,想要紧紧抱住她,安慰她,告诉她自己即便去了香港,也不会忘了她,会想方设法把她也带去香港的。

但是妙妙一把推开了他,一口气冲到了门口,一下子摔门而去。

海博愣了五秒钟。这时间里,书桌上的闹钟秒针跳了五下,水龙头没关紧滴了两滴水。海博深呼吸了一次，确认妙妙没有拿手机就走了，他赶紧也拿上钥匙出门。

冬夜里的上海弥漫着初雪的金属气味，冻得海博的脸像脱毛一样刺痛，刚才走太急也没想起来现在已经到了不系围巾不行的温度。他居住的上海老城在夜里看起来鬼影幢幢，光秃秃的树干像深海的珊瑚枝，但知道自己要离开之后，他突然感觉到一阵感伤，对这居住了没多久的地方也产生了一丝不舍。他沿着街道走，呼唤着妙妙的名字，引来了路人的注目，还有一条胖胖的流浪狗对他吠了两声，大概以为他在学猫叫。绕着附近街区两圈还没见到妙妙后，他觉得妙妙可能找什么朋友借宿去了，于是准备回家翻翻她的通讯录，正在上楼的时候，看见妙妙蜷缩在楼梯间里，脸埋在两腿中间，还在不断啜泣。

"原来你在这里，跟我回家吧。"

海博想要抱起妙妙，以为她还会反抗，但她只是一把抱住海博，身体软软的任由海博将她连搂带抱地搬回房内，两人坐在明亮的灯光下面面相觑，妙妙的脸上还带着没干的泪痕。

"你别去好吗？"

两人一坐下，妙妙就说。海博拿来纸巾，帮妙妙擦拭眼泪，但是被妙妙扒开了手。

"你就一定要去吗？"

"妙妙，听我说，"海博双手捏住了妙妙细嫩的胳膊，感觉一不小心就会捏断一样。"我不是要离你而去的，如果能带你，我肯定会带你的，即便暂时带不了你，我也会想办法再和你在一起的。"

"你会回来吗？"妙妙突然睁大了眼睛，满含期待地问。

"呃，"海博没有想过这一点，不过为什么不呢，"当然，如果我能在上海找到机会的话。"

"好了，"妙妙按着海博的双手，牵了起来，"那我们就说定了，你现在只是因为不想失业，所以才去香港。等你去了，就继续找上海的机会，一有机会就回来吧。"

"好的。不过你也可以找下香港的试试。"

"我试试吧，如果真能找到的话。"

事实是妙妙只有中国法学院的学历，只有中国律师资格证书，去了香港也只能做律师助理，想要直接过去基本上不可能。所以妙妙只能试试看有没有律所愿意雇她。

这些都是海博去了香港以后才知道的。

海博提供了签证的材料后,等待的时间里,继续去 A&C 上海办公室上班。上海办公室已经进入了打烊的状态,眼看着文件被运走销毁或送到其他地方,家具被分门别类贴上了各种标签,经常有人过来检查电脑和其他器材是否还完好无损没有丢失。其他同事都知道海博要去香港的事了,似乎其他人都没有接到能去香港办公室的名额,大家人前都表示羡慕,背地里不知道怎么说他,毕竟他是最晚来的,属于显失公平的情况。海博也不知道自己为什么有这个机会,也许是因为他是 JD,其他人只是 LLM?也许是因为他面试的时候,香港的合伙人已经知道了上海办公室不久之后即将关闭的消息,所以提前面了他?不过至少可以问下他是否愿意来香港吧,万一他不愿意呢?但这样一来,上海办公室即将关闭的消息大概就会走漏风声了。无论如何,海博是第二次感觉到被幸运女神眷顾了,不仅找到了外所的工作,而且还能去香港。至于将来要不要找回上海的机会,等在香港工作一段时间再说吧。

海博没想到这么快又要去香港了,距离上次面试,大概也就是几个月的时间。

海博回到了上次住过的酒店式公寓,不过这次只有他一个人。所里给他订了两个星期,让他自己再找一个长期的居所。

香港的租房市场跟内地有类似的地方,即一般也是通过中介牵线搭桥,但中介也会收取相当于一个月租金的中介费,由房东和租客各承担一半。另外第一次租房的时候中介会调取租赁房屋在政府系统里备案的信息,显示房东即房屋确实的所有人,并且会代为办理租客在水电煤公司各自的账户,并代为缴纳印花税。与内地常见的押一付三不同的是,香港这边往往是押二付一,即押两个月的租金在房东那里,然后每月支付租金。另外比较特别的是,香港的租约一般是一年死约一年活约,第一年是不能随时退租的,房东也不能随时解约,第二年开始,房东和租客才能提前一个月通知对方后解除租约。

海博因为想到可能妙妙日后也会过来陪他,不想租一个太小的房子,但同时也要经常加班,不想每天都花很多钱在打的回家的路上,因为香港的的士比内地的贵很多,即便律所可以报销晚上加班的的士费,但和律所也提供的报销加班餐费一样,实际上要看项目本身是否允许。有的客户并不愿意律师每天花钱吃饭和打的,是有可能拒绝报销的。结果中环附近几站地的房子都非常贵,而且都特别小。按照之前上海租的那个老破小的面积来看,在香港上班地方不太远的地方随便租一间都是上海的三四倍,而海博的工资和在上海的时候差不多,所以即便香港的所得税低了,实际上又在房租上花去了更多。好不容易看了好几家又老又破的,海博终于选定了一家不是那么破,也稍微有点海景的房子,和房东签订了租约。甫一签约,海博就交了两个月的押金和一个月的租金,看着自己的银行账户简直就要破产了一样。

随后,海博还要趁工作时间购置家具(房间里仅有必要的配备,如洗衣机、电冰箱之类的,其他的都要自己买)、安装宽带、办银行账户和手机号,每一样都非常煎熬。香港大部分的店铺里还是有一两个会讲一点普通话的店员,但偶尔也会碰到不会普通话而且也不大能讲英文的,海博只能连比画带肢体语言的方式和对方沟通。

来到皇后像广场附近的写字楼,海博很庆幸自己还能有独立的房间,可以不受干扰地工作,但是因为人生地不熟,语言还不通,除了刚来的那几天有人来找他聊天,他很快就陷入了彻底的孤独当中,不管是中午吃饭还是晚上加班,他都是一个人。早上一个人醒来,在地铁站买个三明治作为早餐,中午在附近的连锁中餐店吃个叉烧饭或者咖喱饭,晚上叫外卖,吃完回家或者回家再叫,最后一个人洗完澡在床上随便看看电脑上的视频网站,找个韩剧美剧日剧看上几十分钟,等睡意降临就独自睡去。有时候夜里翻身,他还以为妙妙就在自己身边,但一扑空就从睡梦中惊醒,从此就难以再次睡去。

在一片黑暗中,海博终于知道自己想要一直留在身边的人是谁。

有时晚饭时间他不想点外卖,就一个人走到附近的餐厅吃饭,路过置地广场和文华东方附近道路的时候,他会看见路两侧的高级珠宝店正在打烊,里面的工作人员正在收拾本来放在外面的各种珠宝,一个念头逐渐在他心中成形。如果他和妙妙结婚,她是不是就可以以配偶的名义来香港了呢?那他是不是应该开始存钱,为了向她求婚而买一个钻戒呢?不过他不知道自己应该买什么样的、多少钱的戒指才合适,网上各种说法都有,他决定还是先尽量攒钱,等时机成熟了再行事,同时他也想去试探一下妙妙的口风。

来香港的第一个小长假,他就买了机票回上海看她。飞机在深夜降落上海,一出机场,就看见熟悉的身影小小地站在远处,灿烂地向他招手,然后蹦蹦跳跳地跑了过来。看见此景，海博突然觉得自己眼眶有些湿润。

"想死我了。"

海博将妙妙拥入怀里，那熟悉又开始有点陌生的手感让他心里的某种重担突然放了下来。他拖着行李，和妙妙一起加入机场门口排队打的的人群。在窗外闪过了无数个高架桥上的橘黄色路灯后，海博终于回到了当年自己住过的地方，现在已经由妙妙接手。

一打开房门，他不能适应的是这间过去总感觉小的房间现在竟然显得空荡荡起来，沙发和电视之间居然有能容纳一个人躺下的空间，床也是三面都可以落地下床的，进入厕所的时候也不用侧着身子以免被卡在里面。他已经有点不适应躺在床上不能伸手够到餐桌上的东西了。大概是香港的房子太小了。

一枕香甜之后，两人来到外滩附近圆明园路的老房子里吃早午餐。充满欧陆风情的老租界，比基本上什么都没剩下来的香港反而看起来更像国外。各色点心新鲜又美味，食材很好，吃的时候也不用担心一转身会撞到隔壁桌，外滩方向可以看见建筑物各色的尖顶、飘扬的旗帜和黄浦江对面的陆家嘴。海博时不时还会想起查看一下手机里的邮件，怕错过了什么工作，不过一想自己也算是出来度假的，工作什么的暂时放在一旁好了。

"怎么样，回来开心吗？"

吃完饭，两人沿着外滩走着，晒着初春的太阳，吹着略凉的春风，海博觉得自己的每一根骨头都舒展开来了。他点点头，搂紧妙妙，觉得自己简直是全天下最幸福的人了。

"开心的话就回来吧，反正也没去几天。"

海博叹了口气。他想起自己的房子签了一年死约，不住满一年也要交一年房租的。妙妙听说了，又嘟囔起嘴，海博趁势亲了亲她鼓起的脸颊，两人又把正分居两地的不快抛诸脑后，继续徜徉于老城区里。挤在人头攒动的南京路，海博觉得自己简直像回到了老上海，重新见证着属于上海的辉煌时刻。

等他又想起看手机的时候，发现居然有十几个未接来电。他赶紧打了回去，那头的 Gerald 劈头盖脸就吼叫了起来。

"你怎么不接电话？你看邮件了吗？"

Gerald 的两个问号简直能从电话里伸过来钩子，钩住海博的脖子。海博涨红了脸，在初春料峭的风里竟然觉得有点热了。他解开羊毛大衣，站在人来人往的路边，一封封邮件看起来。原来他昨天发出的邮件客户上午已经回了，而且还叫他今天中午之前改好发回去，现在已经下午了。

海博出门没带电脑，只好中止两人短暂的出游，告别宜人的天气，赶紧打车回家加班。

"周末总是要这样吗？"

妙妙扶着海博，小声问道。回去的路上，海博已经开始在手机的小屏幕上看文件了，争取回去之前看完就能开始改合同。

"呃，不总是这样，不过这种情况也挺多的。"

在香港的时候，他也有出门买东西散步爬山结果被电话叫回去的时候，大概只有去一些乡郊野外手机信号不好的时候才能作为借口，或者等天气暖和了去沙滩游泳。做律师这一行，特别是收着高昂的律师费的外所律师，客户就好像觉得律师应该 24 小时待命一样，不管什么时候都要马上回应，特别是香港放假但内地不放假的假日，内地的客户总是像工作日一样继续拼命联系，即便告诉他们今天香港放假也没有用，反过来就肯定找不到客户人，这就是国内甲乙双方地位的差距。

律师本来是受人尊敬的职业，到了他们这个境地却好像是签了卖身契的奴隶，一点对普通人的尊重和敬意都没有，更何况是对专业人士，来自客户那边的人总有种居高临下的感觉，不管是客户公司的领导还是普通职员。他有些怀念那个没有手机没有互联网的时代，律师只有办公时间才在办公室，客户打电话过来才能与律师交流，如果有文件往来只能等邮递员慢悠悠地几经转手才来到他的手边，等他改好再慢悠悠地寄回去。现在真不是一个当律师的好时代。

等一切忙完，已经又到了深夜，本来约好去吃的高级日式餐厅只能打电话取消，还被收了取消费。海博草草收拾了一下，明天中午就要坐飞机走了，两人只能在机场随便吃一口，大概也只有汉堡什么的东西。他在机场紧紧地抱住妙妙，感觉自己好像要在兵荒马乱的年代从上海逃去香港的盲流，没有办法带上自己心爱的女人。

回香港后，海博的不适感稍微好了一点。他觉得是因为最近见了妙妙，自己的孤独感有所减轻的缘故。他想起来了之后还没有见过佟姐,尝试着和她联系了一下,幸好她这周末就有空。她说她有一间想吃的餐馆,让他直接去就行了。

海博来到佟姐约的餐厅时,没有想到这里会有这么一家古色古香的馆子。他以为香港的老建筑都被地产商拆光了,改成了千篇一律的摩天大楼。这家餐厅在尖沙咀一个改造似乎很成功的老建筑里,建在一个山坡上,山坡下是金碧辉煌的各色商场,卖着海博好几个月工资不吃不喝才能买得起的手表,但往山上望去有种南方法国殖民地树影婆娑的感觉,反正香港只要不来寒流都有夏天的气氛。海博来的时候,佟姐还没到,他由穿戴整齐三件套西装、打着白色领结的服务员领进座位,打量这转着木质吊扇,到处布置着玉器、博古架、绿植、丝绸屏风的房间,好奇这里到底是吃什么的地方。透过镶嵌的多彩玻璃,他能看到窗外维多利亚港对岸现代的香港岛上璀璨得仿佛洒落了无数颗钻石的天际线。

佟姐出现在眼前的时候,海博一下子没认出来。她穿着淡蓝色的长裙礼服,裙摆高度正好在闪亮的高跟鞋上方,小巧而纤薄的耳垂轻轻摇曳着修长而闪耀的耳环,脸上化着比过往海博见过的还要再艳丽一些的妆容,柔顺而服帖的头发两侧向后用一个镶着钻石的发饰固定成一缕,海博突然觉得自己好像在看迪士尼动画片里的公主。

"好期待这里的菜啊。"

佟姐刚一坐定,放下自己的手袋就说,还没等海博来得及夸赞她的打扮。海博自己就穿着平时上班的衬衣西裤来了,连皮鞋都没穿,现在感觉自己反而像来打酱油的。

"这是个什么有名的地方吗?"

"当然,米其林有星的,"她举起右手食指,指着上面,一副思考的样子,"可能不是三星的吧。"

两人打开菜单,不过这菜单与其说是提供点菜的选择,不如说是仅仅用来介绍今天晚上能吃到什么。前后一看,一共八道菜,部分内容可以二选一,佟姐先选,海博则选了另外一道。

"什么时候来的?"

佟姐嫣然一笑,浓重而闪亮的眼影露了出来,画得粗长的眼角黑线下面,好像有几道鱼尾纹。

"来了一两个月了。"海博一边说,一边观察佟姐,总感觉她有什么地方变了,但又说不上来。

"刚来很忙的吧,又要找房子又要办各种手续。开始感觉有点适应了吗?"

"还没呢,"毕竟自己根本就没有做好要来的心理准备,"不过谢谢你了,当时提醒了我。我后来在所里的时候都积极表现,争取能有这样调动的机会。"

"哎呀,没什么了。"佟姐又一笑,摇摇手。海博感觉她的动作笑容和笑声都跟以前很不一样,好像对着镜子反复练习过似的。"不过我说,你应该一直都好好表现,不能仅仅为了调动。"

海博叹了口气,想起来不久之前在上海的遭遇。

这时,第一道菜上来了,是个冷盘。偌大的有着金色圆圈花纹的盘子里,放着一块仿佛鱼肉的东西,上面还放了玫瑰花瓣。海博一边用叉子拨掉那花瓣,一边把整块鱼放进嘴里,吃起来感觉跟上海的熏鱼好像没什么两样,只是鱼好像用的是鳕鱼。

"你怎么样,最近?"吃完第一道菜,海博问起了佟姐。

"我很好啊。"但她没有继续往下说。

"你怎么从纽约来香港了? 上次电话里说,下次见面会聊起来的吧。"

"哎呀,没什么大不了的。"她说,"我只是有点想家了,香港还是离得近多了嘛。"

海博有种佟姐大概瞒着什么没说的感觉,不过他也没有想追着问的想法。

"另外你知道吗? 香港的税真的好低,每次我看见税单的时候都笑出眼泪来了,以前不是这样的。"

海博觉得佟姐的讲话方式也改变了,似乎变得浮夸了起来。他开始不作声,低头吃一道道送上来的饭菜。吃了几道以后他觉得其实这家餐厅就是用高级西餐的方式料理上海菜,只不过贵了很多。佟姐这时间里也不停嘴一直在输出各种八卦,大部分人他都没听说过,不知道为什么跟他说,谁跟谁好上了,谁被谁甩了,谁在外面偷吃结果染上了性病,结果还传给了正宫。另外一个主题就是升 par,她说已经找人打听过自己大概在今年有希望升为合伙人的名单上了。今年她特别忙,bill 了将近 3000 个小时。海博一听差点被有机面筋塞波士顿龙虾肉噎住,按照现在的水平,今年他最多只能 bill 一半。

菜都吃完了,两人在等饭后甜品。佟姐似乎把所有想说的话都说完了,一言不语。海博也没什么想说的,只是看着佟姐用小镜子往脸颊补妆,试图透过她脸上大概厚到能防子弹的粉底将她留在自己脑海中的形象重合,看看到底是什么地方变得如此剧烈。

"怎么看我看得这么仔细?"她突然伸出手,按住了海博的手,让他心跳突然加速。"你很久没碰过女人了吧?"

他想起来自己还没有跟佟姐说过自己找到女朋友的事情,不过还没等他开口,佟姐又说:

"别担心,香港是最适合找异性伴侣的地方。我接下来要去一个朋友的 party(聚会,派对),在旁边的半岛酒店,你要不要一起过来?"

"我……"海博看看自己皱巴巴的衬衣和黑蒙蒙的运动鞋,"还是算了吧,其实我也……"

"哎,你还是要主动点的,不能那么拘谨。"佟姐居然对着他抛了个媚眼。

这时甜品上来了。海博机械地吃着自己的那份,看不出来到底在吃什么,也尝不出来是什么味道。

"说真的,那个时候,在波士顿,你是不是想过要对我下手来着?"

海博的思绪又一下子被带回那个晚上,那个窗户外面飘着皑皑白雪,窗户里面冻得深入骨髓,两个人紧紧地搂抱在一起,裹着虽厚但不保暖的被子。那个时候,自己确实没有想过其他的可能性吗?他想起那个夜里的梦,自己是不是在期待转过身来,看见的人是佟姐?

那天晚上,海博一直在脑子中回忆当年和佟姐相拥的场景,在他离开餐厅沿着尖沙咀海边的星光大道一个人信步游走的时候,当他在连接尖沙咀和尖东两个地铁站几十个出口的地下通道里迷路的时候,当他坐错地铁方向又往回坐车的时候。他不知道自己凭借着怎样的肌肉记忆走回了自己的房间,晃着自己的手尝试开门却怎么也插不进钥匙。他如果那个时候真的动手了,而如果她其实也一直背对着他等待的话,为什么自己就这样错过了呢?他觉得自己当时其实是喜欢佟姐的,只是一直隔着一层什么。

躺在床上,他又开始想今天的佟姐为什么这样怪怪的。以前的那个佟姐,青春有朝气有活力,而且特别的自然,好像随心所欲想说什么想做什么就顺着自己的心意来。今天这个佟姐，好像已经掉进社会的大染缸被染成了各种深浅的颜色，杂糅在一起，唯独不是她本来的颜色。她的一言一行举手投足都好像是从哪里剽窃照搬来的现成品，不管是电影电视还是这里的流行，能看出来精雕细琢的痕迹，不自然。他又想起佟姐说起下一场活动，好像听起来非常疯狂，不知道她去了到底要干什么。他突然有点担心，觉得自己当时要是死皮赖脸地跟着去了，反而可能不用这样深夜在床上辗转反侧睡不着觉。

他突然想起了妙妙，想跟她视频一下说句话，让自己能暂时逃避这记忆的旋涡，但时间太晚，她已经睡了。

那天晚上，海博不得不自己解决了一下，而且脑海里挥之不去都是佟姐的形象。他觉得很对不起妙妙，但是自己一想起佟姐，一想起和佟姐的那个晚上，想起今天晚上那个成熟、做作但又确实更有魅力的佟姐，就兴奋了起来。扔掉纸巾之后，海博一阵空虚，觉得自己干了对不起妙妙的事情。

不过没有什么时间想这些了，明天还要上班，又是星期一。

在香港办公室的工作比在上海还要不开心。

首先就是老板。上海的 Diana 不知道是知道自己即将离职，确实不熟悉相关法律法规，或者对自己的工作要求没那么高，所以往往海博草拟好的各类文件她只稍微看一下，随便提一点意见，到最后就干脆不给意见直接让海博发给客户。客户往往也是英文不好的中国公司，对那些英文的文件不是随便扫一眼就是干脆不看，所以海博干起活来行云流水，基本上不会有处处掣肘的感觉。当然如果是他真的不会的，比如有限合伙协议，也会到处找同事要模板，然后做完请同事或者合伙人看一眼，同时附上 billing code（计费账号）让他们也能将自己花的时间计入客户账户，不至于是白干活。

当时也有一些跟着香港合伙人做的事情，主要是 Gerald 和 Thomas，但是因为两人不在身边，大部分交流都是通过邮件进行的。他起草好或者改好文件，发给他们，他们再把有标记的 word 文件发回来，海博看一眼就发出去了。没什么太深入的交流。但是现在海博人在香港，于是经常会收到两人如鸡爪爬过的潦草笔迹，海博在上面再辨认修改，如同遭受酷刑。另外，他还经常被这两人直接打电话叫到他们办公室,当场一点点地过合同。这样对于海博的成长当然有好处,因为可以不懂就问,实际上也确实学到了很多东西,比如香港法下 deed(契据)和普通 agreement(合同)的区别,charge(押记)和 mortgage(抵押)和 pledge(质押)的区别,为什么香港的合同里有时候有 process agent(法律程序文书代理)有时候又没有,或者香港的法院专属管辖和非专属管辖有什么区别。

但去合伙人办公室也是要看他们心情的。如果他们很忙,或者正好心情不好,那么一进门他们就会说"把门带上"。这时海博就会心头一紧,紧接着扑面而来的就是一顿臭骂。"你这到底写的什么?""你怎么会连这个都不知道?""我看你还是回学校重新学习吧。"一般这么说的都是 Gerald,他说话口不择言,想到什么说什么,不骂人的时候也挺和气,一旦生气就涨红了脸,撑开了脸上因为胖而形成的褶皱,每句话里都带着 bloody,相当于英式英语的 f 开头的词。但 Thomas 生气的时候海博也听说过,有个离职的同事临走时说,她离职的原因就是 Thomas 当着她的面安静地把她起草的文件直接喂给了碎纸机。

其次是同事。海博的业务团队里大部分都是香港本地人,他们聚在一起的时候会讲粤语,而海博基本上完全听不懂,跟他们交流主要看对方普通话是否还凑合。如果凑合就讲普通话,虽然他们讲得还算流利,但基本上感觉像海博在讲英语,他们在听外语的那种程度。如果普通话也不太行,就干脆讲英文,这时海博反而会有种舒了口气的感觉,因为都是讲外语,不存在谁迁就谁的问题。另外香港同事之间不管是午餐还是晚餐都是各吃各的,偶尔女生之间会一起吃饭,但不会像在上海那样每次吃饭都要拉上别人,时间一久,海博甚至有点怀念起吃饭的时候有人陪着,因为自己现在几乎干什么都是一个人,开始有种自己是一个人在空间站里值守的太空人的错觉。

还有一个同事之间不愉快的地方,是每逢放假的时候。国内确实没什么年假,所以休息往往是公共假日,大家都一起休息。香港这边好的律所会有十五到二十天年假,但是有两个问题。第一是需要找人在你休假的时候 cover 你,即代替你帮你继续在项目上工作的同事。以前在内所的时候好像从来就没有需要专门找人,可能合伙人自己就直接分配给别人做了。到了香港,则需要自己去跟同事搞好关系,到时候请他们帮忙 cover。结果海博想要请人 cover 他的时候,其他同事都推托说自己也很忙,所以没有办法 cover 他,以至于他也请不了假。后来问起来,原来是大家请假会互相

cover，A 会 coverB，而 B 作为回报会 cover 一下 A。海博作为新来的，没有人找他 cover，也就没有人愿意 cover 他。后来一听说哪位同事可能会请假，他就马上跑到别人办公室主动提出自己可以帮忙 cover，逐渐建立起来互惠互利关系后，才有了请假的机会。

　　第二是每逢重要节假日前后，他都没办法请假。香港假期最集中的时候就是年底圣诞节，一般只要请个三四天假，就可以把圣诞节和新年连在一起，休息大概两周左右的时间。而这种时候同事已经一早做好了安排，他也找不到人帮忙 cover，所以只好在几乎无人的办公室里度过圣诞节。同理的是春节和复活节前后。倒是内地五一、十一放长假的时候，香港这边几乎不怎么放假，因为大部分客户都在放假，他们倒是落得个耳根清净。

　　海博因为一个人太久，以至于在电梯或者所里打咖啡的地方听见有人讲普通话，就会随口搭一句。如此一来就认识了公司并购部的实习生杰克，在项目上认识了知识产权部高年级律师查德。杰克因为被变态合伙人扔订书机后离开了，不过似乎在新去的小律所也不顺利，上回吃饭听说他又在找回大所的机会。查德还是一如既往地忙，似乎比海博要忙个三四倍。在律所以外，现在迈迈也来了，加上佟姐，似乎海博在香港也认识几个人了，但还不到一只手数不过来的程度。他现在变得非常希望能跟人一起吃饭，听他们说话，特别是抱怨工作，这大概是工作太忙需要发泄的缘故。以前读研究生也没人说话，但是他那时可以干自己想干的事情，不至于想要找人吃饭说话。

　　最让他烦恼的是考核。外所基本上是通过一个人记了多少 billable 时间来看表现的。记得越多，就说明这个人越忙，做的事情越多，也就越有可能升职和加薪，甚至有比较多的奖金。律所的所谓升职主要是看入所时间，一进去结束实习就是一年级律师（或者算新人律师，相当于英国/香港律所体系的 0 年级，看具体用哪种算法），每过一年就被多算一年，正常情况下薪资也是按照工作年限计算，但如果跳槽可能会被拉长或者砍掉一些年资。大概当个七八年普通律师后，就会被提拔成所谓的顾问律师，超过十年，可能就能升为合伙人。但有的律所可能会将这个时间提前，佟姐的律所就是这样的吧，除非她有什么特别的贡献。

　　海博不止一次想要抛下这一切，重新回到上海，和妙妙住在一起，过原来的生活。

他没有想到为了实现自己能来外所工作的梦想,自己却要忍受这么多不如人意的地方。他本来以为自己只是会忙一些,但他从来不怕自己太忙,他能接受工作量大,但接受不了上级的羞辱和辱骂,冷漠的同事,外加客户的刁难。

认识查德和杰克之后,海博有了倾诉的对象。对于工作压力太大,查德的建议很简单,就是去喝酒。海博跟着他到过兰桂坊,那是中环稍微往山上走一点的位置,却好像是另外一座城市一样,到处都是饮酒狂欢的人群,其中不乏西装革履皮鞋闪亮的白领,但更多的是不知从哪里冒出来的身材火辣的男男女女,众人随着这里震耳欲聋快把鼓膜震破的音乐疯狂摇摆。海博以为可以见到查德疯狂的一面,结果他转过几个小巷来到一栋大厦的楼上,一开门,里面却是一个高级威士忌雪茄吧,而查德一进去,扎着马尾辫、穿着西装马甲、留着修剪过的络腮胡、正在雕冰的酒保就热情地打招呼,查德带海博坐在高档而结实的真皮沙发上,喝着自己留在店里的单麦芽威士忌,然后教海博怎么识别雪茄。他拿来专用的雪茄剪,小心切掉一头,点燃后深吸一口,向空中吐出升腾而上的白色烟圈。点燃过的雪茄烟灰厚实紧密,与烧过的香烟完全不同,查德提醒海博尽量不要抖掉。不过海博问了酒和雪茄的价格后,就感觉自己不是玩这个档次的人。他跟查德不同,只是个初级律师,查德的收入差不多比他多两倍。查德做的是专利律师,进来的时候定的级别就很高。

"以前我在普林斯顿的时候,经常去大门对面的酒吧,一边听乐队演奏爵士乐,一边喝这样的酒,抽这样的雪茄。不管是实验室还是律所,来这么一下,什么压力都烟消云散了。"说着,查德又抿了一口酒,吐出一口烟,这次的烟圈还形成了环形。"这里没有乐队演奏,尽管音乐器材档次不低,还是差点意思。"

喝着有泥煤味道的高级威士忌,抽着一口价值上百的古巴雪茄,海博不知道自己的压力是变小了还是增加了。看看查德逐渐稀疏的后脑勺,大概没有什么太大作用吧。

自从上次一起吃饭,杰克果然又跳到大所去了,而且这一次他去了佟姐那家所,两人虽然不认识,但所里有关佟姐的八卦他也知道一些。他说见面以后会告诉海博。

海博和杰克在金钟一家牛排馆里碰头,这里灯光昏暗,服务生都是外国人,菜单也只有英文。两人进入预订的座位后,发现从天花板上悬下来的低矮吊灯正好照在桌面上,光与影的强烈对比有爱德华·霍普的画里那种美式的空虚和寂寥。两人拿起菜单,在打着领结、穿着黑色西装、白发苍苍的服务员过来问时各自点好了菜,灯光原因他看不清服务员的脸。

"请问先生您的牛排要几分熟?"

"五分。"海博想也没想就说。

"那这位先生呢?"

"三分。"杰克说。

"三分也生了一点吧。"海博说。三分熟的牛肉一刀下去还会有血飙出来,感觉好像在吃生肉。在国外买肉的时候,海博的烦恼之一就是虽然都是好肉,但宰杀时不放血,所以一炒一煮都是血,要撇半天沫。

"我可是特意要三分的。"杰克的脸也看不太清,除了他上扬的嘴角,"今天需要生猛一点。"

结果菜上来后,海博300克的纽约牛排在杰克半斤的西冷面前也小了一圈。"今天也需要多吃点,补充些能量。"

"最近在做运动不成?"

"运动……当然也算运动,"杰克又笑了,"运动量还很大呢。"

海博看着瘦若竹竿的杰克,无法想象他正在做什么运动。大概不外乎健身房那些拉伸运动吧,杰克说过要多长些肌肉,不想再这么瘦下去。海博稍微多吃一点就会发胖,反而羡慕杰克这种体质。

"对了,你说要跟我说的八卦是……?"

"哦,你那个相好的事情是吧……"杰克刚往嘴里放了一块肉,咀嚼着说了些什么,海博没听清后面的话。

"不算是相好了,我跟她从来没谈过。"海博说这话的时候,一直看着自己盘子里的牛排。

"哎,看你就像是跟她有一腿似的,这么关心人家。"杰克吃完后继续说。

"说来话长……"

"好了,打住。"杰克又开始用闪亮的银色餐具切下一块肉,"我刚才是说,她好像不是自愿来香港办公室的。"

海博疑惑地抬头看杰克。

"听说她是类似于被流放过来的。"

听杰克说，佟姐在纽约好像犯了什么事，所以所里给了她两个选项，一个是卷铺盖走人，另外一个是来业务量太大，但是一直找不到合适人选，长期处于人手短缺状态的香港办公室。佟姐他们律所对进去的律师的挑剔，海博也有所耳闻，据说前几年他们所招了一个合伙人，结果因为法学院的时候成绩不好，最后居然没有通过所里的招聘流程。按理来说合伙人主要就是拉客户的，都当上合伙人了说明有那个实力，过去成绩不好又能说明什么。不过海博现在跟合伙人一起做事多了，早就放弃了合伙人只需要到处拉客户、把活都交给手下去做就行的错误印象。

"那她到底犯了什么事？"

"这个我就说不准了，不过也有两种说法。"

一种是佟姐负责的项目因为一个错误黄了，可能是她无意间向交易对手泄露了什么重要的信息，比如交易的对价是多少钱或者底线是什么，结果对方抓住这个把柄抬高了价码，客户一怒之下取消了交易，而佟姐需要为这个后果负责。海博经常也跟对方律师沟通，有时候可能无意间解释自己客户的要求时需要口头补充一些说明，确实很有可能说了什么不该说的东西，不过他负责的都是小项目，可能不像佟姐那种大型并购动辄几亿几十亿美元，交易一旦取消，合伙人可能会损失几百万美元的律师费，当然会找人出气。

"另外一种呢？"

杰克清清嗓子，喝了一口装在高玻璃杯里的印度淡啤。

"另外一种，是有点阴谋论的说法了，但是放在我们所是非常有可能的。"

在佟姐和杰克的律所，有一个与其他大型律所不一样的地方，就是一般律所需要十年的经验才有资格被选为合伙人，而在他们律所大概只要一半的时间就可以了。这样做的好处当然是被选为合伙人的律师在对外的时候脸上有光，感觉高人一等，掏出自己的名片时就是合伙人了，不是普通的小律师。缺点是，待遇其实还是跟原来一样，不是真正的合伙人，没有办法像合伙人那样分红，取得属于自己的一杯羹。另外就是除了作为一名律师需要继续起草文件修改文件这类事情以外，还需要拉客户，并且有这方面的业绩要求。想起以前佟姐跟自己说过，她的目标是当合伙人时，也许她就是冲着这个机会去的吧。

"所以说在我们所,竞争是很激烈的。如果这个阶段当不上合伙人,基本上没过多久就会被扫地出门。这个层级的律师大家都像打了鸡血一样拼命工作,生怕自己没有踩进合伙人的大门里。当然也不排除有些人不想做那些拉客户的事情,反而选择换一家所继续当普通律师了。"

杰克说这话的时候,他盘子里的牛排已经被消灭干净了,只剩下一层淡淡的血迹。

"那到底发生了什么?"

"就是和她一起竞争入选合伙人的其他律师,发现了一个她负责的项目里的漏洞,然后告诉了客户。"

那个告状的人,据说也是一个亚裔,可能还是华裔。不知道从哪儿听说他们律所那一年给亚裔律师专门留了一个名额,不是佟姐就是她,所以这个候选人每天晚上熬夜去堆放文件的数据库里察看尽调用的文件,结果发现并购对象的几十箱合同里有一个子公司的租约续约是有条件的,而这家子公司没有满足这个条件,大概是地块用途没有满足环保标准之类的。结果最后这个交易就吹了,最后账也算在了佟姐头上。

"没想到原来当律师需要这么如履薄冰的……"海博看着自己盘子里还剩三分之一的牛排,已经冷得硬邦邦的。肉实在太多,他怎么也吃不下了。

"好了,说了这么多扫兴的话,我们就进入今天晚上的正题吧。"杰克把浆得笔挺的棉布餐巾从盘子下抽出来,往桌上一扔,叫来服务生买单。

"正题?"海博以为来吃牛排就是正题,没想到杰克还有后续的安排。

两人结好账后来到了外面,搭上附近有百年历史的双层电车。两人来到二层,大敞四开的车窗迎面吹来深秋的风,终于有点凉快了。香港终于进入了一年中最舒服的季节,其余都是燥热难耐的夏天。

"我们这是去哪?"

"跟着我,马上就到。"杰克又笑了。不知道是没刮干净还是特意留的几小撮胡子正在上扬的嘴角附近翘着,就着橘黄的路灯光才看清楚。

当杰克在湾仔下车时,海博以为杰克要带自己去附近的酒吧。这里的酒吧以现场表演和有很多东南亚陪酒女闻名,甚至有一些他不敢进去的店铺,据说里面都是提供性服务的地方。这里过去临近军港码头,每逢军舰靠岸,就会有外国水兵在这里上岸寻花问柳。不过现在外国军舰不会再来这里了,军港前方的水域也被填海造陆给填了,不知道杰克要带自己去什么地方。

两人沿着街道来到一幢外貌平平无奇的居民楼,这种被称为唐楼的老房子类似上海所谓的老公房,只有七八层楼高,要么没有电梯,要么电梯很小很破,租金比有开发商建造带花园的正经屋苑要稍微便宜一点。海博跟着杰克吭哧吭哧地爬了几楼,每层都是平平无奇的居民房屋,不知道他到底要去什么地方,难道会有酒吧开在这种地方?结果来到接近楼顶的位置时,一阵艳丽的桃红色灯光闪入眼帘,还有一些男性顾客也在附近流连,海博一下子知道这是什么地方了。

"好了,到地方了。"杰克几乎没有喘气,对着气喘吁吁的海博说,"看看我是怎么搞定的,你等下也可以在附近试试。"

杰克来到一扇门口挂着红灯、贴着手写贴纸的大门前,轻轻地按了两下门铃。里面没有反应,但是门口的贴纸写着"波大腰幼,服务一流",还挂着"请按钟"的纸牌。又等了一阵,门"吱呀"一响开了。一个个头矮小、皮肤略黑、化着浓妆的女人开门,海博还没来得及看清对方到底长什么样,杰克就已经摆摆手告辞了。

"什么鬼,真是虚假宣传,跟在网站上看的简直两样!"他愤愤地说,继续往走廊深处走去。"都是美颜美过头了!"

海博尴尬地笑了一下。他有点想走,正在脑海里构思一个恰当的理由。这时杰克已经在按下一家的门铃了。

"喔,这个可能还不错。"

门很快就开了,一个个子很高的白人女子打开了门,从不多的衣料可以看出对方身材凹凸有致,不过是不是天然的就有点吃不准了。杰克似乎对对方有点兴趣,用英语和手势跟对方沟通着什么,但是女人的英语好像有点蹩脚,听不清到底说了什么。结果杰克还是摆了摆手,又去寻下一家。门关的时候,海博才看清这家门上写着"多国佳丽"的字样。

"大洋马还不错吧,"杰克说,"可惜看起来有点年纪了,而且说她有预约的客人,要我一个小时以后再来。还来什么呀,一个小时之后我子弹都打光了。"

剩下的几家门口都挂着"请勿打扰"或者"稍后回来"的字样,杰克扑了空,一脸不爽地又和海博来到楼下,继续往下一家走。

"所以我说……我们这是在逛窑子?"海博来到楼下后问杰克。杰克笑了。

"也可以这么说吧,不过不是那种大型的。"杰克说,"香港的法律应该是不允许有组织的,除了这种'一楼一凤'的个体户。"

海博心想,你我都是律师,能不能在干这种事情之前先查查清楚,万一被发现了是多么的尴尬。

"但你看这些人,很多都是外国人,菲律宾、俄罗斯甚至日本的都有,说没有组织的都是骗人的,真要抓的时候一抓一个准,大部分都是拿旅游签证到香港来非法打工的。"

杰克又带海博来到另外一栋楼里,幸好这栋楼再往上一层后有一部电梯,海博挤在大概也是嫖客的其他男人里面来到一层楼,又被杰克拉着巡楼,最后杰克找到一户会讲普通话的年轻女孩,谈好价格就进去了。门一关,海博就来到楼下,被风吹到的时候才感觉自己的脸烫得厉害。他一个人来到附近的酒吧,买了一瓶酒,一边看白人老头和东南亚女孩喝酒嬉戏,一边看着外面车水马龙的行人车辆来回穿梭。这时他想起了妙妙,突然觉得要是她也在香港该多好,自己才不会跟杰克来这种地方鬼混。

"你在哪?"

过了半个小时,杰克打来电话,海博将酒一饮而尽,回到刚才的楼下见他。见到他时,杰克身上飘着一阵阵廉价香水的气味。

"你是……已经结束了?"杰克笑笑,在海博的指引下把脸上的口红擦干净,"会不会不够尽兴?要不要再找一家?"

"不要不要。"轮到海博摆手了。

"想着你的相好所以放不开?"杰克拍了拍海博的肩,"实不相瞒,我也有女朋友,只是不在香港。不过我们在一起时间太久了,已经没有新鲜劲了。如果不是靠偶尔这样发泄一下,我大概早就离开她去找新女友了。"

海博愕然。他不知道杰克是真这么想,还是只是在找一个冠冕堂皇的借口。不管哪种听起来都有点可怕。

"不是……我只是没想到今天要来干这个,没做好准备。"

"所以子弹已经提前打空了?可惜啊。"杰克大笑着说,这个时候反而感觉年轻的杰克是老成的,海博倒像个愣头青。"下次我去澳门的时候再叫你。那边可以选秀的,女孩质量好很多,顺便还可以去赌场试试手气。"

海博耸了耸肩。他越来越想妙妙,觉得与其随便找个不认识的女人解决寂寞,还不如和自己喜欢的女孩共度良宵。

"做我们这行的,就是要会玩。越会玩,越有干劲工作。"杰克在附近拦了辆的士,"那今天就先到这里了。你那个相好我会帮你看着点的。"

杰克在的士上挤了个媚眼,海博则回到刚才下车的车站,坐电车返回住所。他决定暂时先别见杰克,万一真被拉到澳门去了,可能就没这么容易脱身了。

海博回到自己家里,躺在床上,不知道杰克怎么从青涩的实习生一下子变成了这样。但他又想起杰克在 A&C 的经历。也许多经历几个疯狂的合伙人,谁都会想要找到快速有效的降压途径吧。他看着天花板,不知道自己以后和妙妙在一起,也会倦怠吗?也会因此想要出去尝鲜吗?如果这样,为什么一开始要在一起、要结婚呢?

与杰克见完没多久,海博真的处理了一起婚姻家事的案子。一个中国的客户需要一个自然人提供一份个人保证担保,但是如果按照国内法律是有夫妻共同财产一说的,所以也要拉保证人的配偶过来签字。但保证人和他的配偶是在美国拉斯维加斯结婚的,配偶是加拿大人,而他们的婚姻是在美国公证后在香港进行了海牙公证加签,最后在国内当作结婚证用的。为此,客户需要 A&C 联系世界各地的律所,就配偶的民事行为能力和妥为签署提供法律意见书。这种联络的事情海博经常要做,因为他们本来就是国际大所,有很多办公室,如果正好在相关法域里有办公室,那么同一个所的同事一起做就行了,除非对方服务质量不佳。但实际上一家律所不可能在每个相关法域都正好有自己的办公室,甚至是部分号称"宇宙大所"的也不行。这些宇宙大所在几乎所有国家都有分所,以松散的加盟形式存在,A&C 跟他们比起来还是小而精一些。这种时候他要么问身边的同事乃至整个律所的人谁认识那个地方的律师,要么就只能上网看看各种评级评测机构给的意见建议。

所以这次他需要找一个中国律师,一个香港律师,一个加拿大律师,和一个拉斯维加斯所在州内华达的律师。中国律师找了经常合作的内地律所;因为法律限制,一般内地律所和外所都分开设置,除少部分实验性质的联营项目。香港律师就是 A&C

他们自己的香港办公室了。加拿大律师，所里同事推荐了一个正好在对应加拿大的省执业的律师，对方确实反应很快，但是收费也不便宜。最后的老大难就是找一个内华达律师。这里 A&C 虽然没有办公室，所里同事也推荐了几家在内华达有分所的美国律所，但海博联系之后，发现没有一家能处理婚姻家事法。这种业务似乎是专属于小律所的，稍微大一点的律所都不会处理。

无奈，海博只好在网上搜索能接受婚姻相关业务的律所，但几乎没有一家留下了邮箱，大部分都需要打电话过去咨询。但是接电话的不是律师本人，而是他们的秘书。即便告诉了秘书自己的需要，秘书也只会叫他预约个时间，然后付订金。因为时差，海博等到他们上班的时间打电话过去，已经是凌晨以后了。最后打了七八个国际长途却没有一家愿意给他一个报价，他只好挑选了一家网页看起来还算正常，没有花里胡哨字体也没有夸张广告的（譬如"生命短暂，赶快离婚！"），打过去以后，秘书果然还是问他的信用卡号。他预约了最快两天之后的时间，不知道到时候对方接到他的电话，却发现客户的问题不是自己有小三了，而是如何为当地婚姻出具法律意见书，他们会如何反应。

第二天他到律所的时候，跟 Thomas 报告了自己的进展。客户本来很着急，要求当天就收到报价，现在最快也要两天后了，客户不是很高兴，连带着 Thomas 也不是很高兴，叫海博赶紧想办法。Thomas 虽然平常和蔼可亲的样子，比起 Gerald 动不动劈头盖脸直接捅人，表面上看是好一些，但 Thomas 也不是完全没有脾气的好好先生，据说他背后也会放一些冷箭，比如不分配足够的活给某个律师，给某人年度考核的时候，甚至会让临时更换复杂大项目的律师，结果忙了半天的原来的项目律师在所里的新闻里一句话没提，反而让别人摘取了胜利的果实。

海博又接到了客户的电话。对方把话说得很难听，说什么今天一定要收到报价，明天才能走程序，等两天程序走完的时候，就要收到法律意见书，不是草稿，是正式版。这么不切实际的时间表，海博也不是第一次听说。有的客户中午收到报价，下午就要全套文件，就算海博长了五双手四个脑袋也不可能在那么短的时间里搞出来，更何况作为初级律师，他搞出来的东西都需要有合伙人或者高级律师看过才能出去。

海博坐在房间里，一筹莫展，他决定先去打个咖啡喝喝再说。昨天晚上熬夜打电话，今天早上差点按掉闹钟一口气睡到中午。

他的房间大概是整层楼里离茶水间最远的地方，要穿过整个团队所有其他人的办公室才可以抵达。茶水间里有冰箱，里面的饮料可以随便喝，刚来外所的时候，海博还曾经十分兴奋。现在他发现所里的咖啡非常难喝，简直就像是加了咖啡香味的速溶咖啡因，唯一的优点就是一大口下肚，心跳就加速，从获得过量供血的大脑中醒来，他才能像睡饱了六个小时的人一样思考。

"海博海律师，对吧？"

一个剃了平头的男生打着领带穿着全套西装站在他旁边，手里拿着《辛普森一家》图案的咖啡杯。他眼皮有很多层，眼袋也很重，还戴着黑框眼镜，有种眼球都要凸出来了的感觉。

"新人？"

"对对。我是凯文，昨天才加入的。"

凯文说他本科是国内学的法律，后来跟海博一样，也是在美国读了个 JD 学位。不过他在美国的一家小所工作了一年，因为没有抽到工签，最后只好回来了。他也在上海待了一年，现在来了香港。海博一听，跟自己的经历很像，多少感觉有点亲切。

"初来乍到，还请学长多多包涵，多多指正哈。"

"没有没有，我只比你早来了一年。"海博掐指一算，加上上海的外所经历，现在大概正好一年。平常太忙，居然时间也变得快了起来。

"早一天也是学长。"凯文有点过度的谦虚，让海博有点不好意思。

"对了，你叫我学长，所以你也是普丹毕业的吗？"

"啊，我不是。我是……纽约法学院毕业的。"

"纽约法学院？"海博以为自己听错了，"是纽约大学的法学院吗？那学校很好啊。"

"不是，我们学校就叫纽约法学院。"

海博耸耸肩，他对纽约地区的法学院都隐约有点印象，不过不太记得有这么一所。不管怎么说，现在凯文人都在 A&C 了，上的什么法学院已经不重要了。对于美国律所而言，一开始找工作的时候学校还是很重要的，但有了几年经验以后，上的什么法学院基本上影响不会太大。对于海博来说，反正上的不是前十四，最后都差不多。

"那么你其实也懂中国法?"

"当然,本科学了四年,也过了司考。"

海博于是干脆问凯文,中国的法律是怎么规定承认涉外婚姻的,结果凯文说出了他没想到的答复。

海博回到了自己的办公室,赶快按照凯文的提示搜索验证,结果正如凯文所说。他起草了一封邮件,发给了 Thomas,后者很快出现在了海博的办公室里。

"不用发邮件了,直接打电话给他们。"

海博于是用免提打给了客户。

"怎么样海律师,报价问到了吗?"对面传来客户满满的不耐烦语气。海博看了眼表,现在美国那边大概正好是凌晨,怎么可能现在问来报价。

"啊,我是 Thomas 啊,您好您好。"Thomas 用非常客气的语气套近乎,娴熟的表情管理简直像川剧变脸一样。"其实呢,我们有个事情想要先问一下,不知道方不方便?"

"请讲。"

Thomas 问了客户,到底是谁要求配偶签字之前出具法律意见书的。客户回答是他们的法务,而法务也是按照内部程序要求的。

"你们的法务是中国律师?"

"是的,我们的内部程序也是按照中国法律制定的。"

"那如果中国法律不需要这种法律意见书,你们是不是也不需要了?"

对方的电话突然好像掉线了一样安静。

"喂喂?"

"稍等,我叫法务也上线。你们直接跟他们说吧。"

大部分公司都有法务,也就是公司内部自己的律师。但跟外部律师不同的是,大部分法务其实都不用处理太具体的事情。从海博和公司法务打交道的亲身体会和道听途说来看,他们大部分时间就是审查一下合同,但是不用看得很细,随便挑几个无关痛痒的问题或意见,然后让外部律师处理就行了;另外法务可能在项目启动的时候随便提点意见。而在联系外部律师这件事上,一般法务也只是一个项目开始的时候发发询价函,等项目正式启动了就交给业务团队来联系。这么说起来,法务的工作似乎比律师轻松很多,当然薪资好像也低一些,但好歹也还算是法律专业人员。

等客户的法务上线,Thomas 就让海博直接解释给他们听了。因为国内的民政部很早之前出过一个复函,其中提到过中国人和外国人结婚,中国单方面承认婚姻为有效,不需要其他公证认证的手续。海牙公证加签对中国也没有什么意义,因为中国不是这个公约的签约国。海博说因为这涉及中国法律,而他们不能提供中国法律服务,所以需要这种法律意见书的话他们也出具不了,不过这样一来也就不需要再找加拿大律师,特别是美国内华达律师出法律意见了。

"你们说的规定,我们回去查一下。"

他们回去以后似乎查了很久都没有下文,但是从第二天、第三天乃至一个星期以后都没有人再提此事看出,这件事大概搞定了。

海博后来在办公室里经常看见凯文。他似乎一直都在,不管什么时候,偶尔有次凌晨 3 点去茶水间打咖啡的时候,凯文的办公室还亮着灯。海博突然想起来,之前有次偶遇某位凶猛合伙人不得不折返的时候,看见有人大晚上还留在办公室里,好像就是凯文这个位置,现在想来应该就是他。海博悄悄地从门外玻璃墙上往里看去,似乎凯文也不过在看一个都是字的电脑屏幕,没有什么异样。不想打扰他,海博又准备悄悄地走,但没走出几步就听见身后玻璃门拉开的声音。

"学长,还没走啊?"

"对,有个东西明早客户要,只好加班了。"

"那……你忙吧。"

"嗯。"海博准备转身走开,但又被好奇心战胜了,"看你怎么好像每天都在所里,这么忙吗?"

"啊……是有点事。"说着,凯文好像有点躲闪,赶紧把电脑上的窗口给关了,露出反而有点突兀的电脑桌面。海博还赶着回去把文件改完然后发出去,就没想太多。他还想回去睡几个小时,稍微睡一下比完全不睡,还是稍微强半毛钱。

熬了大半个夜晚,只睡了三个小时,海博又爬起来去上班。出门之前,他坐在门口的椅子上喝了口水,想着不知道自己为什么曾经有过想要上班、想要当律师、想要进入外所的时代。现在的他看来,说什么他都想每天睡到自然醒,在阳光下无所事事地看书,夜晚来临了自己随便捣鼓点东西吃了,然后一直看电影电视直到深夜。

回想以前,其实学生时代基本如此,除了法学院第一年和高中的时候有些学习压力。大学的时候课可以上也可以不上,如果课太早了就不去了。上了也基本在听天书,老师讲了什么从左耳进去又从右耳出去了,经过中间的大脑时没有留下深刻的印象。他希望能回到那样的生活中去,可是,活着就不得不赚钱,而换别的工作可能更难更辛苦,钱更少,或者要面对很多不确定性。所以转了一圈,还是要去律所上班。他叹了口气,走出家门。

因为很困,海博一天都无精打采,喝咖啡也没用,昨天为了熬夜已经喝了五六杯了,现在喝咖啡跟喝水没什么区别。

白天他一直都很闲,没什么活干。发出去的邮件都还没有回复,又没有什么新的邮件要发。本来这是很好的休息机会,但因为每天都要在 billable 里记录自己的工作内容,而像这种没事干的时候也不能凭空发明一个可以用来记时间的内容,到底做什么可以记 billable 是由合伙人决定的。即便自己随便乱记 billable 过了合伙人那关,到时候如果把每天具体的工作事项发给客户的时候,还有可能被客户发现,所以没办法只好记自己在学习、在看书、在接受培训之类的。因为他们律所一个人一个房间,所以即便在干别的事情也没人发现。他准备和妙妙聊会天,好久都没有畅快地说过话了。

但在此之前,有个猎头打电话进来。来香港后不久,他就能收到猎头的电话,因为包括 A&C 在内的一些外所会把所有律师的联系方式直接在网站上公布,虽然没有客户会真的打电话过来,但是猎头却会顺藤摸瓜找来。刚来没几个月就有这样的电话了,但那个时候海博觉得自己待的时间还不够长,而且对方提供的职位大部分也都是在香港其他律所。他想即便继续留在香港,也不想去其他所,如果工资的变化不大的话。从他与其他律所律师的接触中听到的,基本上是天下乌鸦一般黑,没有哪家律所不是让自己的律师随时待命,平日晚上和周末也要干活的,也没有哪家听说不用计 billable 的。

不过今天这个猎头居然是来推销法务职位的,这在海博是第一遭。他知道法务的职位很轻松,但好像很少听说哪里有在招的,恰恰是因为法务的日子都过得太安逸了,很少会有人想要离职,除非遇上总体经济不好或者公司情况不好;而且法务的工资虽然较律所低,但在公司里面又算高的,因此一般公司在招法务的时候,要么低价从刚毕业的法学院学生里面招,要么就只能高价(但还是要给律所的薪资打个折扣)从外面挖有经验的律师或法务。至少这是海博从这个猎头那里听来的。

海博收到邀请的这个职位就是一个给有几年经验的律师准备的,听起来硬性条件是满足了,不管是工作年限、所需学位、需要的语言和律师执业法域都符合,但仔细一看他们做的事情其实海博并不会,即便到时候拿到了面试,甚至通过了面试真的要入职,海博也会有一种冒名顶替的感觉。他跟猎头交换了信息,但没松口要去尝试这个机会。

挂断电话,海博和妙妙继续用手机打字聊天。他们已经很久没见了,海博有点担心两人的感情变淡,虽然每周都会视频,但两人感觉已经无话可说了。毕竟两人的生活都是两点一线,每天就是从家到单位,再从单位回家。海博如果周末运气好有时间出去,也不外乎是跟其他人一起吃个饭,或者跟别人一起去郊游,去爬山。偶尔香港有大片上映,海博也想去电影院看,但叫别人一起有点奇怪,自己又没办法鼓起勇气一个人去看。

海博说自己还在尝试找回上海工作的机会,但是他这个领域很少会在上海招人。妙妙说她想到了一个可以去香港和海博团聚的机会,就是去香港再读个 LLM。除了毕业后可以在香港找工作,在香港读 LLM 没有什么实际意义,因为不能提供考香港律师的机会,不像美国 LLM,最后读完还不过是个内地律师,在香港还是找不到外所的正经律师职位。香港律师要么是认可的本地或英国澳洲法学院毕业后读 PCLL(法律专业证书学位),要么有别的律师牌照执业几年后考试转换,哪种都不是美国 LLM 读个一年书就能考纽约律师那么便利和快捷。但也正因如此,香港的 LLM 申请压力比较小。稍微有点实力的国内法学院毕业生都去美国读了,再不济也去英国或者其他地方(至少可以在欧洲玩玩),很少会想到要来香港读。

但是妙妙如果来香港读书就可以拿学生签证,毕业后还可以有一年以上的工作签证,可以在香港找工作。找到工作后她就可以跟海博一起待在香港了。海博可以和妙妙一起从容地发展关系,不用为了在两人关系还不成熟的时候就结婚。但他有时候也想,这种事情是不是要一气呵成。

和妙妙开心地聊了很久,但是妙妙一直在办公室里,没机会视频。两人约好晚点视频。海博正要离开,看见自己的邮箱在响。他已经好几次遇到过这种工作时没邮件,下班却有邮件要加班的事情了。他赶紧收拾东西,离开办公室,因为他跟佟姐约好了要去看电影。

本来海博是不想叫别的女孩一起去看电影的,但是看见 *La La Land*(《爱乐之城》)时隔多年重新上映的时候,他突然想起来自己还没看过,以前只是看过预告片,看的时候一下子就想起了佟姐,并不是因为佟姐长得像 Emma Stone(艾玛史东),也许两个人一起去看能想起来。佟姐正好也没看过,就挑了那天晚上最后一场。

两人在地铁站碰头,然后一起过海去九龙的一家大电影院看电影。佟姐在有点冷的冬天穿了深蓝色和白色的十字条纹粗呢编织夹克,里面穿着米白色到膝盖长度的连衣裙。两人在走廊尽头小小的影厅坐定,电影还没开始,海博想要去买点汽水,这时佟姐拦住了他。她打开自己带来的黑色大手袋,里面装了好几听冰过的罐装鸡尾酒。海博拿了一罐汤力水调杜松子酒,一边喝一边等电影开始。

电影一开始众人在洛杉矶的高速公路的桥上开始跳舞的时候,海博就一下子被吸进了电影的世界里,像是在跟桥上的众人一起歌唱和跳舞。男女主角在星光璀璨的洛杉矶郊外俯瞰整座城市,关系若即若离,谁也不愿意首先捅破那层纸,向对方表白自己的心意。影片进行到中间,两人在洛杉矶的天文台终于在一起了,让人心中流动着一丝暖意,但很快男主为了事业四处巡演,女主则为了自己的梦想四处碰壁,差点放弃,是男主一直追到女主老家,帮助她收拾心情回到洛杉矶重新开始。但这成了两人关系断裂的导火索。没有什么决定性的契机,只是两人为了自己的事业分居大西洋两岸,最后逐渐形同陌路,直到女主有一天和老公走进一家路边的爵士乐酒吧,发现这正是男主开的。

男主的手指缓缓弹起当年女主第一次听到的曲调,一下子两人陷入了平行的宇宙,如果当年男主和女主没有为了各自的事业牺牲感情,如果男主跟随女主去到巴黎,如果两人搬入新居,有了孩子,建立起家庭,两人又在一个夏夜傍晚的洛杉矶走进路边的爵士乐酒吧,只是这次坐在观众席里听着音乐的男女主角两人。音乐声结束,两人各自从幻梦中醒来,原来一切只是一场梦。女主离开前,两人隔着整个酒吧的距离凝视着,一言不发,最后两人互相致以微笑,女主随老公离开。

明明是哪里都非常俗套的故事情节,不知为何海博看得满眼辛酸,情不自禁地流下了眼泪。他怎么也想不起来为什么当时想起了佟姐,但现在他想起的反而是妙妙。两个人如今也正因为事业的原因分开,如此这样下去两人会不会也像电影的男女主角那样不自觉地分开?他决定回去就跟妙妙讲,鼓励她来香港读书。

灯光亮起,海博擦了擦眼泪,看了看佟姐那边,没想到她已经喝得醉眼迷离,手袋里放着好几个空着的酒罐,一身酒气。海博叹了口气,扶着佟姐走出放映厅,把空罐扔进垃圾桶。他想送她坐上的士,但是她已经仿佛醉得不省人事,问她到底住在哪里要怎么走,她都语无伦次地答不上来,只好和她坐在电影院门口的室内滑冰场外面的楼梯上,等她稍微酒醒一点再走。电影院外面的商场已经下班了,再这样坐下去可能就要被开赶了。

海博正担心着,手机突然一阵猛震。海博心想这真是祸不单行,怎么这种时候还会有活来找自己,结果拿出来一看,发现是妙妙。他这才想起来两人约好了还要视频的。

"你在干吗呢?怎么不接电话?"

海博一看,确实有几个未接来电,大概是看电影太专注,完全没注意。

"啊……我在商场里,正准备回去。"

"商场?这个时候怎么会在商场里?你是一个人吗?"

妙妙要求打开视频。海博没办法,只好打开了。

"商场里怎么这么暗?是不是都下班了?你怎么还不回去?"

"我……"

海博正找词回答的时候,佟姐的脑袋突然一歪,像沉甸甸的麦穗,倒在海博的肩膀上,也自然地出现在了海博的视频镜头里。

"这是谁?"

妙妙语气里的焦灼一下子降到了绝对零度。还没等海博回答,妙妙已经把电话挂断了,再打回去时显示用户已关机。

第十一章
最后的告别

　　佟姐的房间非常的大,大得简直不像是香港的房子,而像是美国人住的。有很多从香港居民的角度来看多余且利用不到的空间,在其他地方却是司空见惯的留白手法。客厅的装修也非常现代,灰白色的大理石地板里飘浮着深蓝色的花纹,北欧风格但肯定不是宜家买的。高档的茶几,宽大的褐色沙发,看起来光亮而柔软的皮面,上面还放着一条小小的毛毯。遗憾的是主人大概没什么时间好好整理房间,也不知道是否请人来整理过,到处都随意摆放着衣物和文件,乱糟糟的,完全不像过去佟姐的风格。客厅外面是一个宽敞的阳台,有一张小桌子和两把椅子,像是放在花园里的那种户外编织椅,而阳台外面就是璀璨晶莹的香港岛天际线,以及横亘在香港与九龙之间,在黑夜里波光粼粼的维多利亚港。

　　海博看见这动人的景色,正准备打开窗户门出去看看,突然发现一道黑影从沙发上弹起来,向自己的方向扑来。海博稍一转身,让那阴影落在了没打开的玻璃门上,只听见扑通的一声。

　　“啊!抱歉,那是我养的猫。”

　　佟姐试图脱掉自己的系带高跟鞋,也许是醉了,脱了许久都没脱掉。这时才想起来灯还没开,她一下子开灯,让海博已经适应黑暗的眼睛有点受不了。等刺眼的光线逐渐褪去,海博才发现自己脚下有一只灰白相间毛茸茸的小猫咪。

"谢谢送我回来，"佟姐把手袋往大沙发上一扔，整个人瘫倒在沙发里。这时她的猫也终于认出了主人，一下子跳到了她的身边，喵喵地叫着。"抱歉啊海博，能帮我喂下猫吗?"

海博顺着佟姐伸出的手指，来到直接固定在墙上的平板电视的下方，抱起那里地上的一个大袋子，往旁边的一个类似小型饮水机应该装水的地方倒袋子里的猫粮。猫闻声或者闻味而来，在海博的身边蹦蹦跳跳兴奋极了，猫毛蹭着海博的脚踝痒痒的。倒猫粮的时间里海博想起自己是怎么来到这里的。

海博和佟姐看电影，不巧地就被妙妙发现了。一切可能发生的最坏情况，一定会发生。海博心里重又默念着墨菲定律。妙妙现在已经不理自己了，海博不知道该怎么办，但也没办法把已经醉得不省人事的佟姐扔在那里不管。

这时佟姐酒稍微有点醒了，她不知道为什么两人坐在电影院外面的滑冰场旁边，也不知道为什么海博显得非常不安。不过她说自己就住在商场楼上的一处物业里，叫他扶她回家。海博就把佟姐的一只手搭在自己的肩膀上，自己用一手紧紧捏住，另外一只手绕过佟姐的腰，轻轻地搭在她的小腹上，搀扶着她回家。她的腰软软的细细的，透过夹克能感觉到她的体温。海博集中注意力不让自己的手上下游移，碰到其他什么有点敏感的地方。

"喂!"

海博从回忆中惊醒过来，却不知道发生了什么。

"猫粮满了! 溢出来了!"

海博往低处一看，才发现那个定时分发猫粮的机器里，已经装满了褐色小块猫粮，而多出来的部分已经掉在了地上，正被如饥似渴的小猫啊呜啊呜地啃了起来。海博没办法，只好任由小猫今天多吃一点了。

"还记得我跟你说过，为什么一定要升 par 的事情吗?"

佟姐休息了一会儿，感觉好点了，居然又拿来两个高脚杯，拿来一瓶红酒，在杯子里各倒了一点。两人在沙发上坐下。

"记得。"

海博还记得那是在波士顿，已经冻住的查尔斯河边，两人站在两排高耸的针叶林下，随便看向哪个方向都是满眼的雪景。就是在这个地方，佟姐简直像是踩到了这里的魔法陷阱，着魔了一样，突然开口，然后一发不可收地一直讲了下去。

"你知道为什么我想上法学院吗？"

"从来没听你说过。"

"本来我也没有很想学法律，当时只是因为分数比较高，所以才选的，想着不然可能就浪费了。"

佟姐当时是以极高的高考分数来到他们学校的，而法律是他们那个位置不好的学校里不知为何非常顶尖的专业，在全国的排名都很靠前。这曾经让海博一度有点困惑，因为在他看来，法律专业的学生出来应该就是做律师的，而想要做律师，在他们那么偏僻的地方基本上不会有什么业务，好学校应该都在北京上海广东才对，类似美国的法学院里好学校大都在大城市云集的东海岸、芝加哥和加州。

"我们那个时候才没想那么多，毕竟大学里学的什么，和出来找什么工作没直接联系的。"

大三那年，她开始四处寻找工作，这时有个香港的律师，来他们学校做讲座，第一次聊到了法律专业学生留学的事情。海博也听说过这人，似乎是留学圈法律专业里的名人，经常鼓励国内的学生出国深造。他经常提起国外的法律如何健全，有助于大家学成归国改善国内的法治环境，而且如果足够幸运，能进入英美大所或者回来去他们在国内的办公室的话，工资是非常高的。按照当时的房价，几年时间就可以在北京上海这种地方买套房子。

也就是从那个时候开始，佟姐想出国读法律学位，而且不是那种速成的 LLM，而是更有竞争力，更有可能留下来的 JD。她不再花时间找工作和面试，那种刚出校门能找到的工作非常有限，而且工资极低。想要去国内稍微好点的律所都至少要有个好学校的硕士，或者是海外留学回来的，倒不是说会一点外语就有什么用，至少印在名片上好看一点。

"也就是我决心出国留学的时候，我才第一次撞到了南墙。"

佟姐叹了口气，一大片云一样的热气从嘴里冒出，又渐渐飘散。

"我爸……非常反对我出国，当然也就不会给我钱。"佟姐喝了一大口，"我自然也是理解的，我们家的情况如此。"

佟姐的父亲反对，是因为他担心佟姐也跟他妻子——佟姐的母亲一样，出国之后一去不返。母亲走的时候，父亲在一家国有企业工作，工资不高，但是住着单位分配的房子，子女上学当时也没有那么卷，按部就班地读书即可，不需要另外花钱补习，一家三口过着简单而清贫的生活。母亲在一家建筑设计公司工作，有一次她出国交流，结果回来以后就好像中邪了一样，非要出国，并且那个时候是要带佟姐一起走的，但是佟姐那个时候还不想走，她不想让这个之前好好的家庭突然就这样分崩离析，想要跟父亲一起挽留母亲。那段时间，佟姐每天回家都会看见父母两人吵架，或者已经吵完了不欢而散地正在冷战。

"有一天，我回家的时候，母亲已经不见了。"

母亲是不声不响地走的，没有留下任何蛛丝马迹让父女二人可以做好准备，心理上或者物理上。她大概是在某个地方一直在准备行李，家里的衣物也是一点一点地挪走的，没有突然大规模地变少。她的书也一本都没带走。她也没有跟父亲提过要离婚的事情，只是突然有一天就不见了，所以直到宣告失踪之前，她父亲都还是结婚的状态。消失之前，母亲没有具体说过自己要出国，但是从前后的吵架经历来看，出国是最有可能的。后来找过警察，但是他们也没有找到。

"我跟我爸反复承诺，不会突然就一声不响地离开的，不会杳无音信，会一直跟他联络的，如果需要每周、每天都通话都可以。但他还是坚决不同意。"

那个时候佟姐才知道，当时母亲离开的时候，还带走了家里所有的钱。虽然不多，但家里的钱也主要是母亲攒下来的。父亲的那个职位除了稳定，对家里的收入贡献不大。母亲走了以后，父亲更加不敢随便离开，怕突然失业影响父女二人的生计，但这样一来，所有的收入也只够两人的日常开销。佟姐从来没要过什么贵重的东西，而父亲也很好地计划着家里的开支，所以佟姐对于家里缺钱这件事一直没有很留意，直到她向父亲提起自己想留学的事情。

"那你最后怎么……"海博在原地活动了一下，站在这里，寒气开始从腿上爬上来了。

"我也没抱太大希望。"佟姐也开始搓手，"我那个时候一方面开始准备考研，一方面在看有没有可能拿到点奖学金。但是美国法学院给外国人奖学金的机会实在太少了，基本上就是不可能，除非 LSAT 考到很高的分并且本科成绩也很好。"

"我记得你 LSAT 好像很高。"

"嗯，"佟姐突然笑了，"是很高，本来我可以去前十四的。"

"结果为了奖学金来了现在的学校?"

佟姐点点头，"给了一点钱，至少稍微减轻了家里的负担，但还是不够。"

因此佟姐申请了延迟入学，在国内又工作了一两年，试图攒点学费，但是刚毕业自己工资不高，在别的城市一个人生活开销又太大;而她本来申请上的那所给奖学金的学校也敦促她，如果再不来念书，不仅奖学金，连读书的 offer 也会取消。她本来已经在心理上放弃了，觉得不出去读书也无所谓，这时她父亲来找她，说他有钱了，可以供女儿出去读书了。

佟姐很心疑，不知道钱到底是怎么来的，然后父亲说，是他在外面做生意，利用人脉介绍交易，收了一点介绍费。他一直在做这件事，已经偷偷做了好久了，不是天上突然掉下来的。他还给佟姐看了银行账户，里面确实是每次稍微多一点的，不是一口气打进去一大笔钱。

"那个时候如果我搞清楚就好了。"佟姐又叹了口气。又有一大片云朵出现在两人的前面。

"钱是……"

"地下赌场赚来的，但其实对方是故意一直让他赢，让他产生依赖心理。"

结果佟姐一出国，她父亲就彻底落入对方的圈套，逐渐不断地亏钱，为了维持生计和支付佟姐的开销，又要去找他们借高利贷，最后连单位的房子他都用不正当的方式卖给了别人，只是几年以后被单位发现收了回去。

"所以我一定要当上合伙人。"佟姐也开始冷得跺脚。"好好赚钱，帮父亲还钱。"大所的律师虽然工资挺高的，但合伙人的工资更高。佟姐曾经算过，按照父亲借的高利贷的利率，律师的工资也填不上他那个窟窿，只有合伙人的水平才有可能。

夜幕低垂，天气更冷了，两人冻得直哆嗦，继续向波士顿更深的夜里步行。

"记得，"海博喝了口酒说，"你为了帮父亲还钱，所以拼了命想要当上合伙人。"

刚回想起寒冷的波士顿冬天，海博感觉一阵热潮伴着酒劲涌上脸部，好像不自觉地要在香港这仍然燥热的初春夜里，让自己更暖和一点，抵御沿着回忆的斜坡蔓延过来的寒意。

"嗯……"

佟姐不知道什么时候已经把自己的酒喝完了，又给自己倒一杯新的。

"现在完蛋了。"佟姐喃喃自语道。

海博举着酒杯，没有说话，等着佟姐把下面的话说完。

"我已经尽了一切努力，"佟姐又咕咚咕咚灌下一大口，"再也没有回天之力了。"

海博之前就听佟姐说了。今年是佟姐第二年升为合伙人的机会，如果今年的名单里没有佟姐的名字，那么大概率就是没戏了。

"我不懂，为什么就是没我？我每年都 bill 那么多个小时，曾经一度接近三千个。我每天晚上都睡不好觉，手机一响就赶紧拿起来看，如果跟我有关就马上起来工作。"这也解释了为什么佟姐现在每天看起来那么的累，眼圈已经黑得像与生俱来的一样，而不得不靠厚重的粉底和夸张的眼线眼影来遮挡。"我一直胆战心惊、小心翼翼、如履薄冰地做事，一点不敢马虎，从来没犯过什么大错，除了……"

佟姐突然开始哽咽起来，眼泪大滴地从她脸上落下，化了的黑黑的睫毛膏在白白的厚粉底上划开一道道真实的黑线。

海博见状，放下手中的酒杯，在沙发上挪到佟姐身边，试图掰开她握着酒杯的手，但她一仰头将自己的酒全部喝完，才松开了手。等海博放好酒杯，佟姐将头埋在海博肩上。他很快就透过衬衣感觉到她潮湿的气息。

"我只是不想变成我妈那个样子……我想做个负责的人……负责的女人……"

"好了好了。"海博轻轻地用手抚摸着佟姐后脑勺柔顺的头发，"没有人说你不负责。"

"可是……"佟姐突然仰起头来，"客户说我不负责。"

佟姐的嘴弯成了开口朝下的新月形状。脸已经彻底哭花了，同样五官形状的画像也印在了海博的衬衣上。

"客户怎么会这么说呢，你是我见过最负责的人了。"

"我……"佟姐吸了吸鼻水，"确实搞砸了。"

原来佟姐有天起床接到客户电话，问她是否昨晚代表客户发给交易对方的合同已经反映了客户所有的意见。如果换了海博，大概就满口答应说当然已经全部反映进去了，然后继续起床去上班。但是小心翼翼的佟姐突然有点担心，害怕可能有什么内容没有反映进去，所以就跟客户说"应该"已经包含了，但让她再检查一下，确保万无一失。结果客户就很生气，向合伙人说没有检查好的邮件怎么就发给他了。实际上佟姐昨晚发的时候已经检查过了，她只是基于律师的谨慎口吻才这么说的。

等佟姐到了单位，合伙人马上把她叫到办公室去，问她怎么回事，发邮件之前没有先检查好再发出去。佟姐说自己其实检查过了，只是习惯性地为自己找一个退路。合伙人反而更加生气，叫她回去检查自己最近三个月发出的所有合同，确保没有任何问题，写一份详细报告并将所有材料集结发给另外一个律师检查。

等佟姐浪费了大半个星期检查好后，她听说最新的合伙人晋升名单即将公布，因此异常紧张、异常激动地愈发努力工作，晚上几乎都没睡觉，直到海博约她看电影的那天。

从那天开始，佟姐就没有再收到任何新活儿，旧的合伙人也突然让她抄送新来的律师，另外合伙人也叫她清清自己的假期，她开始感觉不妙。

"但是你能确定名单里没有你吗？"

"百分之百，绝对，肯定。"她说，"我在律所里可能没有其他朋友，但我跟所里的一个 HR 关系非常好。"

那大概没有什么谬误了。海博叹了口气。

"跟你说完感觉好点了。"佟姐似乎止住了哭，"不过一想到我还要告诉我爸，脑子就嗡嗡地麻。"

"为什么一定要告诉他？"

佟姐又抓起酒瓶，给自己倒了大半杯酒，并趁海博还没反应过来的时候一口气灌进了喉咙。

"因为我以前跟他说，自己马上就当上合伙人了，所以他没太操心钱的事情，花钱有点大手大脚，还跑去定做什么三件套西装，说到时候如果有庆功宴他要穿着来参加。我叫他还是注意点。"

海博苦笑，不知道自己能不能有天过上这种日子。

"那还是趁机一口气说出去吧，这种事情，越拖越难受。"

"有道理。"佟姐又伸手去拿酒瓶，被海博按住了她的手。"别拦我，我得喝点酒，借点酒劲这种事才好说出口啊。"

海博拿过酒瓶，"你赶快说吧，说完我给你喝。"

佟姐撇起了嘴，似乎忘了自己还顶着一张掉了妆的脸。也许她心里还是那个爸爸的小女儿，从来就没有长大几岁。她拿起手机，试图给父亲打电话，但是对方没接。她于是留了语音留言，说自己晋升失利，可能这几年工作上会有点动荡，叫他花钱的时候小心点。说完，她找海博伸出了手，海博只好把酒瓶递给她。喝酒喝醉不是好事，但在今天晚上，对于佟姐来说可能未必完全是坏事吧。

"呃？"

海博捏着酒瓶的手，被佟姐捏住了。海博看着佟姐，不知道她为何要捏自己的手，而不是酒瓶，但佟姐突然把脸凑了过来，直接亲在了海博的脸上。

"这是……"

还没等海博反应过来，佟姐已经把唇按在了海博的嘴上，并且拿走了海博手中的酒瓶，放在了桌上。

海博已经有点疲倦而恍惚的头脑，突然因为充血而苏醒了过来，能感觉大团大团的血顺着脑动脉往头部输送，血管随着加速的心跳而一跳一跳的。

"抱歉……"佟姐轻轻地从海博的嘴唇上移开了，"没有吓到你吧。"

海博想说点什么，却感觉自己的喉咙像被水泥封住了似的，什么也说不出口。

佟姐继续说："现在真的太忙了。如果还能回到那个时候……该多好。"

那个时候？哪个时候？但是这种时候，海博也知道佟姐说的是哪个时候。那是一个没有暖气的寒冷的冬天，两个人紧紧拥在一起，自己的身体不受控制地膨胀了起来。但是两个人只是那样抱在一起，没有人跨过那条淡淡的界线，捅破那层薄薄的窗户纸。

"本来我都下定决心了，结果到了最后关头……"

"什么决心？"

佟姐充满醉意地笑了。"你不会真的以为我不知道学校什么时候停暖气吧？"

海博突然有种被醍醐灌顶的感觉。说得也是，这么冰雪聪明LSAT能考170以上的佟姐，当然是故意"忘掉"学校停暖气的事情，但下场是自己差点被冻感冒。

"我只是想做个负责的人……"佟姐继续说着，但似乎已经开始不胜酒力了，"今天约我看这样的电影,终于让我明白了。原谅我总是想太多……"

说着,佟姐已经迎面倒在了沙发上,随后传来香甜的鼾声。她已经先一步进入了梦乡。

海博舒了口气,去洗手间用冷水洗了把脸,让自己滚烫的脑袋稍微降温。回到沙发上,海博看见佟姐还在弓着背用奇怪的姿势睡觉,就抱起她,把她放在床上,脱掉她的鞋子,用打湿的毛巾擦掉她哭花的妆,然后给她盖上了被子。犹豫了一下之后,他还是离开了,不过走之前把佟姐翻成了侧睡位置,怕她突然想吐而堵住喉咙。

今天发生的事情实在太多,他需要一个人静一静,明天早上再来看看佟姐的情况。

回家之后,海博一直在自我责备。他不后悔能帮佟姐排解苦闷,但是自责于自己似乎从来没有跟佟姐讲过自己的感情状况。他已经有女朋友了,并且已经有过很久了。为什么自己从来没有告诉过她? 难道自己真的在某个层面上还想着也许有朝一日,会有机会跟佟姐再发生点什么? 他想等佟姐振作起来,第一时间告诉她。不过即便自己是个渣男,不介意脚踏两条船,依照佟姐那种过度认真的性格,如果告诉她其实自己已经有妙妙了,她会不会又内疚起来? 要用稍微巧妙、稍微委婉一点点的方式告诉她。

不对。海博又想起来妙妙。现在最重要的不是佟姐,而是要跟妙妙解释这一切。他看着时间,已经太晚了,但是如果明天白天他还不能跟妙妙取得联系,也许又要去一趟上海了。

等海博从上海回来,他又联系不上佟姐了。之前说过她会跟父亲讲工作的事情,不知道讲得怎么样了。

不过海博自己也有很多头疼的事情。

首先是工作上的事情。最近临近年中"630",又到了一批公司需要公布自己半年的业绩,以及一些银行需要完成内部定下的半年任务的时候。本来不是非借不可的钱临近6月30日,就非借不可了。临近年底,或者对于中国背景的公司,临近春节,也是一样。海博于是从不怎么忙,一下子切换成了忙到不可开交,一个人同时要做5个不同的项目。他目前在律所里也算是个二年级的律师了,是一个尴尬的阶段,一方面有些简单的项目他已经可以处理，所以就基本交给了他全权负责，而比较复杂的项目，也需要他这样的初级律师协助，于是两边夹击就变成了他现在的窘境。每天早上一到单位就开始接打电话，参加电话会，和客户过合同，和对方过合同，处理各种急需处理的邮件，到了傍晚等客户们都下班了，又到了需要加班继续改合同的时间。虽然没有什么到夜里 12 点地铁收班之前干不完的活，但如此轮番轰炸下来，他又有了生不如死想要赶快辞职的心态，而且到了周末也是两个整天都要加班，不知道什么时候才是个头。

就是在这种时候，他的"心灵绿洲"不仅已经彻底变成了沼泽地，他还发现自己戴上了叮当作响的金色手铐，天空上总是黑暗中带着闪电。他也知道其实没有了自己，肯定还会有别人顶上来，这个行业从来就不缺少新人，即便他们知道这是个有金手铐陷阱的工作，也会前赴后继地涌过来。闪电在不停地创造这样的沼泽人。对于现在的自己来说，他终于体会到钱是赚不完的，但是自己只有一辈子的道理。他即便知道自己正在泥沼里越陷越深，但现在的高工资使得他缺少采取行动的动力。也许最好的选择，就是找一个工资不低的法务工作，但是能给他很多自己的时间。

他在猎头那里留下联系方式之后，好像在看不见的什么地方有人像竹子一样在地下盘根错节的网络中交换了他的信息，以至于有越来越多的猎头开始联系他。大部分是来推荐其他律所职位的，偶尔有几个则确实是推荐公司法务位置的。毕竟很多人还是足够幸运，能够在律所待几年后离开。不过猎头对于律所的律师具体是干什么的似乎有一些理解的误差，有时候会推荐过来自己都不太会的位置，但投了几轮之后都没有什么下文。

最后就是海博和妙妙两人的关系到底会怎么样的问题。海博这次去上海，确实让两人即将熄灭的感情重新点燃了起来。妙妙看见海博的时候，眼睛里先是一阵激动，然后是因为海博和别的女人一起出现在视频里生起气来，但是同处一个时空里安慰她就简单多了。海博搂住因为生气而背过身去的妙妙的腰，轻轻地在她耳边说话，很快她就痒得受不了，两人身体上重归于好了。之后，海博就和妙妙一起去郊外的动物园看动物，晚上回市区吃好吃的，一直睡到第二天中午，吃完午饭就不得不打道回港。幸运的是，这个周末基本上没什么需要他去管的事情。

从此，海博尽量每个周末都去上海，反正自己也不是承担不起。只是这样每次去上海对于海博来说，还是有点吃不消。两天时间有大半时间花在了路上，而且也不是每个周末都能这样有空，只能赶巧。有时候海博都出发去机场了，结果还有客户要开会，海博只能一边电话接入一边听，上了飞机被空乘反复催促才关掉手机。落地之后又要抽空改合同，甚至要临时取消已经约好的餐厅或者安排好的活动。

"你去当法务就好了，没有这么多烦心事了。"已经跟海博打过好几次电话推荐职位的一个猎头说。他推荐过几次职位，但是对于海博的业务具体是什么还是有点隔靴搔痒，海博解释过几次，后来就算了，直接把简历给猎头了，让他想投就投。如果公司那边有兴趣就面一下，反正都到了这个份上，说明恐怕连公司那边都不知道他具体做的业务是什么。

"不行，你怎么能去当法务呢？"跟妙妙说过之后，她一开始是反对的，"法务那边是轻松点，但你才在律所工作了几年，学到了点皮毛，怎么能这么早就跳法务呢？"

海博也知道自己还只是个初级律师，但是法务那边给的薪酬不高，如果等自己熬到了中高级律师再跳法务，砍掉的薪资就太高了，他不确定自己到时候会不会就因为律师的薪水比较高，结果就继续强忍下去继续留在律所了。至于能学到的东西，海博觉得现在似乎进入了瓶颈期，好像也没什么新的东西能让他学到了，毕竟很复杂的项目还是那些熟悉的人在做，除非他们都不干了把活交给自己，海博才有机会亲手去学习那些复杂的项目。

"去 inhouse（公司法务）？"上次看完电影喝醉酒之前，海博也顺口跟佟姐聊过，"确实有些人会在逃离律所之后选择这条路径，不过我应该不会那么难堪的。只有当过合伙人我才会离开。"

不知道现在处于这个情况的佟姐会不会考虑，但反正联系不上她，海博准备先把刚收到的这个面试的机会当作练手，面了再说。

过了许久又要面试，海博的心情是复杂的。一方面，上次面试律所成功的时候，他觉得那是自己最后一次面试了，自己肯定会一直留在外所里的，轻易不会放弃，但没想到过了大概一年多之后，自己就开始想放弃了。另外一方面，他面试的技巧也有点生疏了，不知道对方问到各种问题的时候，还能不能很快地反应过来。但这并非一家特别理想的公司，自己大概率也不会去，权当是练习赛了。

从律所里溜出来面试还是一如既往的轻松，因为有自己的办公室，所以没人没事会跑来看自己到底去了哪里。中环的写字楼基本上就那几栋，而且全都有天桥连在一起，所以步行去其他的大厦也不用风吹雨淋，偶尔还可以吹着空调。到了面试的地方，海博站在门口按了很久的门铃也没有人来开门，他想起之前在上海面 A&C 的时候，难道自己能拿到的面试都有一些共性，比如公司本身看起来就不靠谱？但是在联系了猎头后，猎头告诉他面试的人正在楼下的星巴克，叫他直接去星巴克见对方。

海博穿着西装，打着领带，来到了星巴克。他已经对这家公司放弃希望了，不知道是对方今天办公室没开门还是会议室坐满了，跑到星巴克面试，他都觉得很尴尬。面试他的是个非常年轻的女生，据说是这家公司的 HR，所以面试的问题里主要都是那些打酱油的问题，没有问他到底会什么，也没有刁钻的法律知识抢答环节。不过海博不好意思让附近的人知道自己在面试，所以只好把声音压到尽可能小。

面试结束，海博刚走出星巴克就拉松了领带，心里暗暗问候那个不靠谱的猎头，怎么会给自己推荐这种公司。他想起自己在律所里宽敞而幽静的办公室，不知道自己为什么非要去面那个法务的职位。

到了律所楼下，海博碰见了凯文，凯文看见海博全副西装还戴着领带的样子，意味深长地点了点头。这种情况还打领带，如果不是见客户，大概率就是去面试了，而还不是合伙人的海博当然不会自己去见什么客户。海博意识到自己居然没把领带摘下来真是犯了大忌。

深夜快走的时候，海博又想起今天碰见凯文的事情。他想凯文大概还没走，就走到凯文的办公室那里。他一敲门，凯文就叫他不要进去，海博站在门口，只看见凯文手忙脚乱地在收拾什么，但不知道他到底在干什么。

"不方便的话我可以先走的。"海博隔着门说，不知道凯文能不能听见。

"没事，进来吧。"

海博看着凯文，脸有点红，不知道到底是因为房间里有点热，还是他在干什么不可名状的事情。

"今天被你看见，记得保密啊。"海博说。

"当然。"凯文没有转过头来看他。

"你……真是每天都留在办公室里啊。"

海博看看手机上的时间，已经快 11 点了。这一层除了他，就剩下凯文了。

"嗯……没办法。"凯文说话吞吞吐吐。

"没事了，我也一个人住的，回家也是一个人，还不如留在办公室呢。"

"你也住太空舱吗？"

海博愣住了。太空舱？海博一下子没想起来这是什么东西。

"太空舱是……"

"啊……"好像说了什么见不得人的事，凯文的脸更红了，"没什么，别介意。"

"哦，我只是想说……"海博一边说一边在手机上搜了一下，"今天你在楼下看见我，别跟别人说哈。"

"那是肯定的，我怎么会说呢。"凯文尴尬地笑起来，"我们这破律所，给的钱又少，市面上给纽约薪资的律所有好多，有的还有生活津贴。我要不是……没什么。"凯文再度欲言又止。海博突然想起来之前在上海泡温泉的时候和妙妙一起住了一晚的地方，不过没想到会有人真的长住在那种地方。

"你为什么要住这样的地方？"

香港所谓的太空舱，只是胶囊旅馆换了种说法，可能只是用的床稍微新一点再带一些影音设备。就是那种两层床，每个人一张，所有东西都放在那狭窄得坐都坐不直的空间里。不过跟日本胶囊旅馆不同的是，香港的太空舱不是当旅馆用的，而是类似于劏房，是给人常居用的。所谓劏房则跟内地的群居房一样，是将本来就小的一个房间，进一步分割成好几个，再分别租给好几个不同的人。这样一来，租金是终于下来了，但居住的空间就小得简直可悲，比监狱还小。海博知道香港本地人会住太空舱也好胶囊旅店也好劏房也好，其实他们可能是在等政府给他们分配公屋，那种租金极低，一个月大概才一两千，但是居住环境比劏房什么好得多的公共福利租房。而劏房的价格大概跟自己之前在上海住的老公房差不多，一个月也要大几千，看具体在什么地段。太空舱就更便宜了，但还是比公屋稍微贵点。

"我……我……"凯文有点结巴了。海博有点后悔问他，不过都问了，他也有点想知道。"其实就是缺钱。"

海博突然想起来佟姐。她不也是因为缺钱，所以才……不对，她是因为想要追寻自己的律师梦，所以才陷入了贫穷，但她现在已经在努力工作想要填补之前的窟窿，当然好像事情似乎没有她之前设想的那么顺利。

"就是那种，借钱也要去美国读法学院，然后回来赚钱还钱吗？"海博尽量用轻描淡写的口吻说，"我有个朋友也是这样，她好像住得还可以……"

"家里情况不太一样吧，我们家……还有些别的开销，比如看病什么的。具体就不说了。"

"哦……抱歉，不该问你私事的。"

"没事没事，以后你看见我在所里待到很晚，就知道其实我只是在所里蹭免费空调、免费饮料，另外还可以用所里的电脑免费上网挣点零花钱了。"

"还有副业是吗？"

"呃，对。"凯文似乎又说了点私事出来，"就是帮人写申请文书推荐信，代写作业论文，留学生常用的那些。"

"申请文书我知道，但连作业和论文这种东西都有人找人代写？"

"喂，小点声了。"凯文用四根手指往下按压，示意海博声音小点，虽然这一层除了他俩根本没别人。"现在出国的人多了，良莠不齐，有些人就是靠这种手段才能在国外过上逍遥自在的生活。"确实，国外的学校一般都很难混，这个海博有切身的感受。不过他应该也不至于会用这种服务。

"那比起我，你更应该去找一家更高工资的地方了。"海博说，"我其实是觉得太累，所以在找法务而已。"

凯文扬了下眉毛。

"不至于吧，我觉得法务就是那种当不上律师的法学院毕业生打杂的地方。没什么事，但工资更低，一旦公司业绩不好，第一波就把他们都开了。"

"是这样？"

海博听见他这么说，心里有点不悦，也许是因为觉得法务才是自己的出路。不过他没继续往下说，只是告辞离开。

海博继续在做妙妙的工作，就说自己是有点想去做法务的，但妙妙帮海博回忆了一下当时两人在上海的时候海博说过的很多对外所律师工作的憧憬，于是叫他保持初心，不要这么快就换工作，不然以后在面试那些喜欢长情的公司时会吃亏的。海博在心里嗤之以鼻，那种不喜欢员工跳槽的公司大概率是工作环境恶劣又给不起相应报酬的吧。像律所这种地方工作是很累,但至少给得起相应的报酬,只是律所在不忙的时候也拿这样的报酬,又会让人心中不安罢了。

听妙妙这么一说,海博感觉自己确实逐渐迷失了自我。自己想要的到底是什么?是轻松的生活,还是丰厚的待遇? 最早在读研究生的时候自己肯定是不在乎钱的,从什么时候自己也开始斤斤计较,考虑下一份工作到底是钱多还是钱少? 难道钱多就可以什么都不管地卖命工作吗? 这一点海博觉得自己还算幸运,毕竟自己家不像佟姐只有一个父亲苦苦支撑女儿的梦想,也不像凯文那样非要拼命压缩正常的生活来开源节流。

海博还在找面试的机会,但目前没有什么特别合适的。只是当他有次在律所里打咖啡的时候碰到查德,对方居然问起来他面试得怎么样。

"面什么试?"海博谨慎地问。

"你不是去面试了吗?"查德有点怀疑自己记忆的样子。海博把他拉到茶水间的角落,怕其他人进来听见。

"你是从谁那儿听说的?"

"这是个秘密?"查德一脸恍然大悟,"我听我们组的人都在谈,说你去面试了,准备跳槽。"

海博叹了口气。他觉得凯文嫌疑最大,毕竟他亲眼见到自己穿着西装打着领带,并且海博还亲口告诉了他,不过海博当时也叫他保密了,如果他信守诺言,其实也不能排除其他人也在楼下甚至在面试的星巴克见到了海博,反正那里也不远。他在心里捏紧了拳,感觉自己是被赶鸭子上架,不得不赶紧找份工作,万一律所这边看他无心工作不要他了,还能有个下家。

"哦,对了,我要结婚了。"查德突然说,"你这一天有空吗?"查德举起手机上的日历。

海博一惊。之前查德还说自己没有女朋友,现在怎么突然就结婚了? 不过他看了一下日历,自己有空,所以也准备去参加查德的婚礼。

看着查德离开时头顶的肉色,海博又觉得他要结婚没什么稀奇的,可能只是到年龄了,并且正好遇到了合适的对象。不过海博自己呢,其实也没有比查德小多少,也许到了某一天就会像这样突然结婚? 看来看去,身边合适的人只有妙妙了,他也应该向这个方向努努力才是，但是为什么又好像感觉自己没有这方面的干劲？是因为工作太忙？肯定是因为这个，而不是别的什么……人。

海博突然心里一跳，难道自己还会是因为在等什么人，才一直没结婚吗？他的心里已经有了答案，有了那个人的形象，而且那个人最近才刚问过他。他不知道自己该怎么办，就这样一口气与妙妙猛冲下去？好像会有哪里不甘心的地方。那么至少跟佟姐再见一次，把话挑明了说，把自己所有的退路都堵死了，死心了以后，再去找妙妙？

海博又试图联系佟姐，但还是联系不上。他想起杰克也在那家律所工作，就发信息拜托他帮忙看一下。杰克满口答应，又拐回来问他两人到底什么关系。

"嗯……非肉体关系？"不过海博想起自己跟佟姐不仅在一张床上睡过，最近还刚接过吻。

"这个问号用得很妙。"杰克发来一个笑脸。"知道了，会帮你看紧你的女神的。"

杰克还说下次要撮合两人见面，自己再偷偷离开。其实海博和佟姐如果真要见面根本就不用撮合，只是自己已经答应过妙妙，不再和佟姐见面了。这是上次去上海的时候两人和好的条件之一。

最后再见一次，海博心里想，只见一次就好了。把所有想说的话都说了，以后就没有遗憾了。

但是不管是他自己，还是通过杰克，都完全没有佟姐的任何音讯。他开始觉得有些异样了。

他想起来佟姐住的地方。他不记得具体是哪一层楼哪一间房，但他还记得入口在哪里，因为那是一个大型商场里面，可以直接坐电梯去到楼上平台的。周末的下午，他在附近买东西的时候，突然想着如果在附近的长椅上坐下，也许能碰到佟姐。他买了杯咖啡，坐在长椅上一边刷手机一边等，不过一直等到天黑也没见到她。他觉得自己真是犯傻，她不回应就是她不想被别人烦的意思，为什么自己还要死乞白赖地去联系她呢？他下定决心，从长椅上离开。

"海博？"

佟姐抱着一大袋猫粮，从旁边路过。他还没见过她穿得这么居家的样子，T恤和短裤，趿着拖鞋，头发用亮黄色的大发箍固定成马尾，但似乎有些出油，脸好像也没洗。海博从来没见过这样的佟姐。

"你是不是试着联系我结果联系不上?"佟姐扶了下大黑框眼镜,"抱歉,我心情不太好,所以请了假在家休息。"

"哦……那你好好休息吧,我不打扰了。"说着海博准备离开。

"不要紧的,你上来坐会儿,逗逗猫也行。"

海博想起上次在佟姐家发生的事情,以及和妙妙的约定,但他又觉得逗下猫应该没事,毕竟是那么可爱的小猫咪。

海博和佟姐来到楼上,结果一进门海博就感觉有些不对劲。家里飘着一股上次来可能没有注意到的异味,混合着说不上来的源头,但是打开灯他就知道了。门口放着几袋没扔的外卖袋子和垃圾,脏衣服乱扔在地上和沙发上,连猫都似乎饿得奄奄一息,看见他们来,只是稍微动了下耳朵。

"抱歉……太乱了。"佟姐说,试图找个没有脏衣服的地方把猫粮放下来。海博帮她把沙发上的衣服推到一边,先放下猫粮,又帮佟姐扔了垃圾,收拾了臭得让人灵魂出窍的猫砂盆,把该洗的衣服扔进洗衣篮,不用洗的重新挂出来或者叠好收起来。最后两人一起给猫倒好水,又打开了那一大袋猫粮,把猫粮灌进喂食器里。

"对不起啊,咪咪,"佟姐过去把猫抱起来,"主人这么消沉,都把你给饿坏了吧。"

佟姐把猫放在喂食器旁边,它终于重新活动,开始有气无力地嚼食猫粮,看来离它恢复元气还需要一段时间。

"你……还好吗?"

两人重新坐到了沙发上。家里什么喝的都没有,只好从水龙头接了两杯水,海博不确定能不能喝。

"还好,如果说是否还活着,那我还好。"佟姐似乎把家里所有的酒都喝完了。刚才扔垃圾的时候有好多酒瓶。

"发生什么事了吗?"

佟姐不说话了,看着沙发前方若有似无的什么东西,也好像没看。

"我爸死了。"

佟姐的声音再度响起时,好像是从别的什么地方传来的画外音,缺少来自这个现实世界的真实感。

"一开始我还是说,自己的父亲过世了,这样正式的说法,"佟姐拿着海博买回来的咖啡说,没有要喝的样子,"但实在是有太多人问我怎么回事,怎么回事你没有干劲,怎么回事你不化妆,怎么回事你……所以我干脆就说我爸死了,这样他们就没有人再问我了。"

海博还沉浸在这震撼的消息里不能自拔。他借口去买咖啡,一个人下楼,但到了咖啡店的时候发现已经关门了,只好到附近还开着的便利店里买。

等海博回到她家,佟姐还坐在一开始的位置,一动不动,就好像变成了一座雕像似的。海博叫她,她也没有反应,只有轻轻拍肩,她才反应过来,接过海博递过去的咖啡就自动开始说话,没等海博开口。

"跟我爸最后一次通话,就是一个多星期以前,跟你说过我没升成合伙人的时候。"佟姐说,"他还安慰我,说没关系的,下次再努力就好了。是我一个劲地说,不行了,没有机会了,以后都当不上合伙人了。"

佟姐突然哭了起来,是那种不出声的,眼泪自然流下来地哭,而她本人好像还没有注意。

"我不知道他居然欠了那么多钱。那几天又正好被讨债的人每天骚扰。"

佟姐双手紧紧握着一口没喝的纸质咖啡杯,感觉很快要把咖啡杯捏垮。海博坐到佟姐身旁,伸手把佟姐手里的咖啡拿开。这时间里,佟姐还对着面前的空间继续讲着:

"他总跟我说他在做生意,在赚钱,还给我看他的账户余额。有时候逢年过节给他买东西,他还总推说自己有钱,什么都不需要。实际上他一直在破产的边缘徘徊,偶尔在赌场那边赚点小钱,或者又从谁那里借来了钱,就赶快给我看。"佟姐木然不动,眼泪大滴地落在 T 恤上,海博拿来纸巾,像在给雕像拂去尘埃。"我每个月给他几万块,还总说等我当上合伙人就给他更多,原来这才是一直维持着他的活水。"

佟姐这时终于好像意识到了海博的存在,转头过来对着海博继续说。

"他也跟催债的人说了,说现在先还利息,本金等女儿升职加薪了就还,谁知道他欠的钱利息那么高。"

海博把手放在她的膝盖上,轻轻拍了拍,想说点什么,但不知道说什么好。

"后来他就跳了,从很高的桥上。一想到最后一次跟爸爸说话的时候就是我在不停地向他抱怨,说做不到合伙人怎么完蛋了,我真的……"佟姐终于有了哭泣的样子,嘴咧开,黄豆大小的眼泪大滴地落下,像一颗颗水晶。海博把佟姐搂在怀里,温柔地摸着她的背,希望她能尽情释放自己的情绪,等她平静下来再聊接下来怎么办。

这时,海博的手机又响了。一看名字,又是妙妙的视频通话。

他这次学会了,任何情况下都绝对不能接听,不然现在自己搂着佟姐的样子,万一被她看到了,那真的只能一刀两断,下辈子再续前缘了。海博把手机小心翼翼放回裤子口袋,怕不小心按到了上面的任何键。

但是她不停地打来,手机在裤子口袋里一直在震,连哭到一半的佟姐都抬起头来,问他怎么不接。

"啊……不太方便接。"

"女朋友?"她问,"之前没听你说过啊。"

"最近刚谈的。"他突然意识到自己撒起谎来已经非常自然了。佟姐暂时停止了哭泣,明显又被什么新东西所困扰着,在沙发上抱着膝盖,眼球快速转动,不知道在想什么。海博想起上次佟姐说的话,现在突然让她知道自己已经谈了朋友,会不会在工作和家庭之外对她有什么影响?正想说点什么时,佟姐开口了。

"还记得以前……我说过有关海洋生物的事情吗?"

海博想了很久,突然想起来,那是在波士顿那个下着暴风雪且没有暖气的夜晚,自己从后面抱着佟姐的时候,她说的故事。具体记不清了,但是大概是沙漠里因为地形变化,有一批海洋生物突然被困在了那里。

"我现在觉得自己错了……那些海洋生物真的好悲惨,就一瞬间突然被与大海割裂了联系,再也没有办法回到海里,和家人、朋友,和同类分离,永远永远要待在沙漠里,直到连海水也被烤干的那一天。"

说着佟姐自顾自地哭了起来。海博不知道自己该说什么,或者不如说他知道自己该说什么,但是已经到了没办法说出口的地步。他也不能像刚才那样再抱着她,安慰她了,现在她知道自己已经有女朋友了,再这么做只会显得自己轻浮,大概。他只能安静地等着佟姐稍微好一点,并稍微把纸巾盒子往她的方向推了一点。

"我一个人没事的，等过段时间恢复了，我们再聊。"佟姐自己拿纸擦了擦眼泪。

"好的。"海博趁势站起身，和佟姐告别，再和已经吃到撑得不行趴在地板上一动不动的猫咪告别。他离开的时候也犹豫过，要不要再稍微观察一下她的情况再走，但一想到妙妙还在电话那头焦急地等待他就只好先顾着火的地方。

"你又干什么去了？"接起妙妙的电话时她劈头盖脸地吼道。

佟姐和海博住的地方隔着维多利亚港，但幸亏香港的市区不大，坐地铁都是几站路的距离。他回到家才拨回妙妙的电话。

"我一直在家里啊。"海博又撒谎了，"不小心睡着了没听见。"

"你怎么老这样？"妙妙还是很生气，但海博尽量控制住自己不道歉，怕被看出来。跟她解释佟姐父亲死了，自己过去安慰她？海博本能地感觉到会有问题，所以这种情况下还是什么都不说比较好。

"太累了嘛，每天加班。今天没什么事，我一到家就睡着了。"

"哼！"妙妙说，"我还有要事要找你呢。"

"要事？"

原来妙妙准备申请来香港读书，这样两人就可以团聚了。妙妙一直在找香港的工作，但是找不到能让她直接过来就业的机会。原来引进人才的签证只能用在律师，不能用在律师助理头上。对于内地人而言，只有在香港毕业或者有配偶签证的其他人才能在香港做律师助理。虽然香港法学院 LLM 读完也不能考香港牌，但先拿着签证过来再说，是妙妙的想法。海博当然支持，现在就是要帮妙妙准备申请材料，然后提醒她搞定成绩单、推荐信、英语考试等。海博之前虽然没弄过完全一样的，但申请美国法学院也是差不多的东西。他答应下来，再忙也要帮妙妙搞定，这样两个人就终于可以团聚了。

等和妙妙聊完，再联系佟姐时，她已经不回复了。海博看了眼时间，佟姐可能已经睡了。他决定稍微等等。

但等第二天再联系的时候，她还是没有回复。海博很担心，想从办公室溜出去到她家再看看，结果正好被合伙人叫去了办公室。

"海博啊，最近忙吗？"Thomas 这回戴上了很久没见过的表示关切的面具。

"还好啊，"海博回忆了一下，"没有之前那么忙了，但可能跟季节有关吧。"

　　过了 630,很多公司就松了口气,不管有没有实现目标。实现了当然最好,没有的话也不用着急了,等下次快年底的时候再努力一把就行。加上七八月很多学校放假,有孩子的客户和律师都会休一段时间的长假,欧美也有夏天去度假的习惯,所以整体而言属于淡季。海博觉得自己不忙也是正常的。

　　"但是你看啊,"Thomas 从旁边拿来一张纸,"你最近的 billable 非常不够啊。"

　　海博倒吸了一口凉气,没想到他们是会这么仔细地看 billable 的,而且不够的时候还是会单独谈话的。他一看那张纸,是一个小小的狭长表格,上面有自己每个月记的 billable 的数字,还有一个与所里要求的数字的比例,看起来似乎与所里的要求还有相当一段的距离。

　　另外,他注意到表格上除了自己的名字,原来还有凯文的名字。这小子,平常总待在办公室里,没想到他也是个摸鱼好手。海博在心里冷笑一声。

　　"如果你不忙,可以去问一下 Gerald,他平常不会想起来给你派活,但其实如果你问,他应该也会给你的。"

　　海博一想到 Gerald 火暴脾气的样子,就有种被铅球挂在心头的下坠感。与其让他去找 Gerald 干活,还不如让他一直闲着算了。本来他也不想拿奖金或者将来升成合伙人,在找到下一份法务工作之前让他就这样轻松一点不好吗?

　　"知道了,我回去问问他。"

　　"嗯,好的,加油吧。"

　　Thomas 叫海博去把凯文找过来。海博敲开凯文办公室的门口时,能看见凯文眼角流露的不屑,但等他微笑着告诉凯文是 Thomas 找他的时候,能看出凯文脸上浮现的五味杂陈。这些海博都看在眼里,冷笑在心里,但可能挡不住的笑意也溢出到了上浮的嘴角处。

　　海博回到自己的办公室,看了下日历。距离上次有面试机会已经过去几个月了,猎头也没联系他,大概率是黄了。虽然不是自己很想去的地方,但最后没有下文,也还是很遗憾的,特别是最近也没有新的机会。往下看,他发现查德的婚礼快到了。他犹豫了一下,不知道香港这边参加婚礼要送什么东西,但偷偷问过也要去的杰克后发现其实包的红包反而比内地小一些。香港这个地方,红包是要经常送的,但主要是表示情谊,所以少放点也没关系。平常不熟的人只送二十五十的也是有的。

"对了，上次你跟我提到的你那个相好，最近有点怪。"

"怎么怪?"海博一听到佟姐的消息，突然激动了起来。

"嗯……不过好像受了什么很大的打击。听说是没升成合伙人，但是也没那么严重吧。"

海博想了一下，还是没跟杰克说实情，毕竟这是佟姐的私事，于是顾左右而言他，先把话题往杰克最关心的女色上转移。

"哈喽呀海博。"

海博正跟杰克在语音聊天，一听有人突然开门，赶紧挂掉了电话。

"没有人教你要敲门吗?"海博对着开门进来的凯文说。

"怎么，又在面试?"凯文一脸坏笑。"上回面试，怎么样了?"

"没下文，不过我也不想去的。"

"那可要抓紧了啊。万一律所待不下去了呢?"

"那可不。"海博也换了轻佻的口吻，"不然只能帮人看申请、文书代写、作业代考混口饭吃了。"

"你什么意思?"

"你什么意思? 怎么其他人都知道我去面试了?"

"我怎么知道?"凯文愣了一下，突然对海博晃着手指指指点点，"难道说，怀疑我说出去了?"

"不是你还能是谁?"

"行吧。"凯文抓抓脑袋上短短的头发，"我还有一手，有你好瞧的。"

凯文转身离开了。海博心里有点忐忑，其实他也不知道是不是凯文散布的，现在看他的反应，很有可能另有其人。但凯文要对他做什么? 海博有点担心。很快，他的手机响了。海博一打开邮件，感觉心脏仿佛瞬间凝固了。

"各位同事、各位律师，我有个想法，想跟我们的海律师打一下赌。"邮件这样写道，是写给整个业务团队的律师的，幸好没有抄送合伙人，"如附件所示，我和海律师的 billable 似乎是团队垫底，其中我倒数第二，海律师倒数第一。为了激励我们的表现，我们赌的内容是，到了年底，我们两个谁 billable 比较多。少的那位会请大家喝酒，怎么样? 当然，请对合伙人保密。"

最后一句话说了跟没说一样，这封收件势必会传播出去，进而最终进到合伙人的耳朵里。而海博更气愤的是附件，里面就是刚才海博在 Thomas 那里看到的两人的 billable 的统计表。Thomas 肯定不会让凯文就这样把整个表格用相机拍下来的，可能是凯文趁机掏出手机，假装查邮件的样子然后拍的。为什么要把这种东西发给别人？当然是为了羞辱他，还能是因为什么。

海博在办公室里走动时，觉得自己已经成了全律所的笑柄。凯文大概无所谓，他能住太空舱，每天蹭所里的空调和网络，脸皮本来就厚得异于常人。说不定他对这种杀敌一百自损八十的做法还扬扬自得。海博可受不了，他更加要加快找工作的步伐，离开这个地方。

因为急着走人，海博终于跟负责其他律所招人的中介联系，说自己也可以看律所的机会。很快就有猎头联系，说有面试的机会。海博咬咬牙，也去面了。

之前在星巴克面试过的法务机会，在过去几个月之后，居然也有了下文，不过盼星星盼月亮，没想到盼来的是雷得海博外焦里嫩的下一轮，原来下一轮要安排在北京面试，并且不报销往返差旅费，海博一听就泄了气。怎么可能为了你一个破面试自己掏钱大老远地跑一趟北京？海博摇摇头，只能无视 HR 的回复，继续找新的机会。

海博继续试图跟佟姐联系，但仍然联系不上。联想到上回，海博担心佟姐还没走出丧父的阴影，想再去佟姐家看看，但又担心再度被妙妙发现。有的时候越是担心什么就越是会发生什么。他准备先帮妙妙搞定申请的事情，过段时间再去佟姐家楼下试试。

最近还是有面试的，虽然不多。海博什么都面，既面律所也面法务，每次都精心准备，提前复习可能会问到的问题和材料，面完回来还总结问题规律，希望自己能在不久之后做好准备，告别凯文和 A&C。

终于到了查德婚礼的日子，是个星期六。海博穿上了衬衣皮鞋，因为太热，没有穿西装。婚礼的地点在尖沙咀东边一家新修的风格古怪的摩天大楼里，正好在一个高耸的平台上有一小片绿地，也算是户外婚礼了。

海博一到就去找查德，在一堆人里终于找到，奉上了红包。这时他终于看到了查德的老婆，是个高大的女生，脸还比较精致漂亮，但最让人留意的是她已经明显凸起的小腹。

"所以这是……"

"对,我马上做爸爸了。"

海博长吁了一口气,大概知道是怎么回事了。他拍拍查德的肩膀。

"还记得你以前跟我说的,想找个深山老林的事?"

"记得。"查德拍拍海博的手,"现在不行了,有家庭的责任了,有软肋了。"

海博好奇两人怎么认识的。相亲认识的,查德说,本来没什么感觉,但是对方拉自己去吃饭喝酒唱 K,逐渐有了点感觉,这时两人就很快进入下一阶段,没想到很快就擦枪走火,点着了生命的希望。

"时间上……对得上吗?"

"你说,那个?"

海博点点头。他没好意思把自己的顾虑说出来,但查德似乎已经心有灵犀一点通了。

"我其实也不是没想过这种可能性,时间上确实有点短。"换作别人大概已经勃然大怒,但毕竟查德是生物学博士,不会忽视明显的科学证据。

"等孩子出生了,去查一下?"

"那就不必了。"查德说,"即便不是我的,当我的养就是了。反正我应该也不会再有其他养孩子的机会了。"

但是这样你就一辈子都套在养孩子这件事上,要一直奔波卖命,一直像牛马一样拼命工作,永远没有停下来的机会了。海博心里这么想的,但是他不想说。他看看查德头上稀疏的毛发,好像不仅比以前更稀,而且还有逐渐变白的趋势。

"Go Tiger!"突然,三个穿着全套黑色西装、打着橘色领带、黑皮鞋里面穿着橘色袜子的男子出现在两人面前,打头的男人还拎着两个大气球,一个上面写着 Go Tiger(加油老虎队)的字样,另外一个写的 Beat the Lion(击败狮子队)。

"你的昵称是老虎?"海博问查德。

"这位仁兄,一看就不是普林斯顿的吧。"打头的那个戴着浮夸的墨镜,扎着马尾小辫,看起来像黑人但说着一口流利的普通话,"我们普林斯顿的球队就叫 tiger 了,而我们的宿敌就是常春藤里另外唯一的猫科动物,哥伦比亚的狮子了。"

海博看见气球上的老虎和狮子的头像,在心里叹了口气。他们普丹的吉祥物是只可怜的山羊,实在是没有比这更可悲的了。不对,海博突然想到,之前的学校吉祥物是颗板栗,而听说斯坦福的吉祥物是棵松树。两者大概连山羊还不如,至少还是个动物。

"那哪能跟我们老虎比啊。"另外两个一起来的人讪笑道。脏小辫深以为是。

"哥伦比亚那种城里的常春藤,为了维持开支就乱招人,听说他们有的硕士项目就全是中国人,还有法学院商学院这种满是铜臭味的鬼东西,哪像我们普林斯顿,只研究真正的科学问题。"

"我也是哥伦比亚毕业的,"查德冷冷地说,"而且还是他们飘着铜臭的法学院。"

"哎呀,失敬失敬。"脏小辫摘下眼镜,表示歉意。他摘了眼镜看,原来还是个亚裔。"那么请允许我们代表普林斯顿校友会,为您带来我们的祝福。"

说着,另外两个人带来了一个大木盒,上面印着烫金的普林斯顿校徽,看起来很高档的样子。

等那三人走了,海博走到查德旁边,想看看木盒子里装的什么,但查德还要忙着处理其他事情,所以先走开了。这时,海博在绿地边缘看见正在跟几个不认识的女孩聊天的杰克,手里拿着一杯白葡萄酒。

"杰克! 你终于来了。"

杰克一看见他,眼神有点躲闪。海博估计到他大概有什么关于佟姐的事情。

"现在方便吗?"

杰克勉强一笑,把白葡萄酒喝了。

"今天可是大喜的日子,别老想着那个晦气的女人了。"

佟姐晦气? 她不过是沉湎于自己的悲痛,像任何正常人在这种情况下会做的事情而已。

"我只是关心她。我们两个认识很久了,你可能不知道。"

"那就更不能一直钻牛角尖了,可不像个男人。"

"我对她……不是那种简单的男欢女爱的感觉,可能也有些友情的成分吧。"

杰克大笑了起来。

"男女之间,除了那个事情,"他做出用右手手指插左手捏成环的动作,"就没有其他感情了。你会有其他感情,肯定是想睡没睡成嘛。"

海博突然变得怒不可遏起来,"你今天是吃错药了,还是喝多了?"

"没有了,"杰克突然走近,拍了拍海博的肩膀,"我不过是在做铺垫,因为我也是刚知道你那个相好发生了什么。"

海博心里一惊,但故作镇定地说:"发生了什么?"

"今天早上,有人去办公室拿电脑,结果看见她在自己办公室里。"杰克犹豫了一下,然后继续,"她把一根绳子从门框上面穿过去,把自己吊死在了门里面。"

海博觉得自己失去了心跳,失去了思想,他感觉自己听不懂杰克在说什么。他觉得自己好像不是在地球上,不是在香港的这家酒店的高楼平台上,而是飘浮在地面以上几千公里的外太空。他甚至不觉得自己是地球人,所以听不懂作为地球人的杰克在说什么。他不知道自己现在是什么表情,该说什么,但杰克却完全知道。

"没事嘛兄弟,女人而已,天涯何处无芳草。"

海博一下子没忍住,一拳砸在杰克的小腹上。他"呀"的一声,把刚喝的酒吐在了海博的脸上。

众人过来查看已经疼得萎缩在地上的杰克时,海博觉得自己已经丧失了所有的味觉、嗅觉和知觉,完全无法感知杰克的呕吐物的温度、湿度、气味和存在。在喧闹和嘈杂的手忙脚乱中,海博一个人默默走出了酒店。

第十二章

如愿以偿的终点

时间还在流动。

海博躺在自己的床上时,唯一能确认的,是时间正确实地流动着。自己还在呼吸,天花板上来往车辆映照出的移动的光影会一闪而过,楼下有人吵架有人喧闹,天光消散而又复来。他觉得自己已经不是生命体了,而是一台全知的摄像机,把所有看见的、听见的、感觉到的、闻到的全部记录下来,与此同时又全部抹去。这有什么意义?没有什么意义。不过一切本来就没有意义。

海博无法感知自己,不知道自己在想什么。他只能感觉到自己有重量,有血液流过血管,即便自己不想动,心脏也还在跳。他突然想要把自己的心剖出来,一把捏住,狠狠抓到心脏骤停,但这种心情也会像潮水般散去。

他以为自己不会睡着,因为他好像已经躺了很久,脚还悬在半空,现在已经彻底麻掉了。天又亮了以后,他还是睡着了,但很快又醒来,心噗噗直跳。他好像做了个梦,但一点也想不起来具体梦到了什么,只是有种恶心的感觉挥之不去,好像一直还黏在脸上。伸手一摸,原来是昨天下午杰克吐在自己脸上的呕吐物。

海博从床上起来,拖着麻木的双脚来到几步之遥的洗手池,用自来水洗了把脸。夏天已经来了,水已经有点温了吗,还是自己正在全身发冷,连冷水都开始感觉出温度了?回想起来,自己从昨天下午开始就什么都没吃,水都没喝过,但一想到进食,他就一阵恶心,胃里翻腾,不知道是因为挥之不去的呕吐物的气息还是重大的事件对他有什么生理性的刺激。他来到马桶边,想吐,但吐出来的只有体内的空气。

海博回到床上,感觉自己已经进入了完全的麻木,从生理到心理。他觉得自己已经不能思考任何问题,也不能休息。他非常想好好休息一下,不管什么问题,等醒来之后再说。

但他似乎无法唤回睡眠。那棵大树下那个一直陪伴着他的身影,也已经永远地消失不见了,和那片曾经能让人心情平静的绿洲一起。没有草原,没有大树,没有蓝天白云,甚至连沼泽和金手铐都消失不见。只有本来已经风雨交加的大地,现在看起来竟像飘浮在无边的虚无里,一眼望不到头的都是无尽的黑暗。

"喂,海博!"

海博从沉睡中醒来,但是环顾四周,并没有人在屋内。

"我在说话呢! 你听着呢吗?"

海博顺着声音,发现是放在自己身边的电话的声音。

"……抱歉,我有点……"

"心不在焉?"电话那头传来一阵熟悉的叹息,"你是不是……不想跟我在一起了?"

"没有没有,我只是……"他犹豫了一下,决定还是不说到底发生了什么,"有点不舒服。"

"感冒了吗?"妙妙的口吻里很快就充满了关切。

"没有,我只是,"海博突然想到,"我只是想要离开律所了。"

大所。外所。这个长期以来自己追求的目标,这个自己下定决心一定要来的地方。他并非不知道来了以后会遭遇些什么。过大的工作压力,对个人时间的严重侵蚀,不融洽的同事关系。这些他早就听说过,他只是没有亲身体会过。这些事情实际发生的时候,比他想象的要严重得多,就好像从来没有亲身经历过战争的人,在电视或电影里以为战场很刺激,但在经历过战场的枪林弹雨后,亲身感受致命的子弹从自己身边擦身而过后,会形成影响一生的创伤后遗症一样。

"你可要想好。"妙妙说,"如果你离开律所,以后的人生就要重新规划了。"

重新规划人生，海博有气无力地想着，如果可以重来的话那就好了。重来的话他就不会去读什么法学院，做什么律师，去什么大所。他可能会留学，但一定会学一些自己感兴趣的东西，或者干脆不留学，只是找个机会在国外住一段时间，因为自己根本就不是会好好学习的材料。

海博想重新开始尝试写点自己喜欢的东西，但他目前没有时间也没有那个心情。他要先离开律所。

真的要去北京面试吗？他犹豫了好几天。那个从里到外都不靠谱的公司，安排在星巴克的面试，香港分公司只有他一个人，如果请假都协调不过来。不过就连这样的公司也比会把人逼死的律所要好。海博决定尝试一下，又跟猎头发了邮件，不过也许过去的时间有点长，猎头没有回复他。

海博继续去所里上班，如同行尸走肉一样。他还需要一份薪资付房租，买吃食，继续养活自己，但也仅限于此。他不再去想什么满足 billable 的要求，升职加薪，甚至积极地保留自己在律所里的这个职位。他只是想在找到下一份理想的工作前尽可能地有口饭吃。他有时候不经意间看到凯文一副装出很努力工作的样子，就在心里暗自发笑，billable 少的还要请大家喝酒？他准备在年底之前离职，相当于给凯文一记响亮的耳光。

"我马上就要来了。"

海博周末又接到了妙妙的语音。

"来哪里，香港？"

"上次我说过的啊。"

海博回忆起上次妙妙打电话的时候，他正沉湎于佟姐去世的伤痛中，不管是谁跟他说什么，他都像破烂的渔网，没有办法留下任何印象。那段时间他唯一能思考的，是佟姐的猫该怎么办。佟姐走之前有没有给它留下足够的食物和水？它会不会饿死？但是他也不记得佟姐具体住在哪里，没有办法帮忙告诉动物保护协会，让他们想办法把猫救出来。但是如果佟姐真的走了，她的房东大概会去收房，也许猫那个时候也会得救吧。佟姐住过的房子会不会变成凶宅？

"喂，海博！"

海博从沉思中醒来，但是环顾四周，并没有人在身边。

"我在说话呢！你听着呢吗？"

海博顺着声音，发现是放在自己身边的电话的声音。

"……抱歉，我有点……"

"心不在焉？"电话那头传来一阵熟悉的叹息，"你来不来接我？"

海博叹了口气。他需要收拾好心情，迎接妙妙从上海到来。

在妙妙从上海来香港之前，海博收到了猎头的信息。她说那个要去北京面试的机会还没有选中任何人，如果海博想要去，也不是不行，但是她有另外一个职位，看起来很适合他的样子。他同意投简历试一下。几乎是第二天，对方就叫他过去面试。

海博反而不敢去了。这么快就发面试通知，简直就好像是等着他上门一样，可能是个陷阱？但他还是想去试试，毕竟比非要去北京面试来得要轻松一点。

这家公司的办公室倒是在一个非常正经的写字楼里，只是在进入公司后可以看见很多黑板和张贴的大型海报，似乎是在宣传国内的什么政策，说明这是一家中资公司。除此之外，他没有碰到什么太奇怪的东西，差不多货色的浅灰色地毯，奶黄色天花板，深褐色的办公室隔板，半透明的会议室墙壁，跟其他办公室也没什么区别。他想起自己在上海工作过的地方，因为跟那边一样，自己会没有单独的办公室，也要坐在某个小隔间里。

进入面试的会议室，他吃了一惊。小小的供六个人落座的会议室里，已经满满地坐了五个人。一个年轻的女孩介绍，原来各位都是公司里各个部门的一把手或者二把手，包括人力、财务、合规和分管领导。海博瞬间紧张了起来，这种一次性见这么多人的阵仗，他还是头一回，不知道会有什么刁钻的问题提出来。

"那……请你先自我介绍一下吧。"

年轻的女孩说道。常规的问题，海博照本宣科地从自己的上一份工作开始介绍，这时女孩突然示意让他打住。

"那个，麻烦您用中文介绍一下吧。"

海博环视这小小的房间，这时才发现4位领导都一脸茫然地看着他，原来他们都没太听懂自己刚才讲的英文。在香港参加了这么多次面试，要他用中文的还是头一遭，即便是星巴克那次面试也是用的英文。既然公司这么要求，海博就改用中文，因为是母语,反而更加轻松地介绍完了。

"那么请各位领导看,有什么问题要问我们这位候选人吧。"

4位领导面面相觑,好像没有什么问题要问海博的样子。海博心想这真是开了眼界了,第一次见到面试这么随便的公司。

最后人力负责人还是想出来了两个面试常问的问题,但已经在这一轮面试中身经百战的海博用中文母语轻松地回答了两个问题,面试就结束了,前后没有超过十五分钟。面试结束的时候,可以看见年轻的女孩将一张表格在4个人之间传递,让所有人都在那张纸上打分,海博感觉有点尴尬,正要离开,被女孩叫住了。

"恭喜你,根据4位领导的打分,你已经通过了面试。我们会联系你的猎头,让他安排你入职的。"

海博抱着五味杂陈的心情离开了,不知道是该为这么快就找到了工作而高兴,还是为这么快就找到了工作而担忧。不过猎头之前交代过,没有看到雇佣合同之前没有必要辞职,海博可以再纠结一下。

但回去没两天,猎头就把下家的合同发给了他。跟之前商量好的一样,不仅没有减薪反而还有小幅提升,年假天数、固定奖金和浮动奖金、保险都一应俱全,看不出有什么蹊跷的地方。除非海博只是想试一试自己的价值,否则就真的要跟这家律所拜拜了。

海博在脑海里曾经推演过很多次向律所辞职的场景,但没有想到这一天会真的到来。他还记得之前面试进入这家律所的时候,曾经表现出来怎样的激动和热情,当时自己还信誓旦旦地说过自己会一直留在律所里好好干,沿着律所给所有律师画出的大饼,从初级律师一步步成为高级律师,再当顾问,最后成为合伙人。

现在他知道这条路不适合自己了。他已经不是刚从法学院毕业,一心只想往自己的履历上贴上大所标签的愣头青了。他有能力也有这样的机会去找适合自己的岗位,同时又能维持自己的收入。他当然对自己接下来要做的事情和会面对的问题一无所知,但进入一份新的工作之前不都是这样的吗?

他来到Thomas办公室门外,心提到了嗓子眼,突然觉得自己的舌头像打了结,本来想好的说辞都忘得一干二净了。但里面没有动静,他向里张望,发现里面没有人。他舒了口气,于是转而在手机上跟Thomas发了封邮件,说自己有事想跟他商量,方便的时候可以回电。Thomas 很快就打了过来。

"有什么事吗?"

Thomas 的语气里好像有点不耐烦,但也似乎有点狐疑,毕竟海博从来没有像这样找过他。

"那个,最近有一家公司想找我过去做法务,所以我想……"海博卡壳了,不知道自己该怎么说下去。

"哦,这样啊。"Thomas 在电话那头的声音反而沉稳了起来,"在哪家公司?"

海博有点担心他会这样问,因为猎头曾经说过,本来是不用告诉上家自己要去哪里的,担心会有人写信给下家使绊子,说些不利于自己的话,最后影响自己过去工作的机会,严重的情况下甚至可能会取消雇佣合同。跟内地的合同一样,香港的合同也有试用期一说,试用期内可以快速解除,不过试用期的工资跟正式雇佣的时候一样。

"啊,我去……"一个没憋住,海博还是跟 Thomas 说了,"当然我去了以后,也会试着找机会,看能不能撮合一些合作的机会。"

"嗯,嗯。"Thomas 说,"那你跟我们人力部门发封邮件,说你准备离职了,也跟我说了,然后跟他们商量好离职的日子。"

说完 Thomas 就挂断了。没有海博所设想的任何的问题,非常顺畅,一下子就说好了。可能是因为他们已经习惯了,律所总是有人在走。

按照香港的习惯,走之前要给同事发散水饼,就是普通的糕点,正好也最后打个招呼,寒暄一下。海博直接在附近的蛋糕店买了一些精美的糕点,沿着办公室给认识的同事送去。

"上次在你的婚礼……真的很抱歉。"

海博拿着蛋糕进入查德的办公室,查德一看见蛋糕就知道海博是来干嘛的。

"要走了?"

海博点点头。查德看起来比以前更为苍老,好像已经比海博大了二十岁不止。不消说,肯定是孩子最近刚出生,每天晚上都睡不好觉的缘故。

"你不想走吗?"海博试探性地问。

"没办法啊,走不了。"查德说,"也许是错过了那个时机,也许是错过了那种心情。"

"如果想走的话,总是有机会的吧。"

查德苦笑着摇了摇头,但是给了海博一个信封。

"这是……?"

"我以前想走的时候,存下来的话。既然你现在终于要走了,大概能派上用场吧。"

海博收好信封,继续往下一个办公室派散水饼。

虽然不在一个律所,但海博也另外约了迈迈吃饭,约了杰克喝咖啡。海博和杰克很久没联系过了,自从杰克因为多嘴被海博打过之后。杰克没有拒绝,但两人在置地广场的咖啡店里见面的时候,一时不知道该说些什么。海博想要道歉,但不觉得自己有什么做错的地方。跟扰乱了查德的婚礼相比,海博心底里还是觉得打了杰克的那一巴掌是他应得的,所以向查德道歉就可以了。

"你还好吗?"

海博从自己面前那杯咖啡上腾起的蒸汽中抬起头来,看着杰克清澈的眼神。他不知道自己到底在坚持什么,也许杰克只是一直用拈花惹草的面具遮挡了自己的内核,本质上来讲他是想做海博朋友的。他还是向杰克道了歉,说自己只是一时意气用事。杰克也向他道歉,说自己不该对朋友的女人如此不尊重。

"也许不只是朋友的女人,"海博说,"对所有女人,不,对所有人还是要尊重的,因为本来就应该如此。"

两人握手言和。杰克对海博即将离开律所送上祝福,即便他本人一点也没有想要离开律所的想法。他觉得做律师很有劲头,总是有压力,有驱动他每天早上醒来去战斗的气力,即便这意味着有时压力太大他需要去异性身上发泄。他觉得自己大概会一直这样下去,直到香港再也找不到任何一家律所愿意雇他。

海博来到了当初到香港时和迈迈吃饭的那家把日料和中式点心混搭在一起出售的地下餐厅。因为已经提了离职,他开始忽视所有邮件,不管邮件标题或者正文里显得邮件有多么紧迫。这样一来他反而感觉律所的工作没有那么难受,当然如果平时这么做大概率会被 Gerald 打电话过来催。

到了餐厅,看见迈迈,却发现他身边已经有一个人了。迈迈站起来介绍,原来是他的新女友,他来的路上正好碰到她就把她捎上了,希望海博不要介意。海博当然没有介意,不过却忍不住想要多看几眼迈迈的新女友,并和自己记忆中让他非常惊艳的前女友做个对比。不经意间,海博只能得出两人都是女的,都喜欢浓妆艳抹,但没有其他相似之处。新女友似乎年纪大了点,眼角有些鱼尾纹,发尾有些枯有些失去营养的样子,但海博吃不准是她跟查德一样属于看起来老的类型,还是迈迈本人就是喜欢找个姐姐一样的人物照顾自己。海博知道迈迈来香港以后和异性的相处颇为如鱼得水,经常凭借自己澳洲华侨的身份和优雅自然的海外谈吐在酒吧里吸引很多本地和海外的女孩,但很少有人能进行到肉体欢愉之后确立男女朋友关系的层次。这位看起来稍微有点年长的新女友,到底有什么魔法能让迈迈这艘在各个大洲之间轻快穿梭的小艇,从来不在某个港口驻足良久,现在却愿意长期停泊在她这处避风港里呢?

久违的,他想找个人八卦,告诉他自己对迈迈的新女友的观察。自然是见过迈迈前女友的人比较合适。但是他想起那天在纽约的日式餐厅吃饭的五个人,迈迈和他的前女友作为当事人当然没有办法与之讨论。阿伦已经很久没有联系过了,自从离开了法学院。他好像还留在纽约,除了不停地换女友之外,还是基本维持着原来的生活方式。佟姐如果还在的话就可以跟她讨论一下了,但是佟姐已经不在了。海博感觉突然有股热流涌上自己的双眼,非常想哭,但他忍住了。

"还是准备挣够一百万就回澳洲?"

迈迈看了看新女友,咧嘴笑笑,但没说话。也许他已经找到了真爱,所以改变了主意。也许有一天他会和查德一样,突然当上了爸爸,然后需要承担养活整个家庭的重担,虽然并不一定需要有大所那么高的工资才能养活整个家庭。当然,收入稍微低一些也一样可以养活家庭,还有了很多和家庭一起度过的时间。

和迈迈他们告别后,海博走着横跨干诺道的人行天桥,看着忙碌的男女老少在这座桥上匆匆而过,没有人站在桥上观察桥下的车水马龙。去大所工作就好像去大城市比如纽约、上海、香港生活。不一定适合每个人,也不一定适合你。但适不适合只有去了才知道。

查德给海博的信封里,有两张纸,第一张大概是从某本书上找来复印的:

作为执业律师,你们要将生命的一大块时间都花在为讨厌的人做讨厌的事情上,并且做事的时候必须在不可能的时限里让这些家伙满意,还要面对其他讨厌的人时不时的捣乱,他们想把你做的事弄脱轨。而律师呢,在付出了血汗和泪水后,可能收获的就是几句牢骚话,说事情还可以做得更好,而且还抗议说律师费怎么这么贵。天底下就没有律师在某个时刻没有为此而内心挣扎过,希望上帝将他分配去挖沟渠或者当水管工那样平和的职业。作为你们教授的我也曾经是这样挣扎过的一名年轻人,而且在挣扎的过程中出乎意料地得到了逃离的办法和更多的薪资。我们都是逃离战场的逃兵,性格中带有某种懦弱,但我们也至少敢于承认自己的这种性格,而且还将之视为我们对肮脏商业生活中牢骚话的巧妙厌恶。

当教授就没有那么多破事了。学生可能跟客户一样笨,但很少会像客户那么讨厌,原因不言自明。除了早上上课和 6 月要批改考试试卷,基本上没有什么压力。教授只有想工作的时候才工作,所以在某个下午,如果他想去看球赛,只要把办公室门一关人一溜就行了,哼着快乐的小调。没有人会反对,而一百个人里可能只有一个知道教授他已经溜了。

——普罗瑟教授,伯克利法学院前院长

第二张纸,似乎是一张明信片:

我成为战士,是为了让我的儿子当一个商人,让我的孙子能当上诗人。

——约翰·昆西·亚当斯,美国第六任总统

查德在上面那段话后,又加上了这样的手写字句:"当个诗人,不要当律师。这个世界上的律师已经够多了。"

海博终于理解了查德的心情。他也跟自己一样,每天生活在痛苦的煎熬中,不是他不想走,只是可能缺少契机。

后记

海博终于过上了理想的生活。

他现在每天上午 8 点起床,和从来没见过那么多的上班族一起挤地铁,偶尔还挤不上。这种时候他就会特别紧张,因为公司和律所不同,对于 9 点上班这件事有着近乎变态的追求。一旦每个月有 3 次没有准时上班,就会被全公司通报批评,还会影响年底的奖金。

他现在工作的公司几乎完全不讲英文,也不讲粤语,而是像一大片海水里被珊瑚礁围出来的一个淡水湖一样,有着与海洋其他部分不一样的水文气候。公司里的大部分员工都是从内地过来的,少部分香港本地人也要适应他们讲普通话。工作在适应之后就异常的简单,只是看看合同随便提一点意见,用中文写写给领导看的报告,偶尔参加一下内部的讨论会,如果真的要起草什么大型的合同就向外部律师询价,再让律师准备合同和法律意见书即可。每天中午有两个小时的午饭时间,晚上 5 点就可以下班,虽然也像早上上班时间一样僵硬,但好处是到了时间就可以离开办公室,下了班基本上不用担心会有人来找自己做事。

即便是上班的时间里,海博也有很多空闲的时间,他又开始写小说了,但是因为在外所待的时间有些久没有写,已经不知道自己还能写些什么。他之前发布小说的网站和杂志大多数已经消失了,连带着他曾经发布过的很多小说,剩下还能发布的似乎也没有什么人气。他决定还是先写出来，毕竟只是副业，自己写得开心就比什么都重要。

他也开始锻炼了。他开始在香港爬山，坐船去离岛，开始享受生活本身。他终于知道什么叫作工作和生活的平衡了。

妙妙来香港读书了，并且搬到了海博家里。她准备毕业后找个工作。两个人一起在香港逐渐适应，日子越来越舒适。海博终于正式求婚，并且见过家长，准备不日举行婚礼。为了避免将来出现婚姻到处都不承认的窘境，海博准备就在香港结婚，不过听说香港的婚姻法里没有婚后共同财产一说，妙妙还没最后同意。

这样理想的生活，海博以为自己可以一直过下去。

几年以后，公司的运营陷入了困境，内地股东拒绝继续投资，公司开始裁员。在此之前，公司就开始找各种理由不涨薪也不付奖金，海博意识到自己没有办法在这里长久地干下去。

经济进一步恶化，想跳到其他公司的努力也没有成果，他只好跟猎头说，回律所也是一种选择。

无心的一句话，导致两个月后海博重新回到了一家外所。坐在律所属于自己的玻璃盒子里，他有一种强烈的无力感。为什么又回到这里？自己是忘了律所里的工作是多么的充满压力，总是被客户或者合伙人催着往前走吗？是忘了不管是深夜还是周末，还是周末的深夜，都有可能接到电话要立即开始加班吗？是忘了那种在无垠的沼泽地里，被金色手铐桎梏着一步也挪不开，只能发出嘶哑求救声音的挫败感吗？

但金色手铐一如其颜色，不仅束缚着他的双手，还在向沼泽深处的沉沦中释放着刺眼的金色光芒，给予他远超不论何处的居民收入中位线的薪水，使他可以继续住在城市中心的独门公寓，享受新鲜的被单和枕套、24 小时热水、上门打扫的服务，从任何一家想吃的餐厅点外卖，以及买所有想买的电子产品、高级服装、名牌手表。他可以在任何时候跳上去往任何国家的航班，入住当地高级的酒店，出入都有专人接送，进不管有几颗星的餐厅。当然前提是能请到假。能不能放弃这些所谓的福利，他心底也没有数。毕竟人生苦短，该享受的时候还是要享受，不然辛苦一辈子却没有及时行乐，岂不是鱼和熊掌都没捡到？毕竟压迫感如此强烈的生活，不好好利用机会放松一下的话几乎没有可能维持下去，不知道凯文那小子怎么撑下去的。

当然世间无所谓完美的事情，也正如无所谓完美的文章。虽然公司里做法务，似乎生活和薪资取得了一个合理的平衡，但也有各式的问题，比如严重的办公室政治，经常会为了展现自己的存在价值而做无用功，制定好的公司内部规则却没有人执行，或者任管理层随意修改，法务的存在价值经常被质疑，因为大部分时候还是在用外部律师来推进项目。在公司即将倒下，所有人即将失业的谣言甚嚣尘上之时，海博觉得自己在一艘遭遇暴风雨的大船上，即将与所有乘客一起落入冰冷的海里。这跟戴着金手铐困在沼泽地里，哪个更加绝望，他也说不清了。

他只能往好的方向看。至少现在从办公室里能看到海，能看到维多利亚港。他甚至不用想着某片草原，只要转头看着蓝天下的维港帆影就能心情平静下来。他也知道妙妙总是在自己身边，不需要什么虚幻的陪伴了。也许这就是自己跟佟姐的本质区别。

他有时候还是会忙到想要辞职，不过他学会了利用不忙的时候放松自己，放下手机，即便这会显得他没有那么努力。

他不想加入晋升合伙人的激烈竞争。他只是在这里待着，等机会来了，再考虑下一步，但他担心自己会一直这样等下去。